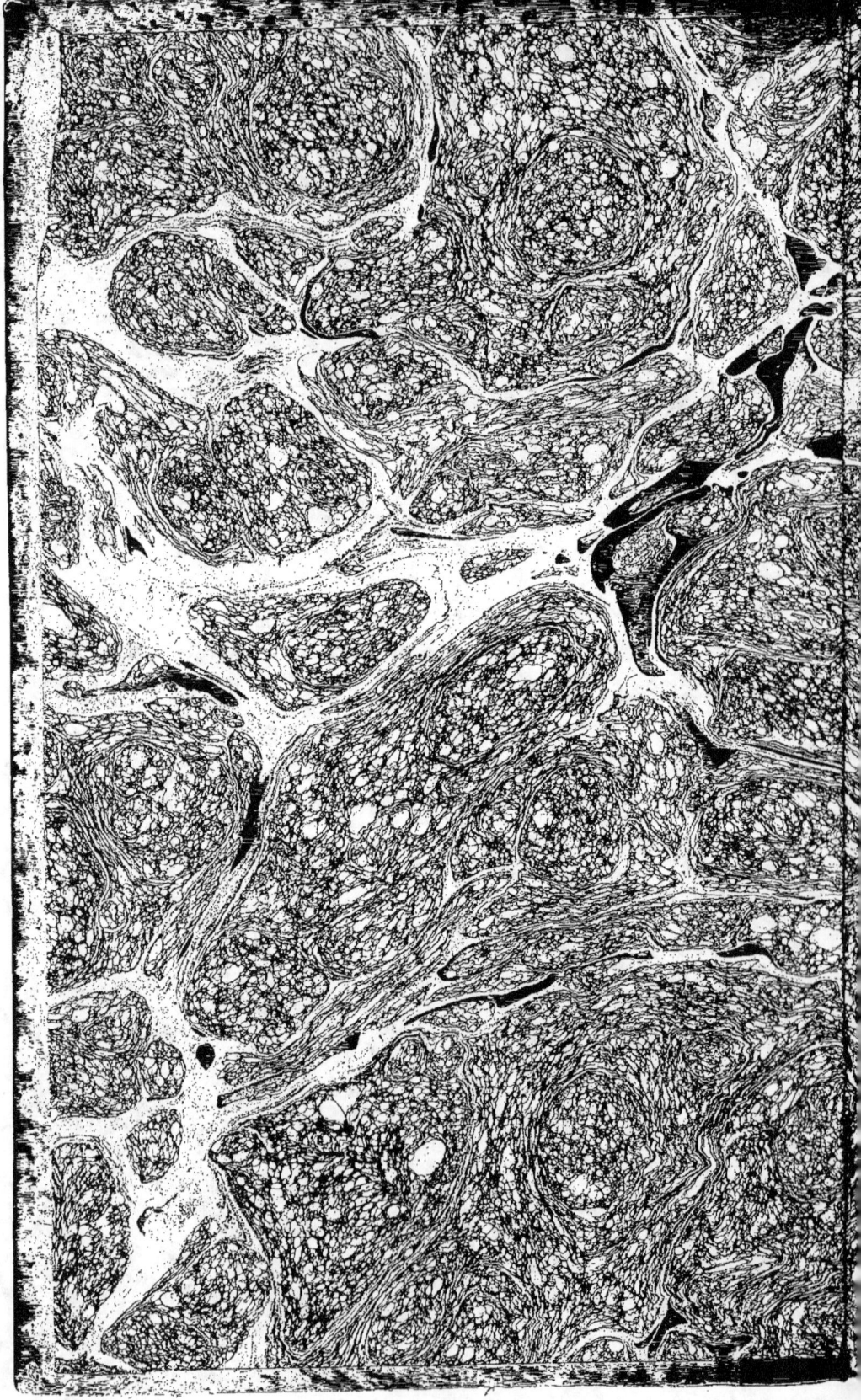

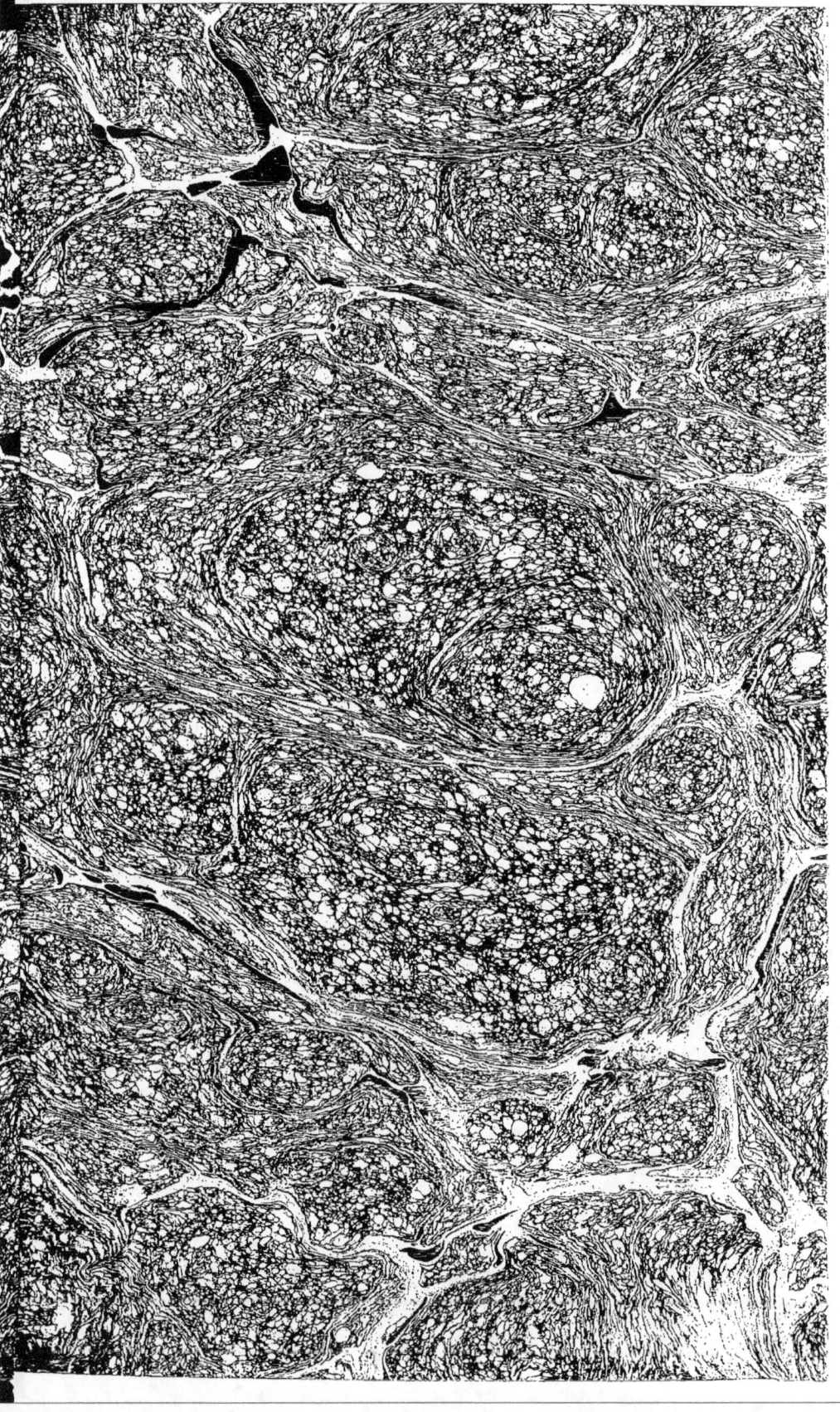

VOYAGE

DE M. GOLOVNIN.

DE L'IMPRIMERIE DE J. SMITH.

VOYAGE

DE M. GOLOVNIN,

CAPITAINE DE VAISSEAU DE LA MARINE IMPÉRIALE DE RUSSIE,

CONTENANT

LE RÉCIT DE SA CAPTIVITÉ

CHEZ LES JAPONOIS,

PENDANT LES ANNÉES 1811, 1812 ET 1813,

ET SES

OBSERVATIONS SUR L'EMPIRE DU JAPON;

SUIVI

DE LA RELATION DU VOYAGE DE M. RICORD, CAPITAINE DE VAISSEAU DE LA MARINE IMPÉ-RIALE DE RUSSIE, AUX CÔTES DU JAPON EN 1812 ET 1813, etc.;

TRADUIT SUR LA VERSION ALLEMANDE;

PAR J.-B.-B. EYRIÈS.

TOME SECOND.

A PARIS,

GIDE FILS, Libraire, Rue St.-Marc, Nᵒ. 20.

1818.

VOYAGE

DE M. GOLOVNIN,

CONTENANT

LE RÉCIT DE SA CAPTIVITÉ

CHEZ LES JAPONOIS.

CHAPITRE VII.

Les Russes gagnent les montagues.—Ils se cachent dans une caverne pour échapper aux poursuites des Japonois.—Ils continuent leur route.—Diverses aventures. —Ils rencontrent des huttes inhabitées.—Ils découvrent la mer. — Ils aperçoivent des soldats et n'en sont pas vus.—Ils arrivent sur le bord de la mer et le suivent pendant la nuit.—Ils traversent plusieurs villages sans être vus. — Ils essaient vainement de s'emparer d'un bateau. — Ils ne peuvent se procurer de vivres.—Extrémité à laquelle ils sont réduits.—Ils sont découverts et repris.—Les Japonois ne les maltraitent pas.—Les Russes sont reconduits à Matsmaï et menés devant le gouverneur. — Bonté de ce magistrat dans

Tom. II.   1

l'interrogatoire qu'il leur fait subir. — Ils sont renfermés.

L'ILE de Matsmaï a, en longueur du sud au
nord, deux cent cinquante-cinq milles géo-
graphiques, et, en largeur de l'est à l'ouest,
deux cent cinquante. Elle est extrêmement
montueuse; le pays n'est plat que le long des
côtes, et seulement à une petite distance du
pied des montagnes qui s'élèvent graduelle-
ment, et sont séparées les unes des autres par
des ravins profonds. Cette chaîne de montagnes, prodigieusement haute, ne conserve
pas la même élévation partout. L'intérieur de
l'île est inhabité. Tous les villages japonois et
kouriles sont situés le long des côtes.

A peu près à deux verstes du rivage, nous
commençâmes à gravir les montagnes, en
cherchant, quand nous le pouvions, à nous
diriger vers le nord. Les étoiles nous guidoient.
En gravissant la première montagne, je ressentis une vive douleur au genou qui, tout
d'un coup, s'enfla excessivement. Quand nous
marchions sur un terrain uni, je pouvois en-

core, à l'aide d'un bâton, avancer doucement
avec le pied malade, et la douleur s'appaisoit
un peu; mais; en montant ou en descendant,
obligé de m'appuyer sur ce pied, je souffrois
des tourmens incroyables. En outre, comme
je ne pouvois pas mouvoir également mes
deux pieds, je ne tardai pas à être extrêmement fatigué et presque hors d'haleine. Cet inconvénient obligeoit mes compagnons de faire
halte presque à chaque demi-heure, afin que
je pusse me reposer et ménager un peu ma
jambe.

Notre projet étoit d'atteindre avant le jour
la partie des montagnes couverte de forêts,
afin de nous dérober aux poursuites de l'ennemi; car les Japonois devoient maintenant
avoir pour nous une haine implacable. Dans
nos promenades au milieu des vallées qui entourent la ville, la forêt ne nous paroissoit
pas éloignée; mais à présent nous reconnûmes
combien nous nous étions trompés. N'ayant
pu retrouver un sentier qui menoit dans les
bois, nous montions toujours droit devant
nous. La nuit, extrêmement noire, nous permettoit à peine de distinguer les objets à
quelques pas de distance; de sorte que quelquefois nous nous trouvions tout-à-coup

devant un rocher escarpé qu'il n'étoit pas possible de gravir. Il falloit alors marcher tout le long de sa base, dans l'espérance de trouver une issue commode; quand il s'en rencontroit une, nous recommencions à monter, jusqu'à ce que de nouveaux empêchemens s'élevassent devant nous.

Nous avions marché ainsi péniblement pendant trois heures. Enfin nous atteignîmes la cime la plus haute, et nous continuâmes notre route au nord le long d'un plateau élevé. Mais le destin nous avoit partout réservé des obstacles et des fatigues. Nous étions parvenus à une hauteur, où, par intervalles, la neige étoit encore très-abondante; et, comme nous n'osions pas y marcher, parce que les Japonois eussent aisément pu suivre nos traces, nous étions toujours obligés de choisir des endroits où il n'y avoit pas de neige; souvent il falloit passer d'un côté à un autre, et même rebrousser chemin. Nous nous fatiguions beaucoup et n'avancions que très-peu. Enfin, une heure avant le jour, nous nous trouvâmes inopinément sur un grand chemin, par lequel les Japonois vont à la forêt couper du bois, qu'ils transportent à la ville avec des chevaux. Cette route offroit partout des ves-

tiges du passage des hommes et des chevaux;
elle étoit totalement débarrassée de neige,
par conséquent les traces de notre marche ne
pouvoient nous trahir; elle menoit directement au nord dans la forêt, et traversoit le
plateau élevé. Cette découverte nous remplit
de joie, et nous doublâmes le pas. Je ressentois encore une douleur violente dans le genou
et dans toute la jambe; cependant, comme
nous marchions sur un terrain plat, ce n'étoit
rien en comparaison de ce que j'avois éprouvé
en montant.

Nous nous figurions que nous allions bientôt
entrer dans la forêt, et notre plan étoit de
nous y reposer tout le jour dans un endroit
touffu; mais par hasard Vassilieff porte les
yeux en arrière, et s'écrie tout-à-coup : « On
nous poursuit à cheval avec des lanternes; » —
et, en disant ces mots, il se jette dans un chemin
creux à côté de la route. Nous regardons der
rière nous, et nous voyons en effet des feux
qui sembloient assez proche. Aussitôt nous
suivons l'exemple du matelot, et nous nous
précipitons dans un ravin profond et roide.
Nous descendons long-temps sans rencontrer ni forêt ni buisson pour nous cacher;
le jour commençoit à poindre. S'il eût fait

tout-à-fait clair, on eût pu nous voir de toutes
les hauteurs environnantes, car rien ne nous
déroboit aux regards. Enfin, nous arrivons au
bas d'un abîme profond, qui n'étoit entouré de
toutes parts que de montagnes pelées. Le fond
de l'abîme étoit encore rempli de neige; nous ne
pouvions pas apercevoir le plus petit coin
pour nous cacher, et déjà il étoit grand jour.
Nous nous arrêtons quelques instans à considérer tout autour de nous, ne sachant ce
que nous devions faire; enfin, nous décou-
vrons une petite ouverture dans un rocher;
et, en l'examinant de plus près, nous voyons
que c'est une caverne, mais qui peut à peine
nous contenir tous. Tout auprès, une cascade
se précipitoit du haut de la montagne, et avoit,
par sa chute, creusé un trou dans la neige, au-
dessous de la caverne, jusqu'à dix pieds du
fond de l'abîme. Nous nous approchons de
l'antre, en marchant sur la neige, qui, d'un
côté, étoit très-haute. L'entrée de la grotte se
trouvoit à près de huit pieds de hauteur sur
le flanc escarpé du rocher; la cascade avoit
enlevé une si grande quantité de neige, que
nous avions beaucoup de peine à pénétrer
dans l'antre, à l'aide d'un petit arbre qui se
trouvoit près de l'ouverture. Le moindre faux

pas, ou la rupture de l'arbre, nous eût précipités dans le trou, où nous eussions été trempés,
et d'où il eût été très-difficile de se retirer.
Quant à moi, avec ma jambe malade, je n'aurois pas pu en venir à bout. Nous arrivons
tous heureusement dans la caverne, mais
nous ne pouvions nous y asseoir faute d'espace, et parce qu'au fond elle étoit à moitié
remplie de pierres de grès dont toute la montagne est formée; plusieurs de ces pierres
présentoient leurs pointes en l'air; le pire étoit
que nous osions à peine nous remuer, et qu'il
falloit user d'une précaution extrême pour
changer de position, parce que l'entrée de la
caverne étoit trop en pente, et que les pierres
pouvoient dégringoler avec nous. A chaque
instant il en tomboit; nous ne pouvions donc
ni nous coucher, ni nous étendre. Nous étions
réduits à nous appuyer tantôt sur un coude,
tantôt sur un autre. Notre asile étoit, d'ailleurs,
assez bien caché. Les Japonois n'auroient pu
le découvrir qu'en s'en approchant beaucoup;
car, par un grand bonheur pour nous, le
froid de la matinée avoit tellement endurci
la neige, que nos pas n'y étoient pas visibles.
Nous n'étions inquiets que de l'accident arrivé à notre compagnon Schkaïeff; en des-

çendant dans la ravine, il avoit perdu son
bonnet qu'il avoit fait lui-même avec un bas
de laine. Les Japonois, en trouvant ce bonnet,
auroient vu tout de suite que c'étoit une
pièce de notre garde-robe, ce qui les eût aidés
à nous trouver. Nous appréhendions, en outre,
que les rayons du soleil ne fissent fondre, pendant le jour, la neige qui étoit au sortir de
la caverne ; alors je crois qu'il n'y auroit eu
aucun moyen pour nous de sortir de cet
antre ; car, le matin, nous avions eu bien de
la peine à nous y glisser.

Nous restâmes dans cette position jusqu'au
lever du soleil ; nous parlions de notre sort et
de nos tentatives futures. La journée fut très-
belle, mais les rayons du soleil ne péné-
trèrent pas jusqu'à nous ; la cascade refroidis-
soit encore l'air, au point que souvent les dents
nous claquoient. Durant tout le jour nous
entendîmes les coups de hache qui, de la
forêt retentissoient jusqu'à nous, car nous
n'en étions pas très-loin. Avant le coucher
du soleil, nous regardâmes hors de notre cachette, et nous vîmes beaucoup de monde
sur les montagnes. Il ne se passa d'ailleurs
rien de remarquable, si ce n'est qu'un bruit
soudain se fit entendre, comme si quelqu'un

descendoit la montagne de notre côté. Le bruit s'approcha et devint plus fort. Déjà nous, nous imaginions voir des soldats envoyés à notre recherche, et nous nous préparions à combattre ; un cerf se montre tout-à-coup à nos regards ; à peine nous a-t-il aperçus, qu'il s'enfuit avec rapidité.

Quand les étoiles commencèrent à briller, nous quittâmes la caverne ; et, nous dirigeant au nord, nous gravîmes une haute montagne qui, en quelques endroits, étoit couverte de buissons. J'étois dans un état affreux. Dans la grotte, je n'avois pas ressenti des douleurs bien fortes, parce que j'avois constamment tenu ma jambe dans la même position ; mais en marchant, et surtout en montant, elles devinrent insupportables depuis le talon jus-qu'à la hanche. Ce que je souffrois me faisoit pressentir ce que j'avois encore à endurer, puisqu'il nous restoit beaucoup de monta-gnes à franchir. Cependant les conjonctures nous forçoient à user de la plus grande dili-gence. Voyant que je ne faisois que retarder mes compagnons, et que je pouvois être la cause de leur perte, je les suppliai de m'aban-donner à mon malheureux sort ; mais qu'ils étoient loin d'y consentir ! Je leur représentai

que, dès le début de notre entreprise, le
destin sembloit m'avoir désigné pour victime,
puisqu'il m'avoit mis hors d'état de les suivre
avec promptitude; qu'ils ne devoient donc
pas se sacrifier sans la moindre utilité pour
moi, étant tous sains et dispos, et pouvant
espérer d'atteindre un bâtiment pour gagner
la Russie. « Je vous suis à charge, ajoutai-je,
« je souffre des tourmens inouis, et tôt ou
« tard vous serez contraints de m'abandonner.»
Prières inutiles; ils protestèrent tous que,
tant que je respirerois, aucun d'eux ne me
délaisseroit; qu'ils étoient disposés à faire une
pause tous les quarts d'heure, afin que je
pusse me reposer; que si nous arrivions dans
quelque asyle sûr, ils s'y arrêteroient pendant deux à trois jours, afin que mon pied
ne se fatiguât pas tant. En outre, Makaroff
s'offrit de bon cœur à m'aider pour gravir
les montagnes, si je voulois marcher derrière lui, et m'attacher à sa ceinture. Je me
décidai donc à suivre mes compagnons de
cette manière; cependant je ne marchois pas,
j'étois traîné par les matelots.

Au sommet d'une autre montagne, nous
arrivâmes sur un plateau couvert d'herbe
sèche et de roseaux; nous y prîmes un peu de

repos; puis nous guidant sur les étoiles, nous
continuâmes à marcher au nord. La nuit étoit
calme et sereine. Au loin brilloient des montagnes couvertes de neige, qui nous restoient
à traverser. La plaine élevée que nous par-
courions étoit séparée des monts voisins par
une gorge d'une profondeur prodigieuse, où
nous ne voulûmes pas nous engager pendant
la nuit, de crainte de ne pouvoir nous en
retirer aisément; ainsi, au lieu de poursuivre
notre route au nord, nous nous détournâmes
vers l'ouest, en longeant le précipice, parce
que nous espérions trouver enfin une issue facile et commode. En effet, notre embarras ne
dura pas long-temps; nous découvrîmes une
espèce de digue, qui unissoit les deux monts
séparés par le gouffre, et qui sembloit être
un ouvrage de l'art; sa grandeur seule faisoit
voir qu'elle ne devoit pas son existence à la
main de l'homme, et que c'étoit une montagne. En descendant sur ce point de communication, nous aperçûmes deux cabanes,
d'où sortoit de temps en temps un sifflement
qui ressembloit à celui que l'on fait entendre
quand on veut prendre des cailles. Nous nous
tapîmes dans l'herbe, et nous prêtâmes l'o-
reille pour nous assurer si le bruit venoit

d'un oiseau, ou si des chasseurs s'étoient cachés dans la cabane. Au bout d'un certain temps, nous nous approchâmes, et nous reconnûmes que, dans l'obscurité, nous avions pris deux tas de perches pour des huttes. Nous en choisîmes quelques-unes pour nous tenir lieu de lances, et nous continuâmes à marcher.

Arrivés au sommet de l'autre montagne, nous nous trouvâmes sur un grand chemin qui menoit au nord, et par lequel on approvisionne la ville de bois et de charbon. Nous vîmes bientôt que personne n'y avoit encore passé depuis le commencement du printemps, quoiqu'il y eût de toutes parts des feux allumés pour faire le charbon. De chaque côté de la route, le bois taillis étoit touffu, et l'herbe étoit très-haute. Un peu après minuit, nous entrâmes dans le bois pour y dormir; car, dans la caverne, les pierres pointues ne nous avoient pas permis de fermer l'œil un seul instant. Après un sommeil de deux à trois heures, nous continuâmes à marcher le long de la route qui, par différentes sinuosités, nous conduisit dans une ravine arrosée par une petite rivière couverte, en quelques endroits, d'une glace si forte, et d'une neige si épaisse, qu'elle nous porta aisément. Là, nous perdîmes le chemin, et nous traversâmes le ravin snr la neige, jusqu'au pied de la montagne la plus voisine, où nous espérions la retrouver; nous ne pûmes découvrir qu'un sentier qui nous fît arriver au sommet de la montagne; elle étoit plus haute que toutes celles que nous avions franchies jusqu'alors. Nous n'avancions que lentement, étant souvent obligés de nous arrêter pour nous reposer, de sorte que nous n'atteignîmes la cime qu'un peu avant le point du jour. Nous y trouvâmes une place commode pour y dormir, et nous prîmes le parti d'y rester toute la journée; nous nous enfonçâmes dans le bois où nous abattîmes les buissons, afin de pouvoir nous coucher les uns près des autres pour nous réchauffer un peu, parce que la matinée étoit froide, et nous n'étions pas vêtus très-chaudement. Mais il nous fut impossible de rester couchés plus de deux heures ; le froid ne nous permit pas de dormir.

Quand il fit grand jour, nous nous levâmes pour examiner les objets autour de nous ; nous étions sur une montagne extrêmement élevée, et entourée de tous côtés d'un grand nombre d'autres; celles du sud étoient plus basses, et celles du nord plus hautes que celle où nous nous trouvions; nous n'apercevions que le ciel, les monts, la forêt et la neige; néanmoins cet aspect avoit quelque chose de sublime. Comme la cime de toutes les montagnes étoit cachée dans les nuages, nous crûmes que des montagnes environnantes on ne verroit pas le feu que nous allumerions au milieu des buissons; ainsi nous résolûmes d'en faire, afin de nous réchauffer et d'y mettre la bouilloire (1), non pour boire du thé, car nous n'en avions pas, mais pour faire chauffer notre riz desséché et couvert de moisissure, et pouvoir le manger plus aisément. Nous cherchâmes aussi des plantes sauvages; nous n'en pûmes trouver de bonnes à manger, sur cette hauteur où l'hiver régnoit encore. Avec des branchages secs nous allumâmes du feu, et nous fîmes chauffer de l'eau de neige, que nous aspirâmes avec de petits tuyaux de roseau.

Sur ces entrefaites, d'épais nuages s'élevoient derrière les montagnes dans l'est; le

(1) En nous enfuyant, nous n'avions pas oublié d'emporter une bouilloire de cuivre que les domestiques avoient, par bonheur pour nous, laissée au foyer de la chambre où les matelots couchoient.

vent commençoit à souffler avec grand bruit;
les nuages s'amoncelèrent de plus en plus, la
violence du vent augmenta. Une tempête affreuse sembloit nous menacer. Persuadés que
nous ne rencontrerions personne dans les montagnes, et que ceux qui nous poursuivoient
ne pourroient pas aisément nous trouver,
nous résolûmes de continuer à marcher sans
attendre la nuit. Le froid nous contraignit
aussi à prendre ce parti; car, malgré le feu,
nous étions transis. Nous suivîmes donc le
sentier qui se dirigeoit au nord, vers le haut
de la montagne; mais il faisoit un détour et
finit par revenir en arrière; nous le quittâmes
donc et suivîmes notre direction à travers les
buissons; nous fûmes bientôt sur le penchant
d'un abîme dont les bords étoient escarpés et
couverts de neige. La douleur que je ressentois à mon pied ne s'étoit pas encore appaisée;
ce ne fut qu'avec les plus grands efforts qu'attaché à la ceinture de Makaroff, je pus me
traîner en avant. En descendant de la hauteur
où nous étions, la douleur, devenue insupportable, me força de m'asseoir sur la neige et
de me laisser glisser en bas; le bâton au bout
duquel le ciseau étoit fixé dirigeoit ma course
et en rompoit la rapidité quand la pente étoit

trop roide. L'orage que nous avions présagé
se dissipa, les nuages se dispersèrent, le temps
s'éclaircit, et tout sur les montagnes qui nous
entouroient devint visible; nous ne chan-
geâmes pourtant pas de dessein. En avançant,
nous aperçûmes au fond du précipice deux à
trois huttes sur le bord d'un ruisseau; elles
étoient inhabitées. Après avoir traversé le
ruisseau à gué, il falloit de nouveau gravir
une montagne extrêmement escarpée, mais
couverte de bois, ce qui rendit notre marche
plus aisée, par la facilité que nous eûmes de
nous accrocher aux arbres, de nous appuyer
contre leurs troncs pour nous reposer, et de
n'être pas vus des hauteurs voisines. Nous
avions franchi une élévation assez considérable
quand tout-à-coup un rocher escarpé nous
barra le chemin; que de fatigues et de périls
il fallut affronter pour parvenir à la cime!
j'étois sur le point d'y atteindre; mais l'abat-
tement de mes forces ne me permettoit plus
de me tenir à la ceinture de Makaroff; j'ap-
puyai donc mon pied dispos contre une pierre,
de ma main droite je saisis un arbrisseau dont
la tige étoit dans une direction presque hori-
zontale, et j'attendis ainsi que Makaroff, dont
le poids de mon corps avoit ralenti la marche,

fut parvenu au sommet pour me prêter son
aide; mais à peine l'avoit-il atteint, qu'é-
puisé par la continuité de ses efforts, cet
homme extrêmement vigoureux tomba par
terre comme mort. Dans ce moment la pierre
qui me soutenoit roula dans l'abîme, je restai
suspendu par une main sans être en état de
pouvoir m'appuyer contre quoi que ce fût,
car le rocher étoit très-lisse. Les autres matelots n'étoient pas très-loin de moi, mais leur
lassitude leur ôtoit les moyens de venir à mon
secours. Makaroff restoit toujours comme privé
de sentiment. M. Chlebnikoff gravissoit la
montagne dans un autre endroit.

Je demeurai plusieurs minutes dans cette
horrible position; déjà ma main me faisoit
ressentir une douleur violente; j'étois décidé
à me précipiter dans l'abîme profond de plus
de cent pieds; et à mettre ainsi un terme à
mes maux; Makaroff revient à lui, se relève,
voit ma position, s'approche de moi, applique
son pied contre une pierre qui touchoit
ma poitrine, empoigne d'une main une
branche de l'arbrisseau, me dit de m'accrocher
de la main gauche à sa ceinture, et avec des
efforts incroyables m'enlève au sommet du
rocher; mais il tombe de nouveau à terre

sans connoissance. Si la pierre sur laquelle
son pied étoit fixé se fût détachée, ou si la
branche qu'il avoit empoignée se fût rompue,
nous eussions tous deux été précipités dans
le fond de l'abîme où sans doute nous eussions
péri. Cependant M. Chlebnikoff, parvenu au
milieu du rocher, rencontra tant d'obstacles,
qu'il ne pouvoit ni avancer ni reculer. Les
matelots lièrent leurs ceintures ensemble,
lui tendirent un bout de cette espèce de corde
et le retirèrent ainsi de sa position périlleuse.

Après nous être reposés sur le sommet du
rocher, nous recommençâmes à escalader la
montagne; nous avions de loin découvert au
sommet une hutte en terre ou quelque chose
qui y ressembloit, ce qui nous faisoit désirer
d'y arriver pour y passer la nuit. Avant le
coucher du soleil, nous parvînmes avec les
plus grands efforts sur la cime de la montagne.
C'est une des plus hautes de Matsmaï; elle
étoit couverte de touffes de roseaux entre
lesquelles on voyoit encore de la neige; de
grands arbres s'élevoient çà et là. Nous n'y
trouvâmes pas de hutte; mais pensant que
bien certainement les Japonois ne nous viendroient pas chercher à cette hauteur effrayante,
nous allumâmes du feu, et nous préparâmes

notre souper consistant en poireaux sauvages
et en oseille, que nous avions cueillis sur le
bord du ruisseau que nous avions traversé à
gué. Nous fîmes aussi sécher nos vêtemens;
car dans ce trajet nous avions eu quelquefois
de l'eau au-dessus du genou; et nous nous
construisîmes une hutte avec des roseaux
pour y passer la nuit.

Nous fîmes cuire pour notre repas les
plantes que nous avions cueillies; nous y
ajoutâmes de nos provisions, puis nous nous
étendîmes pour dormir. L'excès de la fatigue
et le manque de sommeil pendant plusieurs
nuits ne tardèrent pas à me fermer les yeux;
néanmoins la grande chaleur qui régnoit dans
notre cabane me réveilla bientôt; j'allai au
grand air. Appuyé contre un arbre, je réfléchis
à notre sort; l'aspect imposant de ce qui m'en-
touroit fixa toute mon attention. Le ciel étoit
pur et serein : entre les montagnes au-dessous
de nous s'étendoient des nuées épaisses; probablement il pleuvoit dans la plaine. La neige
brilloit au loin sur les hauteurs environnantes;
jamais je n'avois vu les étoiles reluire d'un
éclat si vif. Un silence profond et majestueux
régnoit tout autour de moi; cependant ce

spectacle magnifique ne put m'occuper long-
temps ; mes pensées revinrent involontaire-
ment sur notre position. Toutes les images
effrayantes qu'elle pouvoit produire s'offrirent à mon esprit : voilà, me disois-je, six
hommes sur une des plus hautes montagnes
de Matsmaï ; ils sont à peine vêtus, dépourvus
de moyens de subsistance et de défense, en
butte aux poursuites de leurs ennemis, aux
attaques des bêtes féroces (1), errans sur une
île qu'ils ne connoissent pas, incertains s'ils
pourront trouver sur la côte un navire pour
s'échapper, trop foibles peut-être pour s'en
emparer ;.....et moi leur chef, je suis à peine
en état de faire un pas sans ressentir des douleurs affreuses...... Ces réflexions déso-
lantes faillirent à me jeter dans le plus terrible
désespoir. Heureusement quelques-uns de
mes compagnons s'étoient éveillés ; je fus bien
plus touché de leurs soupirs et de leurs prières

(1) Les forêts de Matsmaï sont remplies d'ours, de loups,
de renards, de lièvres, de cerfs et de chèvres sauvages.
L'on y trouve aussi des zibelines, mais leur poil est rou-
geâtre, et n'a par conséquent que peu de valeur. Les
ours sont excessivement farouches ; ils attaquent également les hommes et les animaux.

que de mes maux. J'oubliai mes peines, je
versai des pleurs amers sur leur malheureuse
destinée.

J'avois passé une heure plongé dans ces
idées affligeantes ; le froid me força de chercher un asile dans notre cabane ; je me cou-
chai, mais je ne pus fermer l'œil. Le 26 avril,
au point du jour, nous fîmes un déjeûner
semblable au souper de la veille ; puis re-
prenant notre voyage, nous résolûmes, au lieu
de continuer à franchir les montagnes, de
suivre le cours du premier torrent que nous
rencontrerions qui couleroit vers l'ouest, de
chercher à arriver au bord de la mer, de le
suivre en marchant au nord, et de guetter
l'occasion de nous rendre maîtres d'un bâtiment. Nous descendîmes la montagne par une
gorge profonde, où, conformément à nos
souhaits, nous trouvâmes un courant d'eau
qui se dirigeoit à l'ouest ; mais la route le long
de ses bords nous présenta de nouvelles difficultés ; souvent le torrent se précipitoit avec
violence au milieu de rochers qui ne laissoient entre eux qu'un passage extrêmement
resserré ; c'étoit par là qu'il falloit avancer avec
des peines iucroyables ; des dangers imminens
s'offroient à chaque pas. La moindre impru-

dence, un pied posé de travers pouvoient
nous précipiter dans le torrent qui nous auroit
emportés et fracassés contre les rocs. Tous les
quarts d'heure à peu près il falloit passer l'eau
à gué, parce que le rivage devenoit si escarpé
d'un côté, qu'il n'étoit plus possible de le
suivre. Nous choisissions toujours les endroits
les moins profonds pour y passer, pourtant il y
en avoit où le torrent étoit si rapide, que nous
pouvions à peine résister à sa violence en
nous appuyant sur nos bâtons. Quelquefois
nous avions de l'eau jusqu'aux genoux,
d'autres fois jusqu'à la ceinture.

Au bout d'un certain temps, nous aper-
çumes sur les bords du torrent des cabanes
vides qui, en été, sont habitées par des bû-
cherons et des charbonniers. Nous y cherchâmes des provisions, nous n'y trouvâmes
qu'une vieille coignée et un ciseau tout couverts de rouille ; enfin, deux tasses en laque:
nous emportâmes tous ces objets. Le ciel étoit
serein et le soleil ardent; avant qu'il se cou-
chât derrière les montagnes nous entrâmes
dans une cabane où il y avoit un four à charbon.
Notre projet étoit d'y passer la nuit et d'y faire
sécher nos vêtemens mouillés. Nous n'osions
pourtant pas allumer un grand feu, de crainte

d'être aperçus. La moitié du toit de notre hutte avoit été enlevée, de sorte que nous dormîmes à peu près à la belle étoile. La nuit fut froide; cependant nous en souffrîmes peu, parce que nous nous enfonçâmes dans la paille.

Le lendemain, 27 avril, nous continuâmes, après déjeûner, de suivre le torrent; nous marchions depuis deux heures, quand nous vîmes une cabane dont il sortoit de la fumée. Il ne nous parut pas convenable d'user de violence contre les malheureux habitans, ni de nous montrer à leurs regards, car ils eussent pu nous faire connoître à ceux qui nous poursuivoient. Nous gravîmes donc une montagne bien boisée; puis nous la descendîmes du côté de l'ouest, en prenant un sentier le loug d'un ravin, où nous fîmes halte à midi sur le bord d'un ruisseau, pour manger des haricots et du riz. Du haut d'une autre montagne que nous gravîmes ensuite, nous découvrîmes, par-dessus plusieurs monticules, la mer dans le lointain. Toutes ces hauteurs, de même que celle où nous nous trouvions, étoient absolument nues sans le moindre buisson ni herbe un peu haute; de petits chemins les coupoient en tout sens. Le temps étoit si clair, que nous aperçûmes distincte-

ment un chien qui couroit sur une autre montagne. Il y avoit donc du danger à marcher
davantage; car les Japonois pouvoient, à notre
nombre et à notre taille, nous reconnoître aisément. Nous étions pourtant bien fâchés de
perdre du temps; nous voulions arriver sur
le bord de la mer avant la nuit, nous reposer,
puis suivre la côte dans l'obscurité. Ainsi,
nous nous décidâmes à poursuivre notre
marche en nous courbant, nous tenant à quelque distance les uns des autres et regardant
de tous côtés autour de nous pour découvrir
si personne ne se montroit. Nous rebroussâmes
chemin, de cette manière, pendant une lieue,
et nous arrivâmes sur une montagne peu
élevée, mais c'étoit là que le danger nous attendoit. Du rivage où passe la grande route
fréquentée par les Japonois, on pouvoit aisément nous apercevoir. Il fallut nous tapir
dans l'herbe, et là délibérer sur ce qu'il convenoit de faire. Au même instant nous aperçûmes des soldats à cheval, qui suivirent un
sentier conduisant directement vers nous.
Nous nous glissâmes aussitôt dans un chemin
creux, nous cachant dans les buissons dont
ses deux côtés étoient couverts. Les soldats
passèrent sans nous voir. Cet incident nous

fit connoître qu'il y avoit de l'imprudence et
de la témérité à nous tenir sur les montagnes;
si nous ne nous fussions pas mis ventre à
terre à l'instant où les soldats gravissoient le
coteau, nous eussions aussitôt été découverts
et saisis.

Le ravin où nous descendions étoit traversé
par un petit ruisseau bourbeux rempli de racines et de débris de végétaux. En remuant
la fange, nous trouvâmes de petites écrevisses
longues d'un pouce, leur vue inspiroit le dégoût; cependant nous les mangeâmes comme
un mets délicat. Après une heure de repos,
nous résolûmes de continuer à descendre
dans le chemin creux aussi long-temps que
les buissons des deux côtés nous cacheroient,
et jusqu'à ce que nous pussions découvrir
encore une route sur les montagnes; nous finîmes par arriver sur le bord de la mer, que
nous suivîmes pendant plus d'une heure,
jusqu'à un lieu que l'on pouvoit apercevoir
de plusieurs endroits, ce qui nous détermina
à nous cacher entre les bois et les roseaux. Il
y avoit de jeunes arbres très-beaux; ils nous
fournirent des piques; nous garnîmes le bout
des unes du couteau et du ciseau, les autres
furent simplement rendues pointues avec la

hache que nous avions trouvée dans la cabane.
Tandis que nous étions occupés à ce travail,
nous entendîmes des voix qui s'approchoient
de nous; elles venoient de l'autre côté du ravin. M. Chlebnikoff, assis un peu plus haut
que le reste de la troupe, vit les gens qui passèrent très-près du lieu où nous étions, c'é-
toient des ouvriers, il y avoit parmi eux une
femme.

A la chute du jour, nous sortîmes de notre
asile; et à la nuit nous atteignîmes le rivage,
que nous longeâmes vers le nord. Je ne puis
pas dire bien exactement à quelle distance nous
étions alors de Matsmaï; car, à force de monter
et descendre les montagnes, en nous détour-
nant souvent de côté, quelquefois en rebrous-
sant chemin et en ne marchant pas toujours
d'un pas égal, nous n'avions pas beaucoup
avancé, quoique nous eussions voyagé long-
temps. D'après la position des deux petites îles
désertes que nous aperçûmes du rivage, et que
précédemment nous avions vues de Matsmaï,
nous pûmes calculer à peu près que nous
n'étions guère éloignés de cette ville que de
vingt-cinq verstes (six lieues).

Nous n'avions pas fait un verste, que nous
nous trouvâmes tout-à-coup près d'un village

situé contre un rocher escarpé, ce qui nous
avoit empêchés de le voir auparavant. La
crainte qu'il n'y eût des gardes postés dans ce
lieu, nous fit suspendre notre marche; néanmoins, réfléchissant bientôt à la hauteur du
rocher et à la difficulté de le gravir, nous
résolûmes de passer outre; personne ne nous
aperçût, les chiens même n'aboyèrent pas
après nous. Nous vîmes là deux bateaux en
bon état, mais trop petits; nous poursuivîmes
donc notre voyage dans l'espérance d'en rencontrer de plus grands.

Cet incident nous causa beaucoup de joie,
parce qu'il nous prouva qu'on ne faisoit pas
la garde dans tous les villages ni sur les bateaux. Durant la nuit nous traversâmes plusieurs autres villages, auprès desquels nous
vîmes des bateaux, mais tous étoient trop petits. Au reste, la route, le long du rivage,
n'étoit ni aussi commode ni aussi facile que
nous nous l'étions imaginé. Entre les montagnes et la côte, s'étendoit une plaine élevée
souvent coupée par des ravins profonds, où
couloient des torrens et des ruisseaux qui se
rendoient à la mer. Quand l'escarpement des
rochers empêchoit la route de continuer le

long du rivage, elle passoit par la plaine, et vers
ces ravins dont les pentes étoient extrêmement
roides et sinueuses. Nous nous égarions fréquemment, surtout dans les enfoncemens; le
sol en étoit ordinairement composé de sable
et de gravier, dont nous ne savions comment
nous tirer. Quelquefois nous cherchions inutilement le chemin pendant des heures entières; et, faute de le retrouver, il falloit grimper
dans l'obscurité avec une peine extrême, et
ce n'étoit pas non plus sans danger. D'autres
fois nous perdions dans le sable la trace de la
voie; et en avançant nous rencontrions des
rochers qu'il étoit impossible de franchir; au
risque de nous casser le cou, nous l'essayâmes,
mais rarement; le plus souvent nous rebrous-
sions chemin.

Le sol montagneux de Matsmaï et des
autres îles Kouriles empêche les Japonois de
s'y servir de voitures. Tous les fardeaux y
sont transportés par eau, ou bien par des chevaux ou des bœufs. Les employés du gouvernement et les personnes de considération
voyagent, les uns en litières et en norimon,
les autres à cheval. Il n'y a donc pas, à proprement parler, de grande route; l'on ne

trouve que des sentiers qui, pour faciliter la
marche des chevaux, suivent des directions
sinueuses sur le penchant des montagnes.

Le 28 avril, avant le jour, nous rentrâmes
dans les montagnes pour nous y cacher pendant le jour. Quand il fit clair, nous nous
trouvâmes sur une haute montagne presque
pelée; il étoit de toute impossibilité de nous
y dérober aux regards; enfin, à force de
chercher, nous découvrîmes quelques buissons dans un chemin creux; nous en arra-
châmes d'autres que nous vîmes un peu plus
loin, nous les fichâmes en terre, et nous
nous couchâmes derrière cette haie. Par malheur il n'y avoit ni eau ni neige sur cette
montagne, de sorte que nous souffrîmes beaucoup de la soif. De l'autre côté du ravin, vis-
à-vis de nous, un chemin conduisoit dans la
forêt; nous y vîmes passer plusieurs fois des
hommes et des chevaux de charge qui alloient et venoient; nous apercevions les
premiers si distinctement que nous eussions
pu les reconnoître si leur figure nous eût été
familière. Ils ne nous virent pas; un regard
un peu attentif jeté de notre côté eût pu
nous découvrir à l'instant.

Durant la journée, nous nous occupâmes

de différens travaux. Avec nos chemises nous fîmes deux voiles. Les cordes et les morceaux de laine que nous avions emportés nous servirent à préparer toutes les manœuvres nécessaires. A peu de distance de notre retranchement, il y avoit un village. Le soir, un des bâtimens qui naviguoient le long de la côte, mouilla près de ce lieu. Nous résolûmes de le surprendre cette nuit même, si le vent étoit favorable.

Après le coucher du soleil, nous descendîmes la montagne, et nous courûmes au village. Mais en nous approchant du navire, nous y entendîmes un grand bruit et le son de plusieurs voix. Il fallut donc nous arrêter de nouveau dans une cachette, et attendre que la nuit fût bien noire pour tenter notre entreprise ; tout-à-coup nous apercevons que le navire levoit l'ancre, et que c'étoit le sujet du grand bruit que faisoient les matelots; comme il n'y avoit plus rien à essayer en ce lieu, nous continuâmes à marcher le long de la mer.

Cette nuit nous eûmes beaucoup plus d'obstacles à surmonter que dans la précédente. Les ravins étoient plus nombreux et plus profonds. Nous fûmes souvent obligés de traverser des torrens à gué. Vers minuit nous arrivâmes à un très-grand village. Nous entrâmes dans sa rue principale, voulant le traverser en entier; bientôt nous reconnûmes qu'elle étoit extrêmement longue, et nous entendîmes les gardes qui se trouvoient au milieu, frapper les heures avec leurs petites planches. Nous prîmes donc le parti de faire le tour de ce lieu; mais les jardins qui l'environnoient étoient si étendus, que cela nous eût occasionné un retard immense; ainsi nous cheminâmes à travers ces jardins, y laissant des traces de nos pas, très-reconnoissables à leur grandeur. Nous n'avions pu nous accoutumer aux souliers japonois; et nous avions en conséquence demandé du cuir, pour qu'un de nos matelots qui entendoit le métier de cordonnier, pût nous faire des chaussures. On nous donna des peaux de phoque pour les bottes, et de la peau de tête d'ours pour les semelles. Simanoff fit, avec ces matériaux, des espèces de bottes de paysan qui portent en Sibérie le nom de torbassy. Elles étoient très-grandes, et les traces des matelots occupoient certainement deux fois autant d'espace que celles des Japonois; de sorte que ceux-ci pouvoient aisément reconnoître d'où elles provenoient.

Le long du rivage nous vîmes en plusieurs endroits de grands feux dont nous ne sûmes pas d'abord le motif, et nous crûmes que c'étoient les soldats de service qui les avoient allumés; nous découvrîmes bientôt que c'étoient des signaux pour les bâtimens à la voile; car, dès que ceux-ci hissoient leurs lanternes, aussitôt on allumoit le feu à terre.

Le 29 avril, l'aurore nous fit encore rentrer dans le haut du pays. Au jour nous nous trouvâmes sur le sommet d'une montagne pelée, qui ne nous offroit aucun refuge. Tout autour de nous passoient des sentiers qui conduisoient des villages dans la forêt. Nous allâmes donc d'un autre côté, dans une ravine profonde et boisée, où couloit un ruisseau. Cachés dans un endroit retiré, nous allumâmes du feu pour nous sécher et nous chauffer, car le temps étoit froid, et le vent souffloit. Nous fîmes cuire aussi du poireau sauvage et de l'angélique que nous avions cueillis, mais cette plante nous causoit du dégoût, à moins de la manger avec d'autres mets, nous y ajoutions souvent une poignée de haricots ou de riz. Quant à moi, je perdis presque entièrement l'appétit, et ma soif s'accrut; partout ou je trouvois de l'eau, je buvois avec avidité. Cette extrémité nous fit songer aux moyens de nous procurer des vivres. Notre état exigeoit aussi que nous découvrissions un lieu sûr dans la forêt pour y construire une cabane, afin de réparer un peu nos forces épuisées par le manque de nourriture et par l'excès de la fatigue. Malheureusement les montagnes, à quelque distance du rivage, étoient entièrement nues. Les côtes orientales de Matsmaï sont couvertes de bois jusqu'au bord de la mer ; ce qui nous avoit fait croire qu'il en étoit de même sur la côte occidentale; quel contre-temps pour nous, de trouver tout l'opposé de ce que nous imaginions ! Depuis la côte jusqu'au milieu de l'île, toutes les forêts sont exploitées pour fournir du bois à brûler et du charbon. Les Japonois font un grand usage de ces deux objets, car ils n'ont pas de poêles et entretiennent le feu constamment allumé au foyer. L'hiver étant froid et long, et la population considérable, la quantité de bois et de charbon qui se consomme est prodigieuse. Le manque de bois dans la partie occidentale de Matsmaï, prouve que les Japonois se sont d'abord établis dans cette partie, et ne sont allés que

plus tard dans l'est. Ils donnent quatre cents
ans d'antiquité à la ville de Matsmaï.

Indépendamment de la nudité des montagnes, on rencontre presque à chaque demi-
heure un village, dont les habitans vont tout
le long du jour travailler dans les forêts. Nous
ne pouvions donc pas, tant que le soleil étoit
sur l'horizon, nous cacher nulle part près du
bord de la mer; il falloit, un peu avant le
jour, nous hâter de regagner les hauteurs et
nous jeter dans les bois, et, à l'entrée de la
nuit, reprendre la route fatigante le long du
rivage; nous n'y arrivions que déjà épuisés
de lassitude, et nous avions toutes les peines
imaginables à nous traîner plus loin. Nous
étions décidés à ne pas employer la violence
pour nous procurer des vivres, à moins d'un
cas de nécessité absolue, afin de ne pas irriter
davantage les Japonois, et de ne pas leur
donner occasion de renforcer les gardes sur
les bâtimens. Tout ce que nous souhaitions
étoit de nous emparer au plus tôt d'un navire,
sachant qu'ils sont toujours bien pourvus de
vivres et d'eau. Nous résolûmes aussi, en traversant les villages, de chercher les lieux où
l'on étend le poisson pour le faire sécher à

l'air, ou, si c'étoit possible, de surprendre un cheval dans les champs, de le tuer, et d'en manger la chair.

Au coucher du soleil, nous sortîmes de notre retraite, et nous allâmes gagner la route le long du rivage. Les obstacles que nous avions eus à combattre auparavant, s'accrurent encore; les ravins devinrent plus profonds et plus escarpés, les torrens plus fougueux; en les traversant, nous avions de l'eau jusqu'à la ceinture : ce n'étoit pas tout; il pleuvoit si fort, que nous étions tout trempés, et que nous ne pûmes pas nous coucher sur l'herbe.

Cette nuit, il nous arriva deux aventures. Tout près du rivage, nous aperçûmes du feu. En nous en approchant, il disparut. Nous trouvâmes, au lieu où il s'étoit montré, un rocher prodigieusement élevé, mais ni caverne ni cabane d'où il pût sortir. Peut-être avions-nous été déçus par une illusion de nos sens. Étant ensuite entrés dans une gorge très-profonde d'où nous sortîmes par un sentier roide et tortueux pour gagner un plateau, nous éprouvâmes un accident qui nous alarma beaucoup. M. Chlebnikoff vint à glisser, et tomba dans le ravin. Nous entendîmes qu'il se retenoit à quelque chose, mais bientôt il

3 *

roula plus bas ; nous ne savions ce qu'il étoit
devenu. Il ne répondoit pas à notre voix ; nous
n'osions l'appeler bien haut, car nous n'étions
pas très-éloignés d'un village. La nuit étoit
si noire, que l'on ne distinguoit rien à dix
pas. Nous liâmes donc nos ceintures les unes
au bout des autres ; Vassilief fut attaché à
l'une des extrémités, et nous le descendîmes
dans l'endroit où M. Chlebnikoff avoit dégrin-
golé ; nous ne lâchions que par degrés cette
corde factice ; il fallut la retirer quand nous
fûmes au bout. Vassilief, en remontant, nous
dit qu'il étoit parvenu à une profondeur assez
considérable, et qu'il n'avoit pu découvrir le
fond de la ravine ; qu'il avoit appelé M. Chlebnikoff, et ne l'avoit pas entendu répondre.
Alors nous nous déterminâmes à rester pendant le jour dans ce lieu, et à descendre de
nouveau l'un de nous dans la ravine, pour
voir si M. Chlebnikoff vivoit encore. Nous
avions passé deux heures dans cette pénible
incertitude sur le sort de notre compagnon,
quand nous entendîmes un bruit dans l'herbe,
et, à notre joie inexprimable, nous revîmes
M. Chlebnikoff. Il nous raconta qu'il avoit
roulé à une certaine profondeur dans l'abîme,
et que s'étant retenu quelques minutes, il

avait voulu essayer de remonter; qu'au lieu
de cela, il avoit glissé de nouveau, et étoit
tombé perpendiculairement de vingt pieds
dans un trou au fond duquel il n'y avoit heureusement pas de pierres; cependant il s'étoit
fait beaucoup de mal, et les suites de cette
chute ne sont pas encore passées. Enfin il reprit ses esprits, et arriva heureusement à l'endroit où nous l'attendions. Après s'y être un
peu reposé, il continua le voyage avec nous,
quoiqu'il souffrît de grandes douleurs dans
plusieurs parties de son corps.

Aujourd'hui encore, je ne pense qu'avec
effroi à ces précipices et à ces montagnes hor-
ribles, et rien au monde ne me pourroit engager à les gravir de nouveau, même en plein
jour. En montant, nous n'avions souvent,
pour nous retenir au milieu des débris de rochers, que la ressource de saisir de petits buissons qui sortoient de quelque crevasse, sans
savoir s'ils n'étoient pas desséchés; dans le
cas où ils n'auroient pu résister à l'effort
de l'homme qui les empoignoit, celui-ci auroit été précipité à l'instant au fond de l'abîme,
et brisé contre les rochers. Quelquefois une
pierre saillante, mais chancelante, nous servoit de point d'appui; heureusement la pro-

vidence veilloit sur nous, et., à l'exception de
M. Chlebnikoff, aucun de nous n'éprouva
d'accident. Notre position désespérée nous faisoit oublier et mépriser tous les dangers. Nous
gravissions au-dessus d'abîmes profonds sans
songer à la douleur ni à la mort, et aussi in-
différemment que si nous eussions marché sur
une plaine bien unie. Tout ce que je souhaitois,
dans le cas où il m'arriveroit quelque accident, c'étoit que la chute que je ferois fût
assez forte pour me tuer sur le coup, afin de
ne pas languir dans les souffrances.

Le 30 avril, avant le coucher du soleil, nous
rentrâmes dans les montagnes, et nous atteignîmes un bois où nous nous assîmes à peu de
distance du chemin. Nous n'osions pas allumer
du feu, et cependant il nous eût été bien nécessaire, car nous étions tout mouillés par la
pluie qui n'avoit pas cessé de tomber. Nous
nous couchâmes donc les uns contre les autres, et nous nous couvrîmes de nos voiles.
Mes compagnons mangèrent un peu de nos
provisions; quant à moi, j'avois entièrement
perdu l'appétit, mais la soif me tourmentoit
horriblement.

A la nuit, nous regagnâmes le rivage. Dans
les villages que nous traversâmes, nous ne

pûmes découvrir ni canot convenable, ni poisson étendu pour sécher ; peut-être le temps de la pêche n'étoit-il pas encore arrivé, ou bien l'on avoit rentré le poisson pendant la nuit. Nous vîmes des chevaux dans les champs, et nous essayâmes de les prendre ; mais ils étoient trop farouches pour se laisser approcher. En suivant une descente très-roide près du bord de la mer, nous nous aperçûmes, à moitié chemin, qu'elle conduisoit directement dans un village. Dans l'obscurité, nous perdîmes le sentier, et nous prîmes un tas de paille pour une pente très-roide ; à peine eûmes-nous mis le pied dessus, que nous roulâmes du haut en bas, et nous nous trouvâmes tout près d'une maison sur une aire à battre le grain. Les chiens vinrent à nous, ce qui ne nous empêcha pas de continuer tranquillement notre chemin ; mais nous fûmes certainement aperçus par deux hommes qui portoient des lanternes. Nous souffrions tellement de la soif, que nous ne passions pas un ruisseau sans boire abondamment : toutes les fois que cela m'arrivoit, je me sentois mal à mon aise, et je salivois sans discontinuer. Un quart-d'heure après, la soif me tourmentoit de nouveau, et à un tel point que le murmure d'un ruisseau dans l'éloignement me procuroit quelque soulagement, et m'excitoit à doubler le pas. A peine avois-je bu, que mon malaise revenoit, et je passois continuellement d'une incommodité à une autre; mais je ne pouvois pas manger.

Le 1.er mai, nous nous reposâmes sur un coteau le long du torrent dans une forêt sombre, tout près d'un village situé sur une langue de terre sablonneuse. Nous vîmes beaucoup de gens à cheval et à pied traverser le torrent, et d'autres passer par un chemin peu éloigné de nous, ce qui nous força de rester toute la journée sans feu. En sortant, à la nuit, nous rencontrâmes plusieurs personnes avec des lanternes, et nous nous cachâmes derrière les arbres pour les laisser passer. Nous entendîmes frapper l'heure dans un village dont nous nous étions approchés; nous en conclûmes qu'il devoit s'y trouver des soldats qui pourroient aisément nous découvrir, parce qu'il ne faisoit pas encore bien sombre, et nous jugeâmes qu'il falloit nous arrêter. Sur ces entrefaites, nous aperçûmes, dans une prairie, un cheval attaché; nous voulions le prendre et l'emmener dans la forêt pour le tuer; déjà nous avions coupé la corde pour

cette opération, quand un poulain se mit tout-
à-coup à bondir et à hennir si fort, que nous
fûmes obligés de renoncer à l'idée de nous
emparer de la jument, parce que le bruit que
faisoit le poulain auroit pu attirer les Japonois. Nous songeâmes ensuite à traire la mère
dont le lait nous eût certainement été bien
salutaire, mais elle accueillit d'une si violente
ruade le matelot qui s'avança, que nous perdîmes l'envie de goûter de son lait.

La nuit étant devenue plus sombre, nous
passions devant un village sur le bord de la
mer, quand des chiens en sortirent et cou-
rurent sur nous. De crainte que leurs aboie-
mens n'attirassent l'attention des gardes qui
nous eussent aisément aperçus au bord de
l'eau, nous fûmes obligés de nous coucher
derrière un grand tas de sable. Les chiens s'ar-
rêtèrent en nous regardant et en grondant.
Nous nous levâmes pour continuer notre
route, ils s'élancèrent vers nous en aboyant,
et nous contraignirent à reprendre notre première position; ce ne fut qu'au bout d'une
demi-heure qu'ils s'éloignèrent; nous pûmes
alors traverser le village sans nouvel obstacle.
Dans un des hameaux que nous rencontrâmes
ensuite, nous vîmes un bateau à flot, et tout

près, sur le rivage, une tente. Nous allions examiner le bateau; Schkaïef qui comptoit trouver quelque chose à manger dans la tente, y alongea la main, et attrapa le visage d'un homme endormi, qui se mit aussitôt à pousser des cris. Craignant qu'ils ne fissent lever les habitans du village, et ne sachant pas d'ailleurs si le bateau pourroit tous nous contenir, nous noûs éloignâmes, et nous tapîmes derrière des pierres. Deux de nous cependant retournèrent sur leurs pas pour prendre connoissance du bateau; ils y aperçurent un homme qui regardoit de tous côtés. Bien persuadés qu'il ne faisoit pas bon pour nous en ce lieu, nous poursuivîmes notre chemin le long du village. Avant d'arriver à son autre extrémité, nous vîmes un grand bateau halé à terre tout contre les maisons; il nous parut très-convenable pour notre dessein; mais le grand éloignement où il se trouvoit de la mer, nous ôtant l'espoir de pouvoir le mettre à flot, nous passâmes outre. Bientôt nous aperçûmes sous un hangar un autre grand bateau qui, à l'exception de voiles dont nous étions munis, avoit tout ce qu'il falloit pour naviguer, et jusqu'à de petits seaux qui eussent pu nous servir à mettre de l'eau; le vent et le temps étoient extrêmement favorables : contre-temps imprévu, le bateau étoit enfoncé dans l'eau d'un côté, il falloit le retourner pour le mettre à flot ; par malheur, nous n'en avions pas la force : s'il n'eût eu que l'avant ou l'arrière dans la mer, il y eût eu moyen de le dégager ; puis, après avoir pris par force des vivres dans la première maison de bonne apparence, pousser au large. Tout cela étant impossible, nous nous contentâmes d'emporter un pot qui se trouvoit dans le bateau, afin de nous en servir pour boire, et nous continuâmes à marcher.

L'approche du jour nous chassa de nouveau dans les montagnes. Celle où nous nous trouvions n'offroit que de petits buissons épars sur sa surface pelée. Tout autour de nous passoient des sentiers, le bord de la mer étoit parsemé de villages. Une forêt épaisse où nous eussions pu nous cacher, étoit si éloignée, qu'il nous auroit fallu beaucoup de temps pour y atteindre ; ainsi, contraints par la nécessité, nous nous assîmes entre les buissons, Le temps étoit clair et serein. Tout en faisant sécher nos habits, nous formions de nouveaux plans pour l'exécution de notre entreprise. Il étoit évident que nous ne pouvions pas nous

procurer des vivres sans avoir recours à la
violence; mais il étoit certain aussi qu'après
un coup de ce genre, nous ne pouvions plus
nous attendre à rester avec sécurité dans le
pays, car les Japonois ne manqueroient pas
de redoubler de vigilance, et placeroient des
gardes sur les côtes. Comme il étoit possible
que l'occasion de s'emparer d'un bâtiment ne
se présentât pas, nous pensâmes qu'il vau-
droit mieux prendre deux bateaux pêcheurs,
comme il s'en trouve toujours le long du rivage, et gagner une petite île boisée distante
de vingt-cinq à trente milles de terre, et qui,
d'après ce que nous avions appris à Matsmaï,
étoit inhabitée. Une fois arrivés, nous aurions
la possibilité d'y construire une cabane, et
d'y allumer du feu quand nous voudrions.
Nous ne courions non plus aucun risque à
nous y promener sur le bord de la mer, afin
de ramasser des coquillages et des plantes
marines pour notre nourriture. C'étoit un
excellent moyen de pouvoir attendre tranquillement et pendant long-temps le moment
favorable pour surprendre un navire chargé
et passant près de l'île par un temps calme;
en effet, depuis trois jours que nous l'avions
en vue, nous remarquions que tous les

navires et les bateaux passoient entre
Matsmaï et cette petite île, et même s'approchoient beaucoup plus de la dernière. Or;
pendant un des calmes qui sont très-fréquens
ici dans les soirées d'été, il n'étoit pas impossible de nous emparer d'un navire qui s'ap-
procheroit de nous. Dans le cas où cette tentative ne nous réussiroit pas, nous pourrions
profiter de l'été, saison durant laquelle les vents
ne sont pas violens et soufflent presque toujours de l'est, et gagner avec nos bateaux la
côte de Tartarie qui n'est éloignée de Matsmaï
que de quatre cent-six verstes ou cent lieues.

Tandis que nous nous occupions de nouveaux projets de fuite, le destin en ordonnoit autrement. Nous remarquions, à la vérité, que l'on commençoit à passer par le
sentier tout auprès de nous; cependant personne ne nous avoit vus : enfin, M. Chlebnikoff aperçut, à quelque distance, sur une
hauteur, une femme qui regardoit souvent
vers le lieu où nous étions, se tournoit de
tous côtés, et faisoit signe de la main, comme
pour appeler du monde. Nous reconnûmes
que ces signes se dirigeoient sur nous; aussitôt nous descendîmes dans une ravine, afin
de nous glisser dans la forêt; nous n'étions

pas encore arrivés au fond, que le ravin se
trouva garni des deux côtés de gens courant à
pied et à cheval; ils poussèrent un cri terrible.
Makaroff et moi nous nous dérobâmes à leurs
regards, en nous tapissant derrière un buisson;
nous ne pûmes aller plus loin, et nous nous
assîmes à terre pour attendre nos compagnons
et examiner le nombre de paysans à qui nous
avions à faire, et quelles étoient leurs armes.
Quelle fut notre surprise de voir, au lieu de
paysans, des soldats commandés par un officier
à cheval; ils étoient armés de sabres, de poi-
gnards, de mousquets et de flèches. Nos compagnons furent à l'instant entourés et forcés de
se rendre. Nous vîmes les Japonois leur lier
les mains derrière le dos, leur demander où
nous étions, et les conduire vers le bord
de la mer. Sur ces entrefaites, les Japonois
arrivèrent en plus grand nombre, et se mirent à nous chercher : « Eh bien, mon capitaine, qu'allons-nous faire, me demanda
Makaroff? » — « Peut-être, répondis-je, les
Japonois ne nous découvriront pas aujour-
d'hui; alors, à la nuit tombante, nous nous
glisserons jusqu'au rivage, nous nous met-
trons dans un bateau de pêcheur, nous ga-
gnerons la petite île, puis la côte de Tartarie.»

Mais nos voiles, la théière, ce qu'il falloit
pour allumer du feu, les couteaux, tous ces
objets se trouvoient dans les mains de nos
compagnons, et venoient de tomber au pouvoir des Japonois; nous n'avions que deux
bâtons pointus, le mien armé d'un ciseau,
celui de Makaroff d'un petit couteau. Je proposai, néanmoins, à mon compagnon, dans
le cas où nous échapperions aux recherches
des Japonois, de prendre par force dans une
cabane de pêcheurs, le long du rivage, ce qui
qui nous étoit nécessaire; il y consentit.

Assis au milieu des buissons, nous apercevions des soldats et des paysans qui couroient des deux côtés du ravin et nous cherchoient. Enfin, il y en eut quatre qui s'avancèrent directement vers nous. Deux étoient
armés de sabres, et les deux autres de piques.
Le reste de la troupe marchoit de file avec
ceux-ci de chaque côté du chemin, tenant
leurs armes et leurs flèches toutes prêtes.
Ceux qui venoient à nous fouilloient d'abord,
avec leurs piques, chaque buisson où un chien
auroit eu bien de la peine à se cacher, et ensuite s'en approchoient. Ils n'étoient pas bien
loin de nous, et je tenois ma pique à la main;

Makaroff me pria, les larmes aux yeux, de
ne pas me défendre et de ne tuer personne;
car, si cela m'arrivoit, je pouvois faire le
malheur de tous mes compagnons; il me re-
présenta que je pouvois les sauver en me
rendant aux Japonois, et leur disant qu'en
ma qualité de commandant, j'avois ordonné à
tout mon monde de s'enfuir avec moi, et que
chacun avoit dû m'obéir, pour n'être pas exposé à une punition, quand nous serions de
retour en Russie. Ce discours produisit une
telle impression sur moi, que je fichai à l'instant ma pique en terre, et je sortis du buisson.
Makaroff me suivit. Les Japonois, surpris de
notre apparition soudaine, firent quelques
pas en arrière; puis voyant que nous n'avions
aucune arme, ils marchèrent hardiment vers
nous, nous saisirent, nous lièrent foiblement
les mains derrière le dos, et nous conduisirent au village sur le bord de la mer. D'ailleurs, ils ne se permirent contre nous ni
mauvais traitemens ni injures; au contraire,
s'apercevant que je boîtois et que je n'avan-
çois qu'avec beaucoup de peine, il y en eut
deux qui me prirent par-dessous les bras,
pour m'aider à grimper les endroits élevés,

et marchér dans les pas glissans. Arrivés au
village, on nous fit entrer dans une maison
où nous trouvâmes nos compagnons.

On nous donna du saki, du riz, des ha-
rengs salés, des raves, puis du thé. Ensuite
on nous lia foiblement les mains par-devant,
mais on n'y mit pas la même rigueur qu'à
Kounaschir. Après que nous eûmes passé à
peu près une heure dans ce village, nous
nous mîmes en marche le long du bord de la
mer, sous une escorte nombreuse, pour retourner à Matsmaï. Nous remarquâmes que
les Japonois avoient fiché de petites baguettes
tout le long de la route que nous avions tenue
pendant la nuit ; ils perdoient nos traces
quand nous entrions dans les montagnes, et
les retrouvoient ensuite sur le sable. Il étoit
évident qu'il nous avoit constamment suivis
à la piste; ils n'avoient pas voulu nous attaquer, parce qu'ils craignoient que l'envie de
nous défendre ne nous prît, ce qui eût pu
coûter la vie à plusieurs d'entre eux; peut-
être aussi par d'autres motifs. Ils nous
avouèrent ensuite que, pendant la nuit, ils
avoient toujours marché sur nos pas, et qu'ils
nous avoient souvent vus. Ils rapportèrent
très-exactement ce que nous faisions alors,

que nous buvions de l'eau, etc.; mais nous ne pûmes pas apprendre pourquoi ils n'avoient pas voulu mettre la main sur nous.

Toutes les fois que la route passoit par un village, les habitans se rassembloient pour nous voir. Il faut dire, à l'honneur des Japonois, que nous ne fûmes jamais en butte ni à leurs insultes ni à leurs railleries; tous nous regardoient d'un air compatissant, et souvent les femmes nous apportoient à boire et à manger, tant la voix de l'humanité parloit fortement à ce peuple que nous autres Européens éclairés, nous traitons de barbare. Au reste, le chef de notre escorte nous montroit bien moins de complaisance que les autres officiers, ses compatriotes, n'en avoient eu précédemment pour nous. Nous étions obligés d'aller toujours à pied, quoique l'on eût pu aisément nous donner des chevaux; on ne nous portoit pas comme auparavant pour passer les ruisseaux et les torrens; il falloit les traverser à gué: on ne nous donnoit pas de parapluies, on nous couvroit simplement de nattes quand il pleuvoit. On faisoit halte pendant le jour dans des villages, mais seulement pour quelques instans. On nous servoit alors du riz, des coquillages marinés, ou du hareng, et du thé sans sucre. Nous étions, et surtout moi, excessivement fatigués. La douleur que je ressentois au pied m'empêchoit d'aller vîte ; le commandant de l'escorte ordonna donc que deux Japonois me soutinssent tour à tour sous les bras ; ce qui fut exécuté avec la plus stricte ponctualité. Si, durant la marche, nous demandions à boire, on s'arrêtoit au premier ruisseau pour satisfaire à nos désirs. Pendant la nuit, qui étoit extraordinairement sombre, on nous faisoit marcher l'un derrière l'autre avec la plus grande précaution ; et, devant chacun de nous ainsi que devant le commandant, l'on portoit une lanterne ; en outre, d'autres gens portant aussi des lanternes, précédoient et suivoient notre troupe. Dans les montées et les descentes escarpées et difficiles, un grand nombre d'habitans des villages voisins, mis en réquisition à cet effet, couroient en avant ; chacun étoit chargé d'une botte de paille ; on les étaloit dans les pas dangereux, et l'on y mettoit le feu à notre approche. Un Européen, qui eût de loin aperçu notre marche de nuit, se fût imaginé que l'on portoit en terre l'enveloppe mortelle de quelque grand personnage.

Le lendemain 3 mai, nous arrivâmes dans

un petit village éloigné à peu près de dix
verstes de Matsmaï. Un des premiers magistrats de cette ville, et Teské notre interprète,
y vinrent au-devant de nous avec un détachement de troupes impériales. Nous fîmes
halte. Le magistrat ne proféra pas une parole;
son visage n'annonçait ni colère ni ressentiment; mais Teské nous adressa des reproches
sur notre évasion, et se mit à nous fouiller.
Un des matelots lui ayant dit qu'il pouvoit
s'épargner cette peine, parce qu'il ne trouveroit rien, Teské lui répondit : « Je le sais
« bien, mais la loi le veut ainsi. » Dans ce
village, l'officier qui nous avoit arrêtés, et
ses soldats, mirent leur habit de parade ;
comme il pleuvoit, ils le couvrirent d'un
manteau qu'ils quittèrent ensuite aux ap-
proches de la ville. Ils réglèrent le cortége,
et nous fîmes notre entrée à pas mesuré.
L'affluence des spectateurs étoit immense,
malgré le mauvais temps; et, comme chacun
avoit déployé son parapluie pour se mettre à
couvert, il en résultoit un coup d'œil assez
bizarre. Voici l'ordre de la marche : Deux
guides, avec des baguettes à la main, marchoient en avant de chaque côté; ils étoient
suivis de neuf soldats de file, le fusil sur l'é-

paule et s'avançant fièrement;nous venions ensuite l'un après l'autre, ayant un soldat de
chaque côté; derrière nous marchoient de file
neuf autres soldats armés; la marche étoit terminée par l'officier qui nous avoit pris. Monté
sur un cheval, et vêtu d'un riche habit de
soie, il laissoit tomber ses regards sur la
foule, comme un vainqueur ivre de gloire,
qui s'attend à recevoir, de ses concitoyens, des
témoignages de gratitude et des couronnes de
laurier.

On nous conduisit directement au château.
Précédemment nous allions jusque dans la
cour avec nos bonnets sur la tête; maintenant il fallut les ôter à la porte. On nous fit
asseoir sur des bancs dans l'antichambre de la
salle du tribunal, et l'on nous servit du riz,
des raves marinées, et du thé sans sucre.
Nous fûmes ensuite introduits dans la salle;
quelques instans après, M. Moor et Alexis y
entrèrent aussi, et furent obligés de rester à
quelque distance de nous. Tous les fonctionnaires publics étant arrivés et ayant pris leur
place, le gouverneur parut. Sa physionomie
n'annonçoit aucun changement dans ses sentimens pour nous; elle étoit calme et sereine,
et n'exprimoit aucun mécontentement de

notre conduite. Quand il se fut assis, il nous demanda, avec son affabilité ordinaire, quels motifs nous avoient portés à nous évader. Je priai les interprètes de lui dire qu'avant de répondre à sa question, je devois lui déclarer que j'étois seul cause de tout, et que j'avois obligé mes compagnons à s'enfuir malgré eux ; qu'ils avoient par devoir obéi à mes ordres, parce que s'ils ne s'y fussent pas conformés, ils eussent, à notre retour en Russie, répondu de cet acte d'insubordination. J'ajoutai que l'on pouvoit me punir de mort, mais que l'on ne devoit pas toucher un seul cheveu de mes compagnons. « Si l'on juge « nécessaire de vous faire mourir, répliqua « le bounio, on le peut, sans vous demander « votre opinion ; si l'on trouve au contraire « que ce n'est pas nécessaire, vous aurez « beau le demander, on ne vous écoutera « pas ; mais dites-moi, pourquoi vous êtes- « vous évadés ? »—« Nous nous sommes en- « fuis, parce que nous n'avions pas même le « plus foible espoir d'être mis en liberté ; « tout, au contraire, nous donnoit lieu de « présumer que l'on ne pensoit pas à nous « relâcher. » — « Qui donc a pu vous faire « concevoir ces idées ? Ne vous avois-je pas

« dit que les Japonois ne vous garderoient
« pas éternellement en captivité ? » — « Les
« ordres arrivés de la capitale, sur l'accueil à
« faire aux bâtimens russes, et les préparatifs
« qui en ont été le résultat, ne nous promet-
« toient rien de bon. » — « D'où savez-vous
« cela ? » — « Teské nous a tout découvert. »
— Alors le gouverneur interrogea Teské, mais
nous ne pûmes comprendre ce qu'il lui dit.
Teské, en répondant, pâlit et rougit tour à
tour.

Le gouverneur qui, jusqu'alors, n'avoit
adressé ses questions qu'à moi, se tournant
vers M. Chlebnikoff et les matelots, leur demanda pourquoi ils s'étoient enfuis. Ils répondirent qu'ils avoient obéi à l'ordre que je
leur avois donné comme leur commandant :
M. Moor se mit à rire, et dit aux Japonois que
ce n'étoit pas vrai, parce qu'ils auroient pu,
comme lui, se dispenser de m'obéir et rester.
Il traita les matelots de fous, et assura aux
Japonois qu'en Europe les prisonniers ne s'é-
vadoient pas. Le gouverneur et ses collègues
eurent l'air de ne pas faire une grande attention aux discours de M. Moor, et le premier
continua son interrogatoire sur notre fuite. Il
voulut savoir exactement et dans le plus grand

détail à quelle heure nous étions sortis de la maison, quel chemin nous avions pris dans la ville et dehors, et il fallut, à ce sujet, dessiner la position de notre maison, ainsi que de la partie de la ville que nous avions traversée ; il demanda ensuite ce que nous avions fait chaque jour, les objets et les provisions que nous avions emportés, enfin si quelqu'un de nos gardes ou de nos domestiques ne nous avoit pas aidés à nous enfuir, ou si du moins quelque Japonois n'avoit pas connu notre projet ? Nous répondîmes à ces questions par un récit sincère de tout ce qui s'étoit passé. Alors le gouverneur demanda depuis combien de temps nous avions pris la résolution de nous échapper, et comment nous nous étions figuré que nous pourrions effectuer cette entreprise ? A cette question, M. Moor se tournant vers les matelots, les exhorta à dire la vérité comme s'ils parloient devant Dieu, parce qu'il avoit tout découvert aux Japonois. Cet avertissement n'étoit pas nécessaire, car nous n'avions pas le projet de rien cacher ; mais l'exposé de nos délibérations et de nos résolutions, tel que M. Moor l'avoit présenté aux Japonois, nous fit penser que, tout en conseillant aux matelots de dire la

vérité comme en la présence de Dieu, il ne
s'étoit pas lui-même bien pénétré de cette
idée dans son rapport. Il avoit ajouté une petite bagatelle à son récit; c'étoit qu'en donnant son consentement à notre projet de fuir,
il avoit usé de feinte, afin de connoître nos
plans, d'en empêcher l'exécution, ou, s'il n'en
venoit pas à bout, de tout découvrir aux Japonois, et rendre par-là un service au gouverneur; pour ce qui le concernoit, il s'étoit,
suivant ses propres expressions, remis entièrement à la disposition de l'empereur du Japon; si ce monarque ordonnoit de le relâcher,
il partiroit; dans le cas contraire, il resteroit
au Japon. Le gouverneur ayant ensuite demandé qui de nous étoit l'auteur de la lettre
qui lui avoit été écrite au sujet d'Alexis,
M. Moor se nomma; cependant il se reprit
aussitôt, et ajouta qu'à la vérité il l'avoit
écrite, mais par mes ordres. Les Japonois eux-
mêmes ne purent s'empêcher de rire.

Enfin le bounio nous fit cette question :
« Quel a été votre but en vous enfuyant ? »
—« De retourner dans notre patrie, répon-
« dîmes-nous. » — « Comment pouviez-vous
« effectuer ce projet ? »—« Nous comptions
« nous emparer d'un navire le long de la

« côte, et chercher, en quittant Matsmaï, à
« gagner une des Kouriles russes ou la côte
« de Tartarie. »—« Mais n'étoit-il pas vrai-
« semblable qu'aussitôt après votre fuite, il
« seroit expédié des ordres de tous les côtés
« pour surveiller rigoureusement chaque es-
« pèce de bâtiment ? »—« Nous nous y atten-
« dions ; cependant, au bout d'un certain
« temps, notre projet pouvoit réussir dans
« l'endroit où on le soupçonnoit le moins. »—
« Votre premier voyage en venant ici et vos
« promenades vous avoient fait connoître que
« Mastmaï est partout couvert de hautes mon-
« tagnes, et que, par conséquent, on ne peut
« pas aller vite dans l'intérieur ; quant au
« bord de la mer, les villages y sont si rap-
« prochés et si peuplés, qu'ils présentoient
« un obstacle insurmontable aux progrès de
« votre marche le long de la côte ; tout votre
« plan étoit par conséquent mal réfléchi et
« puéril. »—« Nous avons pourtant marché
« pendant six nuits le long du rivage, et tra-
« versé plusieurs villages sans que personne
« nous ait aperçus : notre projet étoit très-
« hasardeux, c'est ce qui vous le fait trouver
« mal réfléchi et puéril ; mais nous pensons
« tout différemment. Notre position excuse

« tout ; il ne s'offroit aucun autre moyen de
« retourner dans notre patrie. Rester dans une
« captivité perpétuelle et mourir en prison,
« étoit l'unique perspective qui se présentoit
« à nous ; nous avions donc pris la ferme ré-
« solution d'arriver dans notre pays, au risque
« de trouver la mort dans les bois ou dans les
« flots ! » — « Mais pourquoi gagner une forêt
« ou s'exposer sur mer pour y mourir ? ne
« peut-on pas tout aussi bien se tuer ici ? » —
« Ce seroit un suicide ; au lieu qu'en risquant
« notre vie pour recouvrer notre liberté,
« nous pouvions compter sur l'assistance di-
« vine, et avoir une chance de réussir. » —
« Si votre entreprise eût réussi, comment
« eussiez-vous parlé des Japonois à vos com-
« patriotes ? » — « Nous eussions raconté tout
« ce que nous avions entendu et vu, sans y
« rien ajouter et sans rien taire. » — « Mais
« arrivant sans Moor, votre empereur vous
« eût-il loué d'avoir laissé un de vos com-
« pagnons en arrière. » — « Si M. Moor, étant
« malade, n'eût pas pu nous accompagner,
« quoiqu'il en eût eu le désir, notre conduite
« envers lui eût certainement été inhumaine;
« mais il avoit voulu rester au Japon. » —
« Savez-vous bien que si vous eussiez réussi

« à vous échapper, le gouverneur et plu-
« sieurs autres officiers eussent perdu la vie?»
—« Nous présumions que les gardes, ainsi
« que cela se pratique en Europe, seroient
« punis; mais nous ne pensions pas que les
« lois du Japon pussent être si cruelles que
« de condamer à mort des innocens.» — A
ces mots, M, Moor déclara au gouverneur,
d'un ton très-décidé, que nous devions connoître cette loi japonoise, lui-même nous en
ayant instruit.—« Il est vrai que M. Moor nous
« a parlé d'une loi semblable, mais nos idées
« européennes ne nous permettoient pas de
« croire qu'il nous dît la vérite; nous pen-
« sions que c'étoit une fable qu'il avoit in-
« ventée pour nous détourner de notre des-
« sein. »

Nous avions réellement douté de l'existence de cette loi. On nous avoit dit néanmoins que le gouvernement japonois avoit
destitué le précédent bounio après l'attaque
faite par les bâtimens de la compagnie, et qu'il
se trouve encore sans emploi; le gouvernement n'avoit pas voulu considérer que l'île où
les dévastations avoient été commises, étoit
extrêmement éloignée du lieu de sa résidence,
et que les hostilités avoient été totalement

imprévues. Malgré cela, nous ne pouvions
croire que le gouverneur et quelques autres
fonctionnaires publics auroient perdu la vie
à cause de notre fuite; mais nous apprîmes
ensuite que c'étoit bien réel.

« Existe-t-il en Europe, demanda encore
« le gouverneur, une loi d'après laquelle les
« prisonniers doivent prendre la fuite? » —
« Il n'y a pas de loi écrite sur ce point; mais
« quand le prisonnier n'a pas engagé sa pa-
« role d'honneur, il lui est permis de s'évader.»
M. Moor essaya, par ses observations, de
tourner notre réponse en ridicule, et assura
que pareille chose n'avoit pas lieu. Nous citâmes à l'appui de notre assertion les exemples
du général anglois Beresford, du colonel Pake,
du capitaine Sidney Smith, et de plusieurs
autres personnes qui, de nos jours, avoient
eux-mêmes brisé les liens de leur captivité,
et n'avoient pas pour cela encouru le reproche
d'avoir manqué à l'honneur. M. Moor, avec
un sourire forcé, prétendit que les exemples
que nous venions de citer n'avoient pas eu
lieu.

Le gouverneur finit par prononcer un long
discours dont voici la teneur, d'après la traduction de notre interprète: « Si vous étiez

« Japonois, et si vous vous étiez secrètement
« évadés de votre prison, les suites de cette
« action pourroient vous être funestes ; mais
« vous êtes étrangers, et vous ne connoissez
« pas les lois du Japon ; d'ailleurs, vous ne
« vous êtes pas enfuis avec le dessein de faire
« du mal aux habitans de ce pays : vous avez
« seulement voulu revoir votre patrie ; désir
« bien naturel, car, tout homme doit chérir
« sa patrie par-dessus tout. Votre conduite,
« à ce sujet, justifie la bonne opinion que
« vous nous aviez inspirée. Je ne puis pas
« vous répondre du jugement que le gou-
« vernement portera sur votre évasion ; néan-
« moins, j'emploierai, comme auparavant,
« tous mes efforts pour vous servir, et pour
« vous faire obtenir la permission de retourner
« dans votre patrie. Jusqu'à ce que votre af-
« faire soit terminée, vous serez enfermés
« conformément aux lois de l'empire, les ma-
« telots dans une véritable prison, et les of-
« ficiers dans un invérari (1). »

Le gouverneur, après avoir parlé, sortit de
la salle ; nous fûmes ramenés dans l'antichambre. Jusqu'à ce moment nous avions été

(1) Une prison s'appelle *ro* en japonois. On verra plus
bas ce qu'ils entendent par le mot d'*invérari*.

sous la garde de soldats impériaux que nous
ne connoissions pas et auxquels commandoit
l'officier qui nous avoit arrêtés. Celui-ci entra suivi d'un personnage nommé Nagacava-
Matataro, qui étoit le quatrième en rang après
le gouverneur, et remplissoit les fonctions
de juge criminel ; l'officier militaire nous remit
à ce dernier, et ordonna à ses soldats de s'en
aller. Ils furent remplacés à l'instant par des
soldats de Matsmaï, nos anciennes connoissances. Matataro leur dit de nous garrotter
M. Chlebnikoff et moi comme des personnes
en place, et les matelots comme des gens du
commun ; voici en quoi consiste la différence :
on noue aux personnes en place une corde
autour de la ceinture, et les mains le long du
corps, de sorte qu'ils ne peuvent pas les mouvoir ; aux gens du commun, on lie les mains
derrière le dos, comme on nous avoit garrottés à Kounaschir. Cette opération achevée,
on nous fit sortir du château, vers six heures
du soir ; nous traversâmes la ville, et nous
entrâmes dans la prison éloignée du château
d'à peu près trois quarts de verste. Quoiqu'il
plût, l'affluence des curieux étoit considérable ; chacun avoit son parapluie.

CHAPITRE VIII.

LA prison de la ville étoit située au pied d'un rocher élevé, et entourée de deux palissades en bois, ainsi que d'un mur en terre surmonté de chevaux de frise. Nous aperçûmes, dans la cour intérieure, un hangar immense, arrangé à peu près comme celui dans lequel nous avions été enfermés à notre arrivée à Matsmaï; à cette différence près, qu'il contenoit quatre cages, une grande et trois petites. Entrés dans le hangar, l'inspecteur de la prison (1), nommé Kisiski, nous délia l'un après l'autre, et nous fouilla de la tête aux pieds; opération pour laquelle il fallut ôter tous nos vêtemens, sauf notre chemise. Après qu'il m'eut fouillé le premier, il me fit entrer dans la plus petite cage, qui n'avoit que six pas de long, cinq de large, et à peu près dix pieds de haut, et qui étoit placée dans un coin obscur du bâtiment. M. Chlebnikoff fut enfermé dans celle qui suivoit la mienne, et qui étoit un peu plus grande et plus claire. Dans celle qui venoit ensuite, se trouvoit un Japonois; les matelots furent mis tous les quatre dans la quatrième, qui étoit la plus grande et la meilleure par sa position plus rapprochée de l'air du dehors et de la lumière. On pouvoit de celle-là apercevoir beaucoup d'objets extérieurs, tandis que de la mienne

(1) Au Japon, l'inspecteur d'une prison a le rang d'un soldat impérial; il jouit de la prérogative de porter un sabre et un poignard. Son emploi consiste aussi à infliger aux criminels les punitions et les supplices. J'ai vu les Japonois parler à Kisiski et rire avec lui; mais ils ne vouloient ni manger ni fumer en sa compagnie; ils évitoient même d'allumer leurs pipes au feu dont il s'étoit servi pour la sienne.

l'on n'avoit la vue de rien de ce qui se trouvoit hors de la prison.

Nous ne pouvions comprendre la signification de ce que le gouverneur avoit dit que
les matelots seroient enfermés dans une prison
véritable, et nous dans un invérari; car nous
trouvions notre logement pire que le leur.
Nous apprîmes ensuite que la seule différence
consistoit en ce que chacun de nous avoit sa
cage particulière, et que les matelots étoient
tous ensemble dans une seule, faveur qui, je
l'avoue, ne nous flattoit nullement. Cependant ma cage étoit assez proche de celle de
M. Chlebnikoff, pour que je pusse m'entretenir
librement avec lui. Le prisonnier japonois ne
tarda pas à lui parler, lui dit son nom, et
ajouta que, dans six jours, il seroit élargi;
ensuite il lui donna un morceau de poisson
salé, et, en retour, M. Chlebnikoff lui fit présent d'une cravate blanche. Kisiski ayant, par
hasard, aperçu cette cravate, demanda au Japonois d'où il la tenoit, la prit et rapporta le
fait à ses supérieurs, qui ordonnèrent de serrer cet objet avec nos autres effets. M. Chlebnikoff partagea son morceau de poisson avec
moi; la faim nous le fit manger à tous deux
comme un mets très-friand.

Le soir assez tard, Fok-Massé, notre ancien domestique, suivi de deux petits garçons, nous apporta notre souper, qui consistoit en une soupe au riz très-claire, deux petits morceaux de raves marinées pour chacun de nous, et de l'eau chaude pour boire. Fok-Massé avoit l'air de mauvaise humeur; il répondit brusquement à nos questions, cependant il ne nous adressa aucun reproche sur notre fuite. Nous crûmes d'abord qu'il alloit continuer à nous servir; mais nous sûmes ensuite qu'il venoit seulement pour montrer aux jeunes gens ce qu'ils avoient à faire auprès de nous, et leur apprendre le nom en russe des choses les plus usuelles, ce qui, cependant, n'étoit pas nécessaire, puisque nous pouvions demander intelligiblement en japonois tout ce dont nous avions besoin.

Après le souper, l'on me donna, à travers les barreaux de ma cage, une vieille robe de chambre, et l'on porta aussi quelque chose à mes compagnons. Ensuite on ferma les portes du hangar, et l'obscurité devint complète autour de nous; car les barreaux entre le hangar et le corps-de-garde étoient garnis de planches, de sorte que la lumière ne pouvoit pénétrer jusqu'à nous. Après que six

5 *

heures eurent sonné, et que le soleil se fut
couché, des soldats, munis de lanternes,
vinrent, de demi-heure en demi-heure, faire
la ronde; ils nous éveilloient même, afin
que nous répondissions à leur appel. Les
heures de nuit en été étant très-courtes au
Japon, ce train continua tant qu'elle dura,
et nous ne pûmes jouir d'un instant de
repos.

Les Japonois divisent le jour en douze
heures; ils en comptent six depuis le lever
du soleil jusqu'à son coucher, et autant depuis son coucher jusqu'à son lever. Par conséquent, les heures ne sont pas égales entre
elles. Quand le jour est plus long que la nuit,
les heures de jour sont plus longues; le contraire a lieu, quand la durée de la nuit est
plus grande. Pour mesurer le temps, on se
sert d'une petite pièce de bois dont la partie
supérieure est enduite de colle et blanchie.
On creuse sur la colle une légère entaille,
que l'on remplit de la poussière d'une plante,
qui brûle très-lentement; de chaque côté de
l'entaille, on perce, à des distances détermi-
nées, des trous pour pouvoir y ficher des
clous. Près de ces trous on marque la longueur des heures de jour et de nuit, pendant

six mois, depuis l'équinoxe de printemps jusqu'à celui d'automne. Pour les six autres mois on substitue les indications des heures de jour aux indications des heures de nuit, *et vice versá*. Les Japonois calculent la durée des heures de jour, la marquent avec les clons, emplissent l'entaille de poudre, à laquelle ils mettent le feu à midi, et mesurent le temps de cette manière. Quoique l'on conserve la pièce de bois dans une boîte couverte, et tenue dans un endroit sec, néanmoins la sécheresse et l'humidité influent beaucoup sur cette espèce d'horloge. Au Japon, le jour commence à minuit; alors l'horloge frappe neuf coups, après les avoir annoncés par trois petits coups. Une heure après minuit, elle frappe huit coups, ensuite sept; au lever du soleil six, puis cinq, quatre, et à midi neuf, après cela huit, sept; au coucher du soleil six, enfin cinq et quatre. A minuit, un nouveau jour commence. Quand l'horloge frappe les trois petits coups pour annoncer l'heure, le second suit le premier à une demi-minute d'intervalle, et le troisième succède immédiatement au second. Une demi-minute après, part le premier coup de l'heure, dont les autres coups sont séparés par un intervalle de quinze secondes l'un de l'autre, à l'exception des deux derniers qui sont plus rapprochés, comme pour indiquer que l'heure a sonné.

Le 4 mai, au point du jour, un employé vint nous appeler chacun par notre nom. A midi, l'on nous mena tous au château, les mains liées; enfin, avec la même escorte et dans le même ordre qu'auparavant. Arrivés au château, l'on nous fit asseoir dans l'anti-chambre; quelques instans après, M. Moor et Alexis entrèrent et passèrent dans la salle. Au bout d'un certain temps, on délia les mains de M. Chlebnikoff et les miennes, mais on nous laissa la corde autour du corps. On n'ôta que les liens des mains aux matelots; leurs coudes restèrent serrés. Ensuite on nous introduisit dans la salle du tribunal. Quand le gouverneur fut entré et assis, il nous adressa plusieurs anciennes questions, en ne nous demandant que des explications pour quelques-unes. Cet objet terminé, il m'adressa ainsi la parole : « Pensez-vous « avoir eu tort ou raison dans ce que vous « avez fait; et croyez-vous avoir bien ou mal « agi envers nous? » — « Vous-même, re- « pris-je, nous avez contraints à prendre le

« parti que nous avons embrassé; vous nous
« avez saisis par ruse, vous n'avez pas voulu
« ajouter foi à nos déclarations, vous avez
« annoncé que vous n'entameriez aucune né-
« gociation avec nos bâtimens, dans le cas où
« ils viendroient, de la part de notre gouver-
« nement, apporter la confirmation de ce
« que nous avions dit; je me suis donc re-
« gardé comme justifié par les circonstances. »
— Le gouverneur manifesta son étonnement
de ma réponse. « Votre détention, reprit-il,
« est déjà une vieille affaire, l'on n'en doit
« plus parler; vous avouez-vous coupables
« ou innocens? Dans le dernier cas il m'est
« impossible de soumettre votre affaire à
« l'empereur. »—Je m'aperçus aussitôt, qu'il
s'agissoit pour nous de nous reconnoître
coupables, et je répondis en conséquence :
« Si nous étions jugés devant Dieu ou dans
« un endroit où vous et nous serions égaux,
« je pourrois alléguer beaucoup de raisons
« pour notre justification; mais vous Japo-
« nois, vous êtes ici des millions, et nous ne
« sommes que six, tous en votre pouvoir;
« vous pouvez donc nous juger comme vous
« le trouverez à propos, peu importe que

« nous soyons coupables ou innocens; ce-
« pendant, je vous en conjure, regardez-moi
« comme le seul coupable, car mes compa-
« gnons n'ont agi que d'après mes ordres. »
— « Il est louable, me dit le gouverneur
« qui avoit écouté cette confession avec plai-
« sir, de prendre une faute sur soi pour jus-
« tifier ses compatriotes; néanmoins, dans ce
« cas, on ne peut pardonner qu'aux mate-
« lots d'avoir obéi à vos ordres; quant à
« M. Chlebnikoff, qui, de même que vous, est
« officier, il doit savoir que vous avez le
« droit de lui commander quand vous êtes
« tous deux à bord de votre vaisseau, mais
« non dans une prison. » — Puis s'adressant
à M. Chlebnikoff, le bounio lui demanda s'il
se reconnoissoit coupable. Aussitôt M. Chlebnikoff présenta des raisonnemens pour notre
justification, cherchant à démontrer que,
d'après toutes les lois de l'équité et de l'humanité, nous ne pouvions pas être condamnés; les Japonois commencèrent à se fâcher,
répétant continuellement qu'ils ne pouvoient
pas soumettre de telles réponses à leur empereur. Enfin, à force de flatteries et de fâ-
cheries, ils nous amenèrent à déclarer ouver-

tement que nous n'avions pas bien agi, et que notre conduite ne pouvoit nous être avantageuse : cet aveu les satisfit.

Bientôt après, le gouverneur nous congédia, et garda M. Moor et Alexis. Je dois observer ici que, lorsque je dis aux Japonois combien mon pied me faisoit souffrir, et que j'avois de la peine à me tenir debout, le gouverneur ordonna aussitôt de me donner une chaise, et me laissa assis tout le temps. Au sortir de la salle, on nous lia de nouveau les mains, et l'on nous reconduisit en prison dans le même ordre qu'en venant. En rentrant dans la cage, je trouvai, au lieu de la vieille robe-de-chambre, mon ancienne couverture et une robe-de-chambre ouatée ; on avoit aussi, durant notre absence, eu les mêmes attentions pour mes compagnons.

On nous traitoit comme des gens condamnés, et absolument de même que le Japonois prisonnier avec nous. Quoique ce traitement nous parût un peu dur, je dois néanmoins avouer qu'à cet égard, les lois japonoises sont incomparablement plus humaines que celles de la plupart, et peut-être de tous les états d'Europe. Nous étions dans une prison véritable avec un criminel ; je pense donc que l'on ne trouvera pas mauvais que je décrive avec quelque détail notre manière de vivre, afin que le lecteur puisse lui-même faire la comparaison.

J'ai déjà parlé des cages qui nous renfermoient; elles étoient très-propres dans l'intérieur; tous les jours, les domestiques balayoient le corridor. Quand nous allions au château, l'on nettoyoit les cages, et l'on exposoit nos robes-de-chambre et nos couvertures au soleil pour leur faire prendre l'air. L'on nous apportoit nos repas le matin, à midi et le soir. Ils consistoient en riz qui nous tenoit lieu de pain; il nous étoit servi en portions plus que suffisantes pour nous deux, mais trop petites pour les matelots; ce ne fut au reste que dans les premiers temps, parce que leur appétit étoit plus fort à cause de la fatigue et de l'abstinence forcée qu'ils avoient supportées. Comme nous ne pouvions pas, M. Chlebnikoff et moi, manger nos portions entières, nous envoyions toujours aux matelots ce qui restoit. Les domestiques la leur portoient volontiers; cependant Kisiski s'en aperçut, et fut assez inhumain pour le défendre. Plus tard les portions des matelots leur suffirent. Outre le riz, on nous servoit

des choux marins et d'autres plantes sauvages
bouillies, telles que du poireau sauvage et de
l'angélique; pour leur donner un meilleur
goût, on y ajoutoit des haricots marinés (*misso*
en japonois), et souvent quelques morceaux
de graisse de baleine. Quelquefois, et ordinairement le soir, on nous présentoit à chacun
au lieu de végétaux bouillis, deux morceaux
de poisson salé avec des herbes sauvages marinées. Pour boisson, nous avions de l'eau chaude
à discrétion. Dans la nuit, lorsque nous demandions à boire, les gardes éveilloient aussitôt
les domestiques sans le moindre murmure, et
leur ordonnoient de nous apporter de l'eau.
On ne nous fournissoit ici ni peignes ni eau
pour nous laver, nous nous servions de l'eau à
boire. Au bout de quelque temps, nous ob-
tînmes un peigne qui, sans doute, étoit destiné pour une prison, car les dents en étoient
extrêmement petites, probablement afin que
les prisonniers ne pussent pas s'en servir pour
se faire du mal.

Les Japonois nous montrèrent d'ailleurs,
dans plusieurs cas, des attentions recherchées.
Une nuit on ressentit un tremblement de terre
si violent, que notre prison fut ébranlée. L'a-
larme fut grande dans notre cour et dans les

rues de la ville. Nos gardes vinrent aussitôt
à nous avec des lanternes, et nous prièrent
de ne pas nous inquiéter, ajoutant que ce n'é-
toit qu'un tremblement de terre, qui sont très-
fréquens dans ce lieu, mais nullement dangereux. C'était peut-être de leur propre mouvement que les gardes faisoient cette démarche;
car, quoique la plupart se conduisissent assez
grossièrement envers nous, je dois pourtant
dire à l'honneur des Japonois que quelques-
uns nous témoignèrent réellement de la bienveillance, et cherchoient à nous consoler, surtout Gooïso que j'ai déjà nommé. Souvent il
nous apportoit des friandises, de manière que
ses camarades ne s'en aperçussent pas; il nous
disoit fréquemment de demander de l'eau et
de garder le vase; ensuite il attendoit un moment favorable, vidoit l'eau, et la remplaçoit
avec l'infusion de thé préparée pour lui. Deux
autres soldats se montrèrent aussi obligeans;
ce fut surtout chez un des soldats qui étoit de
garde dans l'intérieur la nuit où nous prîmes
la fuite, que nous trouvâmes l'exemple le
plus remarquable d'un caractère humain et
charitable. Il faisoit partie du détachement qui
nous poursuivoit: mais ce n'étoit plus comme
soldat, on l'avoit dégradé. Depuis le moment

où l'on nous arrêta jusqu'à celui de notre arrivée à Matsmaï, il fut constament avec nous.
Sa barbe qu'il n'avoit pas rasée, ses longs cheveux épars, son visage pâle annonçoient le chagrin dont nous étions la cause. Cependant, dès
qu'il nous revit, il nous salua de l'air le plus
amical, ne laissa pas la moindre marque de
mécontentement ou de haine paroître sur son
visage, et, durant toute la route, mit le plus
grand empressement à nous servir, quoiqu'il
n'y fût pas obligé, car les autres soldats se conduisirent bien différemment envers nous. La
générosité de ce brave homme nous émut souvent jusqu'aux larmes.

Depuis notre arrivée, ni l'interprète ni le
médecin ne venroient nous voir; cependant
les matelots avoient souvent demandé qu'on
leur envoyât le dernier; il n'y avoit que les
officiers de jour qui nous visitoient quelquefois.

Peu de jours après notre dernière conférence avec le gouverneur, je fus conduit seul
au château. Les deux premiers magistrats,
après le bounio, s'y trouvoient réunis à plusieurs de leurs collègues. Ils me firent d'abord
donner une chaise, puis m'adressèrent leurs
questions. Avant que j'entrasse dans la salle,

Teské vint à ma rencontre et me parla de
M. Moor, m'annonçant que ce dernier étoit
très-aigri contre nous et disoit beaucoup de
mal de nous. Il me conseilla cependant de ne
pas m'en chagriner, parce que les Japonois
n'étoient pas enclins à ajouter foi aux discours
de M. Moor, et m'apprit aussi que cet officier
avoit offert ses services aux Japonois. Je priai
donc les magistrats assemblés de vouloir bien
me permettre, avant de m'interroger, de leur
exposer franchement ma pensée, et de m'é-
couter attentivement; je recommandai en
même temps aux interprètes de traduire mes
paroles aussi fidèlement qu'il leur seroit possible. Les magistrats me répondirent qu'ils
écouteroient volontiers tout ce que j'avois à
leur communiquer. Alors je leur posai cette
question : « Que diriez-vous, si trois officiers
« japonois se trouvant prisonniers, n'importe
« en quel lieu, deux eussent agi comme
« M. Chlebnikoff et moi, et le troisième
« comme M. Moor? » Ils se mirent à rire, et
ne répondirent pas. A la fin, le plus âgé me
dit : « Vous n'avez rien à craindre; car, pour
« les Japonois, tous les Russes sont égaux :
« nous voulons seulement vous parler de la
« marche de votre affaire. D'après nos lois,

« rien ne peut se décider promptement, voilà
« pourquoi vous êtes encore en prison; mais,
« à l'arrivée du nouveau gouverneur, on
« vous donnera un meilleur logement; vous
« aurez même une maison, et tout donne lieu
« d'espérer que vous serez renvoyés en
« Russie. » Ensuite commença l'interrogatoire, et l'on me demanda premièrement s'il
étoit vrai, ainsi que les Kouriles l'avoient
assuré, que Resanoff eût eu part à l'attaque
commise par les vaisseaux de la compagnie,
comme ayant d'abord donné à Chvostoff
l'ordre d'agir ainsi; ordre qu'il avoit ensuite
révoqué, et que Chvostoff avoit néanmoins
suivi. Je n'eus pas de peine à deviner que
cette révélation venoit, non pas des Kouriles,
mais de M. Moor; et je répondis que je ne savois pas précisément si Resanoff avoit eu
quelque part à cette affaire; qu'au reste, suivant le bruit qui avoit couru, il avoit formé
le plan d'attaquer les Japonois.

Les magistrats japonois m'adressèrent ensuite
un grand nombre de questions qu'ils avoient
l'air de prendre dans un cahier placé devant
eux, et qui étoient relatives à notre navigation,
au but de notre expédition, à l'état de la Russie
et de ses relations politiques avec les autres

états de l'Europe, et notamment avec la France.
Je m'aperçus aisément que tous ces renseignemens venoient d'une même source ; plusieurs me parurent peu fondés, et je les com-
battis.

Cette affaire désagréable terminée, le doyen
des magistrats me dit : « Ne vous abandonnez
« ni à la crainte ni au chagrin ; mais persua-
« dez-vous que les Japonois sont aussi bons
« que les autres peuples, et que par consé-
« quent ils ne vous feront pas de mal. » Ce
fut avec ces paroles consolantes qu'il me congédia. De retour à la prison, je racontai à
M. Chlebnikoff tout ce qui venoit de se
passer.

Nagacava-Matataro vint, peu de temps
après, nous voir avec les deux interprètes.
Ils apportèrent un papier qui contenoit nos
déclarations, afin d'être d'accord avec nous
sur leur teneur. Nous vîmes que l'on avoit
laissé de côté la partie de notre déclaration,
où nous disions comment et où nous nous
étions procuré nos couteaux, et celle où nous
parlions des ordres concernant la réception à
faire aux bâtimens russes, ainsi que des troupes
et des canons envoyés à Kounaschir. On m'a-
vertit aussi de n'en pas faire mention dans

nos entretiens avec le gouverneur. Cet avis prouve que l'on ne s'étoit pas gêné pour omettre telle ou telle de nos réponses dans le procès-verbal; nous pensâmes que l'on avoit voulu par là ménager quelques Japonois impliqués dans cette affaire; et nous fîmes la réflexion que, chez nous, ces sortes de subtilités n'ont pas toujours un si bon motif. Nous acquiesçâmes donc à cette proposition, car nous souhaitions bien sincèrement qu'il n'arrivât pas de mal, à cause de nous, à Teské, aux soldats ni aux domestiques, tous innocens; la seule chose que l'on pouvoit reprocher aux derniers, étoit la négligence qu'ils avoient eue de ne pas serrer l'instrument que nous avions trouvé.

On nous fit une autre demande, à laquelle nous ne pûmes pas accéder; elle occasionna entre les Japonois et nous une vive altercation; et Matataro, contre son ordinaire, s'emporta au point de nous injurier et de nous menacer. Il nous demandoit de justifier M. Moor et d'avouer que son projet de s'enfuir avec nous n'avoit été qu'une feinte, et qu'il n'avoit pas persuadé à Simanoff et Vassilieff de concourir à l'entreprise. Nous ne voulûmes nullement consentir aux désirs des

Japonois sur ce point, ni changer en la
moindre chose nos précédentes déclarations:
« Nous ignorons, leur dîmes-nous, ce que
« M. Moor pensoit au fond de son cœur à
« cette époque; mais sa conduite n'annonçoit
« aucune feinte, et nous étions convaincus
« qu'il s'enfuiroit avec nous; sans doute, il
« eût pris ce parti, si la poltronnerie ne l'eût
« pas retenu. » Nous avions des motifs très-
fondés de ne fournir à M. Moor aucun prétexte de se tirer de cette affaire; et, pour que
le lecteur ne nous accuse pas de ressentiment
contre cet officier ni de l'envie de lui nuire,
je pense qu'il convient de déduire ces motifs.

J'ai déjà dit que M. Moor avoit essayé de
persuader aux Japonois qu'il étoit Allemand
d'origine et non pas Russe; par conséquent,
si notre témoignage eût contribué à prouver
qu'il étoit étranger à nos plans et dévoué aux
Japonois, il eût été possible que les Japonois
l'eussent embarqué sur un vaisseau hollandois
pour retourner dans l'Allemagne, sa patrie
prétendue; il lui eût ensuite été facile d'aller
en Russie. Etant seul, il pouvoit imaginer un
roman sur ce qui lui étoit arrivé, altérer même
la vérité au point de prétendre qu'il étoit parvenu malgré nous à quitter la Japon, et que,

par amour pour ce pays, nous avions pris le parti d'y rester, ce qui eût à jamais flétri notre mémoire parmi nos compatriotes. Cette idée se présentoit constamment à notre esprit. Nous ne voulions donc pas, pour justifier M. Moor, nous écarter en rien de la vérité. Si notre déposition en sa faveur eût pu lui procurer les dignités les plus éminentes au Japon, sans lui faciliter les moyens de retourner seul en Europe, nous l'eussions fait bien volontiers, quoiqu'il eût cherché tous les moyens de nous nuire. Je n'en veux citer que l'exemple suivant: Lorsque les Japonois nous fouillèrent à Kounaschir, ils me prirent, entre autres choses, un porte-feuille. Quelque temps après, je me souvins que j'y avois écrit les noms de Davidoff et de Chvostoff. Je parlai de cette particularité à MM. Moor et Chlebnikoff, en les priant de me conseiller ce qu'il faudroit répondre dans le cas où les Japonois nous interrogeroient là-dessus. A cette époque, nous pensions, nous agissions encore comme des amis; nous n'avions qu'un esprit, qu'un cœur. Mais depuis son changement, M. Moor avoit découvert aux Japonois que les noms des officiers en question étoient écrits sur mon porte-feuille, et qu'ils avoient

6 *

été mes amis. Teské, qui m'instruisit de cette circonstance, observa en même temps que je ne devois en redouter aucune suite fâcheuse ; car, suivant son expression, M. Moor avoit révélé ce fait sans en être requis ; en effet, on ne m'en a jamais dit un mot.

Matataro et les interprètes vinrent trois jours de suite pour nous persuader de changer notre déclaration concernant M. Moor ; et, voyant qu'ils ne pouvoient nous faire départir de notre résolution, ils renoncèrent à de nouvelles tentatives sur ce point. Nous n'avons jamais su si l'on a fait subir quelque altération à nos dépositions écrites.

Cependant je craignois toujours que M. Moor ne se tirât d'affaire par ruse, n'obtînt avec le temps la permission de retourner en Europe, et, comme personne ne pouvoit l'y contredire, n'imprimât à notre nom un opprobre ineffaçable. Cette idée horrible me plongea dans le désespoir. Ma santé en fut altérée, je tombai malade. Durant les sept ou dix premiers jours, aucun médecin ne parut, quoique les matelots en eussent demandé un depuis longtemps. A la fin pourtant les Japonois eurent pitié de nous, et l'on nous envoya un médecin qui vint nous visiter tous les jours. Je

faisois si peu de cas de la vie que je ne lui
découvris pas ma véritable maladie, et je pris
des médicamens qui m'étoient tout-à-fait
contraires. Dans l'épuisement total où je me
trouvai, je le priai de me saigner; il n'y consentit qu'après avoir obtenu l'approbation du
gouverneur, et se mit à l'ouvrage d'une main
tremblante, mais il ne put ou ne voulut pas
ouvrir la veine, et il n'en fut plus question.
Quoique je souffrisse beaucoup, mon corps
avoit été si fort endurci aux maux dès ma
tendre jeunesse, que la nature surmonta les
mauvais effets des médicamens. Je dois dire
ici à l'honneur du digne gouverneur Arrào
Madsimano-Cami, que regardant le désespoir
comme l'unique cause de ma maladie, il m'envoya Matataro me dire que si le chagrin et la
perte de tout espoir étoient l'origine de mes
maux, je ne devois pas m'en laisser totalement
accabler, parce que les Japonois ne vouloient
pas nous faire du tort, ajoutant qu'après l'arrivée du nouveau gouverneur on nous donneroit un meilleur logement, et que les deux
gouverneurs réunis s'efforceroient de nous
faire rendre la liberté. Koumaddjéro l'interprète nous rendit ce discours avec tant de
sensibilité, que les larmes lui en vinrent aux

yeux; quoique je doutasse beaucoup de la
sincérité des Japonois, je fus néanmoins
obligé de le croire, et je me tranquillisai.

Aussitôt après cette entrevue, l'on améliora
notre nourriture. On nous servit plusieurs
fois une espèce de pâte (*Toufa* en japonois),
on mêla au riz des haricots fins, que l'on regarde dans ce pays comme un mets très-dé-
licat; quelquefois même l'on nous donna de
la soupe à la poule, et du thé pour boire, au
lieu d'eau. Tout cela se fit par ordre du gouverneur, et à la demande de Teské.

Il arriva, durant notre séjour dans la prison
de la ville, un incident que je ne dois pas
passer sous silence. Notre voisin le Japonois
qui étoit détenu, non pour six jours, comme
il nous l'avoit dit, mais pour un terme bien
plus long, subit dans la cour un châtiment
corporel. Nous entendîmes ses cris. Cet
homme, se trouvant au bain public, avoit pris,
au lieu de ses vêtemens qui ne valoient pas
grand'chose, ceux d'un autre qui étoient
beaucoup meilleurs, et prétendoit que ç'avoit
été par méprise. On l'avoit conduit au tribunal
plusieurs fois, les mains liées derrière le dos.
Il finit par recevoir vingt-cinq coups sur le
dos, ce qui recommença au bout de trois jours.

Nous ne vîmes pas l'instrument dont on se
servit pour le frapper. Nous entendîmes seulement les coups et ses cris. Il fut ramené le
dos nu et sanglant dans la prison. Les valets
crachèrent sur son dos, et étendirent la salive;
ce fut le remède appliqué à ses plaies. Ensuite,
pour montrer qu'il avoit été repris de justice,
on le marqua aux mains, et on l'envoya dans
les Kouriles les plus septentrionales de celles
qui appartiennent aux Japonois.

Le même jour que cet homme subit sa peine,
un officier civil, Matataro le juge criminel et
Koumaddjéro vinrent nous déclarer, de la
part du gouverneur, que la punition du criminel détenu avec nous ne devoit pas nous
faire croire que l'on nous infligeroit un châtiment semblable; car, d'après les lois du Japon, nul étranger ne peut être soumis à un
châtiment corporel; nous nous figurions, en
ce moment, que cette assurance étoit fausse,
et qu'on ne nous la donnoit que pour nous
tranquilliser; mais nous apprîmes ensuite que
la loi dont on nous avoit parlé existoit réellement, et qu'elle ne souffroit d'exception
que pour les étrangers qui s'efforçoient de
convertir des Japonois au christianisme. Les

dispositions des lois sur ce point sont extrêmement sévères.

Les Japonois ne persécutent pas les reli-
gions étrangères. Ils tolèrent dans leur empire
différentes sectes, ainsi que la religion des
Kouriles, et ne montrent d'intolérance que
contre le christianisme. Dans les premiers
temps de l'arrivée des Européens au Japon,
les prêtres catholiques qui s'y établirent,
jouirent de toute la liberté imaginable, et
opérèrent un grand nombre de conversions.
Malheureusement la conduite imprudente
de quelques missionnaires occasionna une
guerre civile épouvantable qui finit par l'ex-
termination des chrétiens. Après l'extirpation
totale du christianisme, on grava l'article
suivant en tête des tables de la loi, en pierre,
exposées dans tous les lieux publics et dans
les principales rues : « Quiconque dénoncera
« et livrera un homme qui aura enseigné la
« religion chrétienne, recevra une récom-
« pense de cinq cents pièces d'argent. » Une
loi défend aussi à tout habitant du Japon de
prendre aucun individu à son service, avant
qu'il lui ait montré un certificat attestant qu'il
n'est pas chrétien. A Nangasaki, où le chris-

tianisme avoit fait les plus grands progrès, l'on voit un escalier sur les marches duquel sont placés différens symboles de la religion catholique, entre autres un crucifix, qui se trouve sur la première. Le premier jour de l'année japonoise, tous les habitans de Nangasaki sont obligés de monter cet escalier pour prouver qu'ils ne sont pas chrétiens. Les interprètes nous assurèrent que des chrétiens qui demeurent dans cette ville, se soumettent aussi à cette cérémonie pour leur sûreté personnelle. Cela ne doit pas surprendre, car ne voit-on pas chaque jour la même chose en Europe? Proférer un faux serment, n'est-ce pas abjurer la foi chrétienne?

Au milieu de juin, l'on nous conduisit tous pour la seconde fois au gouverneur; on nous donna lecture de nos dépositions, en présence du bounio et de plusieurs autres magistrats; puis l'on nous demanda si elles étoient rendues exactement. On avoit omis tout ce qui pouvoit entraîner des suites fâcheuses pour les Japonois impliqués dans notre affaire. Suivant notre promesse, nous ne relevâmes pas cet oubli; mais lorsqu'on lut les déclarations de M. Moor, nous nous permîmes d'en blâmer plusieurs passages, car il se disculpoit entièrement, et assuroit qu'il n'avoit pas persuadé aux matelots de s'enfuir. A cette occasion, Schkaieff lui dit : « Pensez donc à Dieu et à « votre conscience, Féodor Féodorovitsch! « vous n'espérez certainement pas retourner « en Russie. » M. Chlebnikoff et moi nous ordonnâmes à Schkaïeff de se taire. Les reproches de cet homme simple produisirent beaucoup d'effet sur M. Moor, et nous eussions pu les payer cher par la suite, comme j'aurai occasion de le dire. Les Japonois voyant que nous n'étions pas d'accord, prirent sur eux de concilier nos déclarations respectives, et nous congédièrent.

Le 29 juin, arriva le nouveau gouverneur, Oga-Savara-Iseno-Cami. Le 2 juillet, on nous conduisit au château. Nous trouvâmes dans la salle du tribunal tous les magistrats qui assistoient ordinairement aux interrogatoires, ainsi que M. Moor et Alexis. Lorsque j'entrai dans la salle, M. Moor me dit que nous n'avions rien à craindre, parce que l'affaire alloit bien. Après un quart d'heure ou une demi-heure d'attente, les deux gouverneurs parurent avec leur suite. Chacun étoit précédé d'un officier; le nouveau gouverneur avoit à sa suite deux officiers de plus que l'ancien. Il entra le premier et prit place à gauche ; l'ancien gouverneur s'assit à sa droite. Tous les Japonois présens leur donnèrent les marques de respect accoutumées ; nous les saluâmes à l'européenne. L'ancien gouverneur montrant son collègue, nous dit : « Voici le gouverneur Oga-Savara-Cami, « qui vient d'arriver pour me remplacer ; « faites - lui connoître vos noms et vos « grades. » — Nous obéîmes à cette injonction, en faisant un salut auquel le gouverneur répondit par un signe de la tête, accompagné d'un sourire. Ensuite, l'ancien gouverneur donna l'ordre à un officier d'apporter un gros cahier, ajoutant : « Il a été « écrit par M. Moor, qui l'a intitulé *Mémoire* ; « vous allez le lire, et ensuite vous déclarerez « si vous êtes d'accord avec M. Moor. » Les deux gouverneurs se retirèrent et laissèrent aux autres magistrats le soin d'écouter notre opinion. M. Moor lut son mémoire lui-même : il commençoit par adresser beaucoup de complimens aux deux gouverneurs, rapportoit avec assez d'exactitude tous les plans que nous avions formés pour notre fuite, prétendoit que le consentement qu'il y avoit donné n'avoit été qu'une feinte de sa part, rejetoit nos déclarations, cherchoit à nous noircir, révéloit aux Japonois le but de notre expédition, et décrivoit dans le plus grand détail l'état des parties orientales de l'empire russe, ainsi que ses rapports politiques avec la France, après la paix de Tilsitt; il finissoit par nous recommander à la clémence des Japonois.

Après avoir écouté la lecture de ce mémoire, nous nous mîmes à faire diverses objections sur son contenu; les Japonois se fâchèrent et déclarèrent que, nous n'avions pas le droit de combattre les assertions de M. Moor. « Si, leur répliquai-je, vous voulez « admettre implicitement comme vrai tout « ce que dit M. Moor, il nous est impossible « de nous y opposer, car il n'y avoit pas « d'autres témoins que nous. » — M. Chlebnikoff voulut aussi élever la voix; mais il ne fit qu'irriter davantage les Japonois, de sorte qu'il se tut. Néanmoins, nous prîmes la ferme résolution de ne pas signer le mémoire de M. Moor, dans le cas où l'on nous en donneroit l'ordre; heureusement l'on n'en eut pas l'idée.

Les deux gouverneurs reparurent, et l'un des magistrats leur annonça que l'on nous

avoit donné lecture du cahier; mais nous ne
comprîmes pas ce qu'il leur dit de nos observations sur cet écrit. Alors le nouveau gouverneur tira de son sein un papier plié à l'européenne, et le donna à l'ancien gouverneur;
celui-ci, à un magistrat qui le remit à l'interprète, par lequel il nous fut transmis. L'a-
dresse écrite en russe étoit ainsi conçue :
« *Au gouverneur de Matsmaï*. » Cette enveloppe renfermoit un papier dont voici le
contenu, et qui étoit aussi traduit en françois :

« Le voisinage respectif de la Russie et du
« Japon faisoit désirer qu'il s'établît entre
« les deux empires des relations d'amitié et
« de commerce qui eussent pu être utiles à
« la prospérité des sujets du dernier. Une
« ambassade fut en conséquence envoyée à
« Nangasaki; mais la réponse négative et
« même injurieuse qu'elle a reçue, ainsi que
« l'extension du commerce japonois sur les
« îles Kouriles et Saghalien, qui sont des
« possessions russes, forcent enfin le souve-
« rain de la Russie à prendre des mesures
« qui feront voir que ses sujets sont en état
« de nuire au commerce du Japon, jusqu'à
« ce qu'ils apprennent des habitans d'Onroup

« et de Saghalien, que les Japonois sont dis-
« posés à former avec nous des liaisons de
« commerce. Par cette mesure modérée, prise
« contre les Japonois, nous avons simplement
« voulu leur montrer que la partie septen-
« trionale de leur empire est toujours exposée
« à être attaquée par nous quand nous le
« voudrons, et que le gouvernement japo-
« nois s'expose, par un refus prolongé, à
« perdre ses possessions. »

Ce papier n'étoit ni daté ni signé, et n'indi-
quoit pas non plus par l'ordre de quelle autorité il avoit été envoyé au Japon. Nous cherchâmes en conséquence à démontrer, et
M. Moor seconda nos efforts, que Chvostoff
étoit l'auteur de cette pièce; nous nous offrîmes même d'affirmer par serment que
notre gouvernement n'avoit pas la moindre
part à cette affaire, quoique Chvostoff se fût
avisé de dire dans cet écrit, *« forcent enfin le*
« souverain de la Russie à prendre des me-
« sures, etc., »* comme s'il eût agi d'après les
ordres de notre empereur. De plus, l'écrit
n'étoit pas signé, ce qui prouvoit sans ré-
plique qu'il ne pouvoit émaner de notre
gouvernement; enfin il y étoit fait mention
des habitans d'Ouroup, et cette île n'étoit

pas habitée depuis très-long-temps. Cette particularité devoit être connue de notre gouvernement, qui, dans une pièce officielle, n'eût certainement pas commis une erreur si grossière. Quand nous eûmes fini de parler, le nouveau bounio nous répondit qu'il lui importoit fort peu de savoir si le papier étoit une pièce controuvée, ou bien avoit été envoyé par ordre de notre gouvernement; qu'il tenoit seulement à connoître son contenu, afin qu'il pût en faire son rapport à l'empereur son maître. Nous traduisîmes aussitôt cette pièce verbalement, ensuite M. Moor en écrivit la version. On nous montra aussi deux autres papiers, provenant de Chvostoff, qu'il avoit remis aux habitans de Saghalien, avec les médailles. La teneur étoit à peu près la même que celle de l'autre pièce ; ainsi nous n'eûmes pas besoin de la traduire.

Finalement, le nouveau gouverneur nous annonça que, sous peu de jours, l'on nous donneroit un meilleur logement, et que notre position s'amélioreroit. Les deux gouverneurs se retirèrent, et l'on nous reconduisit dans notre prison.

J'ai dit plus haut que le nouveau gouverneur avoit à sa suite deux magistrats de plus

que l'ancien, c'étoit parce qu'il tenoit à une
famille plus distinguée. Au Japon, les places
de gouverneur sont remplies par des nobles ;
les personnes de cette classe tiennent le premier rang après les princes héréditaires, et
sont désignés par le nom de cadamodo ; les
rangs se règlent entre eux par les services et
l'ancienneté des familles, et c'est ce qui dé-
termine leurs nominations aux emplois. Cet
arrangement ressemble à la coutume qui
régnoit en Russie avant l'introduction des
troupes régulières.

Le nouveau gouverneur étoit plus âgé que
l'ancien, il avoit soixante-quatorze ans; le
dernier n'en avoit que cinquante, et tous deux
paroissoient beaucoup plus jeunes, ce qui est
toujours le cas au Japon. Le nouveau gouverneur étoit, pour la taille, un géant parmi les
Japonois, c'est-à-dire qu'il étoit aussi grand
que nos matelots. Ses compatriotes le regardoient comme un homme d'une taille prodigieuse. Quand ils apprirent qu'il étoit nommé
gouverneur de Matsmaï, ils nous dirent qu'il
alloit arriver un géant, et que nous pourrions
nous convaincre par nos yeux qu'il y avoit
au Japon des gens aussi grands que nous. Nous
vîmes aussi un officier des troupes du prince

de Nambou qui, chez nous, auroit passé pour un homme de grande taille.

Depuis notre visite aux deux gouverneurs, les Japonois qui nous approchoient, changèrent de manière d'être envers nous. Teské nous apprit que M. Moor et Alexis avoient été obligés, après notre fuite, de retourner dans notre ancien logement que l'on alloit arranger pour nous. On construisoit une chambre particulière pour eux, ce qui forçoit d'attendre qu'elle fût finie pour nous installer (1). Teské nous confia aussi que l'empereur du Japon, en donnant au nouveau gouverneur son audience de congé, lui avoit recommandé d'avoir le plus grand soin de notre santé, et d'améliorer notre position aussitôt son arrivée à Matsmaï.

Sur ces entrefaites, il arriva un événement qui mit dans le plus beau jour le bon cœur et la générosité de Teské. Quand j'allai à terre à Kounaschir, j'avois par hasard dans ma poche une lettre que je voulois laisser aux Japonois dans le cas où ils voudroient ab-

(1) Nous avions d'abord cru que l'on nous sépareroit; mais ensuite nous apprîmes le contraire. Cependant M. Moor supplia instamment pour qu'on le mît avec Alexis dans un logement particulier.

solument n'avoir rien à faire avec nous. Dans
cette lettre, je les blâmois d'avoir agi d'une
manière déloyale, en tirant sur un canot non
armé, et je leur adressois d'autres reproches,
usant envers eux d'expressions menaçantes.
Je leur disois aussi qu'aucun officier ne pouvoit, sans y être autorisé par le gouvernement,
commencer des hostilités, à moins que ce ne
fût pour sa défense ; qu'en conséquence je ne
me vengerois pas de leurs procédés honteux,
non par crainte, mais parce que je n'osois pas
me porter à une telle extrémité sans le consentement de mon empereur. La dernière partie
de cette lettre étoit bien propre à mettre notre
façon de penser dans son vrai jour, mais la
première ne pouvoit manquer d'irriter l'orgueil des Japonois. M. Moor, qui connoissoit
le contenu de cette lettre, leur en fit part. On
la conservoit avec nos autres effets ; aussitôt
on la chercha, Teské reçut l'ordre de la traduire, M. Moor lui expliqua toute la lettre,
et Teské remarqua que plusieurs mots et
même des lignes entières étoient effacés. Il profita de cette circonstance pour notre avantage,
raya tous les mots qui pouvoient choquer le
gouvernement japonois, et ne traduisit que
ce qui pouvoit servir à notre justification, dé-

clarant que le reste étoit indéchiffrable. Si cette
lettre eût été écrite au net, il n'eût pas pu
avoir recours à ce subterfuge.

Le 9 juillet, l'on nous mena au château. Les
deux gouverneurs étoient présens. Le nouveau bounio nous adressa ces paroles : «Comme
« vous vous êtes enfuis seulement pour re-
« tourner dans votre patrie, et non pour faire
« aucun tort aux Japonois, j'ai résolu, avec
« l'approbation de mon collègue, d'adoucir
« votre position, parce que je suis persuadé
« que vous ne prendrez pas une seconde fois
« un parti semblable, et que vous attendrez
« patiemment la décision de l'empereur du
« Japon. Quant à nous, soyez bien persuadés
« que nous ferons tout ce qui sera en notre
« pouvoir pour vous procurer votre liberté. »
Il avoit à peine achevé ces mots, que l'on nous
ôta nos liens. Nous n'avions presque pas eu le
temps de remarquer que les soldats assis derrière nous les dénouoient, et se tenoient prêts
à les enlever dans un clin d'œil. Ensuite l'ancien gouverneur nous assura qu'il conserve-
roit toujours les mêmes sentimens de bienveillance pour nous, et que, malgré son absence, il s'intéresseroit à nous comme aupa-

rayant. Puis il nous souhaita une bonne santé, nous exhorta à mettre notre confiance en Dieu, et prit congé de nous.

Les deux gouverneurs se retirèrent, et nous sortîmes du château.

CHAPITRE IX.

Les Russes changent de demeure.—Départ de l'ancien gouverneur.—Occupations de M. Golovnin et de ses compagnons.—Il écrit ses aventures.—Bienveillance du nouveau gouverneur pour les Russes.—M. Golovnin et M. Moor sont menés au château.—On leur lit des lettres du commandant de la *Diane.*—Ils ne peuvent apprendre de détails sur l'arrivée de leur corvette.—On leur annonce ensuite qu'elle s'est emparée de plusieurs Japonois. — Nouveaux détails sur cette affaire.—Inquiétudes de M. Golovnin.—Mort du gouverneur.—Lettre d'un officier de la *Diane.*—Nouvelles qui alarment les prisonniers.—Arrivée d'une déclaration du commandant d'Ochotsk. — Lettres de Teské peu rassurantes.—Changement favorable.—Nouvelles alarmes.

Au lieu de nous faire rentrer dans la prison, l'on nous ramena dans la première demeure, nommée en japonois *Oksio*, que nous avions occupée à notre arrivée à Matsmaï. M. Moor et Alexis eurent une petite chambre séparée, à laquelle on arrivoit par une entrée particu-

lière donnant sur la cour. Nous autres six,
nous fûmes mis ensemble. Notre nourriture
éprouva la même amélioration que notre
logement. Les alimens valoient infiniment
mieux que ceux que l'on nous avoit précédemment servis dans ce même endroit; en
outre, on nous donnoit chaque jour une tasse
de saki, des pipes et une petite poche pleine
d'exellent tabac. La théière ne sortoit pas de
nôtre foyer. On nous fournit aussi des peignes,
des essuie-mains, et même des rideaux pour
nous préserver des cousins très-abondans en
ce lieu.

Il nous arriva dans les premiers temps une
chose assez plaisante. Le plus âgé de nos domestiques qui nous servoit à table, nommé
Ieské, aimoit passionnément les boissons spi-
ritueuses, et pensoit qu'il valoit mieux boire
rarement et beaucoup, que souvent et peu à
la fois. En conséquence, au lieu de nous verser chaque jour une tasse de saki, il nous en
versoit deux; et, en songeant à nous, il ne
s'oublioit pas, car presque tous les soirs il
étoit ivre. Les gardes s'aperçurent enfin à
quelle source il puisoit pour se mettre dans
cet état, et le réprimandèrent. La semonce produisit son effet; Ieské cessa de s'enivrer à nos

dépens ; il attendoit que nous l'invitassions à
boire.

Indépendamment de ces faveurs, les Japonois nous rendirent nos livres, et nous donnèrent même de l'encre et du papier. Nous
nous mîmes à recueillir des mots japonois ,
et nous les écrivîmes avec des caractères russes.
Nous finîmes par vouloir apprendre à écrire
en caractères japonois, et nous priâmes Koumaddjéro de nous tracer l'alphabet de cette
langue ; il objecta qu'il lui falloit préalablement la permision de ses supérieurs, et ensuite nous annonça que les lois japonoises défendoient d'enseigner aux chrétiens à lire et
à écrire dans la langue de l'Empire ; qu'il n'é-
toit donc pas possible de nous accorder cette
permission ; ainsi nous fûmes obligés de
continuer à écrire le japonois en caractères
russes.

Une simple cloison en planches minces
nous séparoit de M. Moor. Je demandai à
Teské si nous pouvions lui parler. « Certainement, reprit-il ; parlez tant que vous vou-
drez, personne ne s'y opposera. » Je parlai
donc à M. Moor : d'abord il ne me répondit
pas ; cependant il acquiesça à ma proposition
d'écrire une lettre de remercîment à l'ancien

gouverneur avant son départ. Nous y insé-
râmes aussi beaucoup de choses honnêtes et
flatteuses pour le nouveau gouverneur. Quand
ce dernier lut la traduction de cette pièce,
faite par Teské, il sourit à un passage où
nous disions : « Le sort, en nous rendant les
« prisonniers des Japonois, a, fort heureuse-
« ment pour nous, fait arriver cet événement
« à une époque où vous gouvernez cette
« province, » et s'écria : « D'où savent-ils donc
« que d'autres grands personnages de nos
« compatriotes qui auroient occupé la place
« d'Arrao-Madsimano-Cami, n'auroient pas
« eu pour eux la même bienveillance qu'il
« leur a montrée ? »

Le 14 juillet, l'ancien gouverneur partit de
Matsmaï; notre ami Teské le suivit en qualité de secrétaire, il nous promit de nous
écrire de la capitale tout ce qu'il y auroit de
nouveau sur notre affaire, nous priant en
même temps de remettre nos lettres à Koumaddjéro pour les lui faire parvenir. Nous
ne nous flattions pas de recevoir bientôt
quelque chose de décisif de Iédo, car il falloit
au gouverneur vingt-trois à vingt-cinq jours
pour y arriver. En quittant Matsmaï, les Japonois traversent le détroit de Sangar, et entrent

dans une rade très-sûre, près de la ville de
Mimaiou. Cette traversée est de treize ris du
Japon, un peu plus de cinquante-deux verstes
(10 à 12 lieues); comme l'on ne part qu'avec
un bon vent, le trajet ne dure que quelques heures. La distance de Mimaiou à Iédo
est de deux cents ris, ou plus de huit cents
verstes (160 lieues marines.) Les gens de
qualité voyagent en norimons ou litières, ou
en brancards; tout le reste va à cheval; voilà
pourquoi l'on tient toujours aux stations une
si grande quantité d'individus. Les Japonois
nous ont assuré que les porteurs de norimons sont si adroits, que l'on peut y placer auprès de soi un verre plein d'eau,
sans craindre qu'il s'en répande une goutte.
Par un temps sec, quand les routes sont
bonnes, on peut parcourir en vingt-trois
jours la route de Mimaiou à Iédo. Les courriers de Matsmaï arrivent à cheval à la capitale en sept jours, rarement en six; la poste
aux lettres ordinaires, dont ils sont chargés,
ne part qu'une fois par mois, et met quatorze
jours à faire le voyage.

Nous nous attendions chaque jour à apprendre l'arrivée de notre corvette ; nous
appréhendions néanmoins que les Japonois

ne nous en instruisissent pas, et que par là
nous ne fussions dans une ignorance complète
de sa venue et de ce qu'elle pourroit entreprendre.

Pour nous désennuyer, nous fumions, nous
lisions nos livres, nous écrivions et nous
apprenions des mots japonois. Il me vint dans
l'idée d'écrire aussi sur de petits morceaux de
papier tout ce qui nous étoit arrivé, et mes
observations sur ces événemens. Je me mis
donc à l'ouvrage, mais je rédigeai mon récit
de manière que personne, excepté moi, n'auroit été en état de le déchiffrer ; tant il offroit
de mots à moitié écrits, de signes, enfin un
mélange de russe, de françois et d'anglois.
Craignant aussi qu'il ne prît quelque jour
aux Japonois la fantaisie de nous fouiller,
et de m'enlever mes notes, je les cachai dans
une poche longue et étroite que Simanoff
m'avoit faite d'une vieille veste, et que je
portois constamment à ma ceinture. Au reste,
la conduite des Japonois ne devoit pas nous
donner lieu de soupçonner qu'ils songeassent
à nos papiers ; car, lorsque nous nous éva-
dâmes, le brouillon de notre première requête au gouverneur se trouva sur Schkaïeff ;
les Japonois le prirent, et ne nous en par-

lèrent plus. La boussole que M. Chlebnikoff
avoit faite tomba aussi dans leurs mains; ils
ne s'enquirent cependant pas de l'usage de
cet instrument, probablement parce qu'ils ne
savoient pas que c'étoit une boussole; autrement ils nous eussent bien certainement demandé comment nous l'avions fabriquée. Je
suppose qu'ils prirent cet instrument extraordinaire pour un talisman.

Simanoff avoit eu recours à un moyen assez
singulier pour dérober son couteau aux recherches des Japonois. Pendant que l'inspecteur de la prison nous fouilloit, M. Chlebnikoff et moi, les Japonois tenoient les yeux
fixés sur nous; néanmoins Simanoff eut assez
de hardiesse pour enfoncer ce couteau en
terre près de la cage qui lui étoit destinée.
Pendant la nuit, il avança la main hors des
barreaux, et le retrouva. Depuis ce moment,
il resta dans nos mains, et je le garde encore
à présent comme un souvenir de cette époque.

Le nouveau gouverneur fit voir, par sa
conduite, qu'il avoit pour nous non moins
de bienveillance que son prédécesseur. Nous
ne pouvions sortir de notre logement, les
lois du Japon le défendoient; il ordonna de
tenir les portes de notre demeure ouvertes

du matin au soir, afin que nous pussions jouir du grand air; de plus, on nous servit des fruits, tels que des pommes et des poires, entre autres des bergamottes : elles n'étoient pas bien mûres, mais c'est le goût des Japonois; ils mangent avec plaisir ce qui est acide. Il y avoit dans notre cour un prunier couvert de fruits; les gardes les cueillirent avant qu'ils eussent atteint leur maturité; ils nous en donnèrent quelques-uns, que nous fûmes obligés de faire cuire; les Japonois les mangeoient de très-bon appétit, crus ou cuits.

Un jour de fête, le gouverneur nous envoya un souper préparé dans sa propre cuisine. C'étoit vers le milieu d'août, jour de grande fête pour les enfans. Le soir, tous les petits garçons se réunissent au château; là, en présence du gouvernement et de tous les magistrats de la ville, ils jouent, chantent, dansent s'exercent à tirer le sabre. Ensuite on leur donne à souper, et on les régale de friandises. Koumaddjero nous dit qu'en cette occasion-ci, il s'étoit trouvé quinze cents enfans au château, et que l'on n'y avoit admis que ceux dont les parens avoient pu les habiller décemment : ceux qui sont mal vêtus auroient honte de paroître dans une réunion de ce

genre ; les petites filles n'y peuvent pas venir,
parce que, d'après les lois du Japon, l'entrée
des lieux fortifiés est interdite aux femmes.

Nos gardes nous montroient aussi plus de
bienveillance. Plusieurs nous apportoient du
saki, des fruits, etc., et ce n'étoit plus en
cachette. Un vieillard de soixante-dix ans
nous donna, à M. Chlebnikoff et à moi, des
éventails et des cuillers vernis ; Schkaïeff,
malgré une maladie douloureuse, avoit été
pris d'une envie extraordinaire d'apprendre
à écrire. Le vieillard lui fit présent d'un écri-
toire, d'encre de la Chine, et de pinceaux.
Pour récompenser ces hommes humains de
leurs attentions, autant qu'il étoit en notre
pouvoir, nous songeâmes à leur faire cadeau
de plusieurs de nos effets fabriqués en Europe, sachant qu'ils les aiment beaucoup,
notamment le linge fin. Ils attachent du prix
à chaque petit morceau ; ils en font des porte-
feuilles pour serrer leurs papiers et leur
argent, des bourses à tabac, et des étuis pour
leurs pipes. Nous leur partageâmes donc les
culottes, les bas et les mouchoirs que nous
avions à notre disposition ; ils acceptèrent
tout avec la plus vive reconnoissance : il

fallut néanmoins répartir nos dons en secret, autrement ils n'auroient rien accepté.

Schkaïeff, comme je viens de dire, avoit été pris du désir d'apprendre à écrire. Malgré son peu de disposition et ses trente-deux ans, il avoit, à bord de la corvette, réussi, par sa persévérance, à lire et à écrire un peu. Notre loisir forcé, dans notre prison, nous inspira le désir, à M. Chlebnikoff et à moi, d'instruire les matelots. Schkaïeff souffrant beaucoup de la maladie dont je parlerai tout-à-l'heure, craignoit d'être devancé par ses camarades, et continuoit à s'exercer à la lecture et à l'écriture dès qu'il éprouvoit un peu de soulagement. Ses camarades ne tardèrent pas à trouver que c'étoit un art bien difficile que celui de lire, et ils venoient de commencer à épeler, qu'ils renoncèrent à l'entreprise : Schkaïeff ne se laissa pas rebuter ; M. Chlebnikoff lui donnoit leçon tous les soirs, si bien qu'il finit par savoir lire et écrire. Par la suite, il lut aux autres matelots un volume du Journal de Moscou, en y ajoutant ses réflexions. Cet homme étoit compatriote du grand Lomonossoff. Sa maladie, qui se déclara peu de temps après notre détention, étoit une enflure

extraordinaire aux jambes. Les médecins
japonois lui donnèrent une décoction à boire,
et appliquèrent le moxa aux parties enflées.
Schkaïeff regarda ces remèdes comme inutiles,
et demanda du jus de rave pour s'en frotter,
ce qui, disoit-il, l'avoit délivré de ce même
mal en Russie. Les médecins finirent par
céder à ses désirs, cependant avec répugnance.
Le jus de rave fit en effet disparoître l'enflure
des jambes au bout de quelques jours; mais
il n'y resta plus que la peau et les os, et
Schakïeff ressentit des douleurs très-vives
dans les ossemens : il rioit et pleuroit comme
un enfant, et quelquefois ses souffrances
étoient si insupportables qu'il invoquoit la
mort. Les médecins lui firent boire une décoction de plantes, et prendre des bains chauds
dans lesquels ils avoient mis un sac rempli
de racines et d'herbes; ces remèdes le réta-
blirent parfaitement en sept mois.

Il ne nous arriva rien de remarquable jusqu'au mois de septembre; néanmoins je dois
rapporter un incident qui nous instruisit d'un
usage des Japonois. Un jour on nous servit
un excellent repas dans de la belle vaisselle.
Nous pensâmes que l'on avoit par là voulu
nous faire plaisir, et nous crûmes que cela

venoit du gouverneur; plus tard nous apprîmes que nous avions cette obligation à un
homme riche, qui venoit de guérir d'une maladie dangereuse; et que, dans des cas semblables, les Japonois ont la coutume d'envoyer
à manger à des pauvres ou à des gens malheureux.

Le 6 septembre après midi, l'on nous conduisit, M. Moor et moi, au château, où s'é-
toient rassemblés les principaux magistrats,
à l'exception du gouverneur qui étoit malade.
On nous montra deux papiers envoyés à terre
par la *Diane*, et datés du 28 août. Le premier
étoit une lettre de M. Ricord, commandant
la corvette, au commandant de l'île de Kounaschir; il lui disoit que, conformément aux
ordres de l'empereur de Russie, il ramenoit
dans leur patrie des Japonois qui, ayant fait
naufrage, s'étoient sauvés sur les côtes du
Kamtschatka, et parmi lesquels se trouvoit
un négociant nommé Léonsaïmo; il ajoutoit
que le bâtiment russe étoit le même qui, l'année précédente, manquant d'eau et de bois,
étoit entré dans ce port, et dont les Japonois
avoient attiré dans le fort le capitaine, deux
officiers, quatre matelots et un Kourile, les
avoient fait prisonniers par un artifice perfide;

et qu'il ignoroit leur sort. Il assuroit le commandant de Kounaschir des intentions pacifiques de l'empereur de Russie pour le Japon, et le prioit de lui dire s'il pouvoit lui-même nous mettre en liberté; dans le cas contraire, il l'invitoit à lui mander dans combien de temps il pourroit recevoir une réponse du gouvernemént japonois, et savoir où nous étions, le prévenant qu'il ne quitteroit pas le port avant d'être instruit sur ces divers points; il finissoit par demander la permission de faire de l'eau. Cette lettre étoit écrite en termes très-polis et recherchés; mais on y voyoit percer en même temps la résolution si nécessaire dans des cas semblables, puisqu'il annonçoit sa ferme intention de ne pas sortir du port avant d'avoir reçu une réponse satisfaisante.

Le second papier étoit une lettre que M. Ricord m'adressoit. Il me faisoit part de son arrivée à Kounaschir, et me mandoit qu'il avoit envoyé au commandant de cette île un mémoire russe avec une traduction japonoise, sur le motif de son arrivée, et que, partagé entre la crainte et l'espérance, il attendoit la réponse. Il ignoroit si j'étois mort ou en vie, et me prioit, dans le cas où les Ja-

ponois ne me permettroient pas de lui répondre, de déchirer au moins la ligne de la
lettre où se trouvoit le mot *vie*, et de la lui
renvoyer par le Japonois qu'il avoit expédié
à terre, ce qui lui feroit connoître que nous
étions encore de ce monde. Cette lettre de
mon compagnon, de mon ami intime, m'at-
tendrit extraordinairement; M. Moor aussi
en fut ému, et, depuis ce moment, il commença à me parler amicalement.

Conformément au vœu des Japonois, nous
traduisîmes verbalement les deux lettres; ensuite ils nous les firent copier pour les traduire par écrit en japonois avec Koumaddjéro.
Ils gardèrent les originaux.

Ces lettres étoient venues avec une grande
promptitude. En supposant que la frégate les
eût envoyées à terre le jour même de leur
date (28 août), il n'étoit pas vraisemblable
qu'elles eussent pu être expédiées de Kounaschir avant la soirée. Elles arrivèrent à
Matsmaï le 6 septembre dans la matinée; elles
avoient par conséquent été à peu près sept
jours et demi en route; vîtesse due sans doute
à l'importance de l'affaire. Les Japonois comptent ordinairement, de Kounaschir à Matsmaï,
deux cent quatre-vingts ris ou environ deux

cent cinquante lieues. Cet exemple peut
donner une idée de la célérité des courriers
japonois.

La nouvelle de l'arrivée de la *Diane* causa
la joie la plus vive à tous mes compagnons.
La lettre de M. Ricord prouvoit clairement
que notre gouvernement n'étoit nullement
enclin à prendre des mesures violentes, et désiroit employer des moyens pacifiques pour
convaincre les Japonois de l'injustice de leur
conduite. Nous flottions entre la crainte et
l'espérance. Nous sollicitâmes la permission
d'écrire à M. Ricord, quand ce ne seroit qu'une
seule ligne, pour lui apprendre que nous
vivions encore. On nous promit de soumettre
notre requête au gouverneur, qui bientôt
nous fit dire qu'il ne pouvoit nous l'accorder
sans une autorisation de la capitale. Ayant
demandé à l'interprète et aux gardes comment
les Japonois s'étoient conduits envers nos
compatriotes à Kounaschir, et s'ils leur avoient
fait une réponse quelconque, ils nous dirent
qu'ils ne savoient rien bien précisément, mais
qu'ils croyoient que l'affaire alloit bien.

- Cependant les papiers furent traduits, et
expédiés aussitôt à Iédo; nous ne pûmes pourtant savoir quelle conduite l'on avoit enjoint

8 *

au commandant de Kounaschir de tenir envers
les Russes. Koumaddjéro nous apprit à diverses
reprises que M. Ricord étoit arrivé dans cette
île avec deux bâtimens, l'un à trois mâts,
c'étoit la *Diane*, l'autre à deux mâts, et qu'il
avoit successivement envoyé à terre quatre
Japonois. Cette dernière partie du récit n'annonçoit rien de bon ; elle nous inquiéta beaucoup. Il sembloit que les Japonois n'avoient
voulu répondre à aucune des demandes de
M. Ricord, et qu'en conséquence il leur avoit
renvoyé leurs compatriotes l'un après l'autre.

Vers ce temps-là, M. Moor jugea à propos
de se réconcilier avec nous ; il m'envoya donc
dans un livre un billet pour me dire qu'un
de ses gardes lui avoit appris que, sur un de
nos bâtimens, il y avoit quatre vingts hommes,
et sur l'autre quarante avec quatre femmes.

Enfin, le 20 septembre, parurent deux magistrats Schrabiyagou, qui nous annoncèrent,
de la part du gouverneur, que nos bâtimens
étoient partis de Kounaschir d puis quelques
jours, et n'avoient laissé de lettres ni pour
nous ni pour les Japonois ; autrement, on
nous les eût montrées à l'instant. Nous con-
jecturâmes que le départ devoit avoir eu lieu
le 10 ou le 11 septembre. Après un moment

de silence, les Schrabiyagou ajoutèrent que
nos bâtimens avoient arrêté un navire japonois allant d'Itouroupà Kounaschir, et avoient
emmené cinq des hommes qui s'y trouvoient;
puis ils nous demandèrent quel pouvoit avoir
été le motif de nos compatriotes, en agissant
de la sorte ? « Nous l'ignorons, répliquai-je ;
« mais probablement ils veulent se procurer
« des renseignemens authentiques sur notre
« compte, et c'est pour cela qu'ils ont emmené
« des Japonois que certainement ils ramè-
« neront l'année prochaine. » —« Vous avez
« raison, et nous partageons cette opinion»,
reprirent les magistrats, après quoi ils s'éloignèrent.

Cette conversation nous causa d'autant
plus d'inquiétudes, que nous ne savions pas
de quelle manière nos compatriotes s'étoient
emparés des Japonois. Ne s'étoit-il trouvé
que cinq hommes sur le navire japonois, ou
bien M. Ricord avoit-il laissé aux autres la
liberté de s'en aller ? Nous appréhendions
qu'il ne fût arrivé le même accident qu'au
moment où Chvostoff prit un bâtiment japonois près de Saghalien. L'équipage s'étoit
jeté à la mer pour gagner la côte à la nage ;
quatre hommes seulement s'étoient cachés

et illes avoit faits prisonniers. D'un autre côté,
nous ignorions aussi comment nos compatriotes avoient traité les Japonois, et ce
que le navire de ceux-ci étoit devenu. Mais
les réponses de notre interprète et de nos
gardes nous tourmentoient le plus; ils pré-
textoient toujours leur ignorance, quand nous
les interrogions sur les détails de cet événement. Deux des gardes ne pouvoient dissi-
muler leur haine contre nous. Ils disoient
d'un ton menaçant aux matelots que l'on ne
nous rendroit pas la liberté, puisque nos
compatriotes avoient pris un navire japonois.
Enfin M. Moor m'apprit, par un billet qu'il
cacha dans un livre, les particularités sui-
vantes; il les tenoit d'un garde qui étoit plus
babillard que les autres. Il y avoit toujours
deux gardes près de nous, et seulement un
près de M. Moor. Les premiers, se défiant les
uns des autres, ne se hasardoient jamais à
nous apprendre quelque chose. M. Moor me
prioit de ne pas tout communiquer à mes
compagnons pour ne pas leur causer du souci.
Quand les bâtimens russes étoient arrivés à
Kounaschir, les Japonois avoient commencé
à tirer sur eux; mais les boulets n'atteignant
pas la corvette ni sa conserve, ces bâtimens

n'y firent pas attention, et continuèrent tranquillement à remplir leurs barriques. Bientôt
ils aperçurent un navire japonois qui se
disposoit à entrer dans le port; aussitôt ils
expédièrent un canot pour s'en emparer.
Plusieurs Japonois, saisis de crainte, se préci-
pitèrent dans la mer, six se noyèrent; nous
apprîmes plus tard que neuf de ces infortunés
avoient péri dans cette occasion. Le navire
pris, tous les Japonois qui s'y trouvoient
furent garrottés; mais, dès que nos compatriotes surent que nous vivions encore, ils
mirent aussitôt tous leurs prisonniers en
liberté, leur firent même des présens, et les
renvoyèrent avec le navire, à l'exception de
cinq personnes.

J'appris de plus de M. Moor que le gouvernement japonois, instruit, par l'aveu même
des Kouriles, compagnons d'Alexis, qu'ils
avoient été envoyés par les Russes comme
espions pour examiner les villages et les forts
des Japonois, les avoit condamnés à perdre
la tête. Mais le généreux Arrao Madsimano-
Cami, l'ancien gouverneur, avoit représenté
à l'autorité suprême qu'il seroit honteux pour
les Japonois de punir de mort des infortunés qui, bien loin d'avoir agi d'après leur

volonté, avoient aveuglément obéi aux
Russes; il proposoit au contraire de les renvoyer avec des présens. Le gouvernement
avoit approuvé ce conseil humain et l'avoit
fait mettre à exécution. Cette dernière nouvelle ne s'accordoit pas avec l'assertion des
Japonois que les étrangers ne pouvoient
pas dans leur pays être punis de mort. Mais
ici le cas est différent. Il est vraisemblable
que les Japonois regardent comme leurs
sujets même les Kouriles de nos îles. Je dois
rappeler à ce propos une particularité qui
m'a frappé. Les Japonois faisoient toujours
tailler nos habits à l'européenne : nous avions
l'habitude de saluer les officiers suivant l'usage
de notre pays, et de nous asseoir sur des
chaises que l'on avoit faites pour nous sans
que nous les eussions demandées ; Alexis, au
contraire, quoiqu'il eût été pris vêtu des
habits d'un matelot russe, étoit toujours
habillé à la japonoise, et obligé de témoigner
son respect au gouverneur et aux magistrats
de la manière usitée dans le pays. Les interprètes nous ont dit plusieurs fois que les
Japonois avoient, trois cents ans auparavant,
visité les Kouriles jusqu'au Kamtschaka, et
qu'ils auroient pu aisément en faire la con-

quête; ils ajoutoient que, dans les temps anciens, les habitans de leur empire et ceux de
de cet archipel n'avoient formé qu'un seul
peuple; ils citoient à l'appui un grand nombre
de mots semblables dans les deux langues;
cela ne me paroît pas du tout improbable.
Je crois que les Japonois ont pu souvent
aller au Kamtschatka. Ils donnent aux habitans de cette presqu'île le même nom par
lequel ceux-ci se désignent, *Kouroumyschi;*
ils ont aussi adopté plusieurs autres mots
kamtschadales : au reste, quelles que soient
leurs prétentions sur l'ensemble des Kouriles,
ils ne les font pas sonner trop haut, parce
qu'ils craignent une guerre avec la Russie.
Peut-être le garde de M. Moor lui avoit-il
fait un faux rapport. Nous n'osions pas interroger les interprètes sur cette nouvelle, car
aussitôt il y auroit eu une enquête pour
savoir de qui nous la tenions. Malgré le
trouble et le chagrin que nous causoient d'un
côté les événemens que nous venions d'apprendre, de l'autre la ferme résolution des
Japonois de ne vouloir entamer aucune espèce de négociation avec nos compatriotes,
cependant la conduite amicale de ceux-ci
envers les personnes qui avoient été prises

sur le navire nous donnoit quelque sujet de consolation.

Ayant demandé ce que disaient les Japonois revenus de Russie, Koumaddjéro nous assura qu'ils confirmoient nos déclarations. Nous apprîmes en outre que l'un d'eux se trouvoit parmi ceux que Chvostoff avoit enlevés de Kounaschir et s'appeloit Gorodsi ; les papiers de M. Ricord ne faisoient pas mention de cette particularité ; il y étoit désigné sous le nom de Léonsaïmo, négociant de Matsmaï, parce qu'il avoit cru nécessaire de tromper les Russes en se donnant un autre nom que le sien, et se faisant passer pour un commerçant. A la lecture des papiers, les Japonois remarquèrent aussitôt qu'il n'y avoit pas à Matsmaï de négociant qui s'appelât Léonsaïmo, et que ce devoit être quelque autre personne. En effet, il remplissoit à Itouroup les fonctions d'inspecteur des pêcheries d'un commerçant de cette île. Un de ses compagnons qui avoit été enlevé au même temps que lui, étoit mort pour avoir mangé trop de chair de baleine quand ils s'étoient ensemble enfuis d'Ochotsk ; quant à Gorodsi, les Tongouses l'avoient arrêté et livré aux Russes. Une circonstance venoit à l'appui de l'assertion de Koumaddjéro, que les déclarations des Japonois revenus de Russie s'accordoient avec les nôtres, c'est que le gouverneur nous fit faire des habits de soie, quoique nous n'eussions pas besoin de vêtemens. Ayant appris qu'un de nos matelots étoit tailleur, le bounio se contenta de nous envoyer l'étoffe, afin que nous pussions faire faire nos habits à notre fantaisie. Nous préférâmes, pour notre commodité, d'avoir, comme les matelots, de larges pantalons et une veste. L'attention du bounio nous donna lieu de conclure que les nouveaux débarqués avoient dû dire du bien des Russes.

Peu de jours après, M. Moor nous apprit que le gouverneur étoit mort, et que, conformément aux lois du pays, la nouvelle devoit en être tenue secrète pendant quelque temps. Quand un homme en place vient à décéder, il est d'usage de ne pas le divulguer avant que la cour lui ait nommé un successeur, ou ait donné un grade à son fils aîné. S'il ne laisse pas d'enfans mâles, on accorde une grâce à sa famille ou à son plus proche parent, afin de calmer leur douleur. Au reste, l'événement n'est caché que pour le public; on se le communique l'un à l'autre sous le sceau du secret, de sorte qu'en peu de temps tout le monde en est instruit.

Le surlendemain, un de nos gardes, vieillard de soixante-dix ans, nous instruisit de l'événement, et nous recommanda de n'en parler à aucun Japonois. La mort du gouverneur nous affligea beaucoup, car chacun rendoit justice à ses excellentes qualités, et parloit de ses bonnes intentions pour nous.

Vers le milieu d'octobre, on nous conduisit au château, M. Moor et moi, en présence des deux magistrats de la ville les plus anciens, et de plusieurs autres fonctionnaires publics. L'on nous montra une lettre en russe, et l'on nous dit que notre corvette l'avoit remise à un Japonois; que celui-ci l'avoit égarée en faisant sécher sa robe, et que, par conséquent, l'on n'avoit pas pu nous en donner connoissance plus tôt, puisque l'on venoit seulement de la retrouver; on nous pria de la lire et de la traduire. Nous nous aperçûmes tout de suite de l'astuce des Japonois, car nous savions bien qu'ils n'auroient pas osé nous montrer la lettre, s'ils n'en avoient pas reçu l'ordre de la capitale. Je répondis, en souriant, que je savois la cause du retard. Les Japonois se

mirent eux-mêmes à rire de leur adresse à
trouver des expédiens.

La lettre étoit de M. Roudakoff, un des lieutenans de la *Diane*, et adressée à M. Moor. Il
lui racontoit que le commandant de Kounaschir avoit renvoyé l'émissaire de M. Ricord avec la réponse que nous étions tous
morts. En conséquence, on avoit résolu, à bord
de la corvette, de commencer les hostilités
contre les Japonois, et aussitôt on s'étoit
emparé d'un bâtiment sur lequel se trouvoit
le propriétaire de dix navires. Leurs prisonniers leur apprirent que nous vivions encore,
et que l'on nous gardoit à Matsmaï. Nos compagnons regardèrent donc la nouvelle de notre
mort comme une fable inventée par les Japonois qu'ils avoient envoyés à terre ; ils renoncèrent à leur plan d'agir hostilement, se con-
tentèrent de retenir le capitaine du navire
avec quatre hommes et un Kourile, et laissèrent les autres continuer leur route. Leur
projet étoit d'aller ensuite au Kamtschatka,
et d'apprendre des Japonois qu'ils emmenoient,
des renseignemens plus détaillés sur notre
compte. M. Roudakoff finissoit sa lettre, en
annonçant que, l'année suivante, la corvette

iroit à Matsmaï; puis il nous souhaitoit une bonne santé, etc.

Il fallut sur-le-champ traduire verbalement cette lettre, en prendre copie, et emporter celle-ci pour en faire une traduction par écrit. Cette lettre nous procura au moins la satisfaction de voir combien les Japonois s'étoient compromis envers la Russie, et que si notre souverain avoit l'intention de les punir de leur perfidie, ils lui en avoient fourni les motifs les mieux fondés.

Pendant que M. Moor copioit la lettre, je demandai avec humeur aux magistrats s'il étoit vrai que le commandant de Kounaschir eût répondu comme l'annonçoit M. Roudakoff, et ce qui avoit pu le porter à un mensonge si misérable, dont les suites pouvoient être désagréables et même terribles pour les Japonois.—« Nous n'en savons rien, répondirent-ils. »—Les ayant ensuite priés de me dire si une conduite semblable avoit obtenu leur approbation, tous manifestèrent leur mécontentement. La traduction de la lettre fut aussitôt expédiée à Iédo. Le personnage trouvé à bord du bâtiment japonois, étoit un négociant très-riche, et en outre un homme de

beaucoup d'esprit et d'une probité reconnue;
il jouissoit, parmi ses compatriotes, de la plus
haute considération. Les fonctionnaires publics de la classe supérieure lui montroient
même des égards. Il étoit chéri de tous ceux
qui le connoissoient. M. Ricord et les autres
officiers de la corvette durent donc le prendre
naturellement pour un homme de rang, parce
qu'il avoit, comme ceux-ci, le droit, dans les
provinces éloignées, de porter un sabre et un
poignard.

Le plus âgé des deux premiers magistrats
devant qui nous venions de paroître se
nommoit Taca-Hassi Sampeï; il étoit arrivé
depuis peu de temps, et avoit le titre de
Guinmiyagou. Nous le connûmes bientôt
comme un homme plein de bonté et d'affabilité. Peut-être sa conduite humaine et bien-
veillante envers nous venoit-elle de ce que,
dans sa jeunesse, il avoit éprouvé un sort à
peu près semblable au nôtre. A cette époque,
il étoit au service du prince de Matsmaï. Un
jour qu'il traversoit le détroit de Sangar, le
bâtiment qui le portoit fut accueilli par une
tempête affreuse, et, après avoir perdu ses
mâts et son gouvernail, avoit échoué sur les
côtes de la Chine. Tous les Japonois furent

aussitôt arrêtés et jetés en prison, où ils lan-
guirent six ans : enfin, après beaucoup d'éclaircissemens, on les mit en liberté et on les fit
reconduire dans leur patrie. Comme la loi
par laquelle les Japonois qui ont été dans les
pays étrangers sont exclus de toute espèce
d'emplois n'existe pas dans la principauté de
Matsmaï, Sampeï rentra au service du prince.
Après l'attaque de Chvostoff, cette principauté devint une province impériale; Sampeï
conserva néanmoins son emploi. Des Japonois
nous dirent que cette loi ne s'étendoit pas à
ceux qui avoient été jetés sur la côte de la
Chine, et qu'elle n'étoit applicable qu'à ceux
qui avoient vécu chez les chrétiens.

La lettre de M. Roudakoff nous ayant
instruit exactement des détails de ce qui
s'étoit passé entre nos compatriotes et les
Japonois, Koumaddjéro nous apprit que ceux
de ces derniers qui étoient revenus d'Ochotsk,
et entre autres Léonsaïmo ou Gorodsi, assuroient positivement que la Russie déclareroit
la guerre au Japon, et que sa conduite pacifique actuelle n'étoit que l'effet d'une ruse
pour tâcher d'obtenir notre liberté, et qu'ensuite elle éclateroit. Il avouoit néanmoins
que Chvostoff et Davidoff, après leur arrivée

à Ochotsk, avoient été arrêtés, et qu'ensuite ils s'étoient enfuis; mais il prétendoit qu'on ne les avoit emprisonnés que parce qu'ils n'avoient pas apporté autant de butin, ni amené prisonniers autant de Japonois, qu'on s'étoit flatté d'en voir arriver. Il assuroit qu'ils avoient agi d'après les ordres du gouvernement russe, parce qu'à Ochotsk personne ne lui avoit dit qu'ils eussent été arrêtés pour leur conduite coupable. Il disoit de plus que toutes les marchandises japonoises, quoïqu'on les eût d'abord mises sous le scellé, avoient ensuite été vendues dans un magasin de la compagnie d'Amérique.

Nous ne savions que trop que malheureusement les Japonois disoient la vérité; comment les convaincre ensuite que la foiblesse du commandant d'Ochotsk à l'époque dont ils parloient, et les malversations des employés de la compagnie avoient occasionné tout le mal? Comment nous y prendre pour combattre les assertions de Léonsaïmo, et prouver que notre gouvernement n'avoit eu nullement l'intention de causer du tort aux Japonois? Pour comble de contrariété, les Japonois qui s'étoient sauvés du naufrage sur la côte du Kamtschatka, et y avoient passé

Tom. II.

l'hiver, parloient très-mal des Russes. Tant qu'ils avoient demeuré chez un prêtre à Nischny-Kamtschatsk, ils avoient été très-contens; mais quand on les eut transportés de là dans le village kamtschadale de Malka, ils n'eurent pour toute nourriture que du poisson sec, et à peine leur donnoit-on de quoi couvrir leur nudité. Nous apprîmes ensuite que le gouverneur civil d'Irkoutsk avoit fixé une somme considérable pour leur entretien; mais comme on étoit à peu près sûr que les plaintes des pauvres Japonois n'arriveroieut pas jusqu'à Irkoutsk, le Toïon ou l'ancien du village de Malka avoit vraisemblablement employé l'argent à un autre usage.

Dans les premiers jours de novembre, on nous conduisit de nouveau au château, M. Moor et moi. Les doyens des magistrats nous montrèrent un certificat que M. Minitzky, capitaine de vaisseau et commandant d'Ochotsk, avoit délivré à Léonsaïmo. Fidèles à leur habitude, les Japonois s'excusèrent de ne nous avoir pas fait voir cette pièce plus tôt, sur la bêtise de Léonsaïmo, qui l'avoit gardée si long-temps sans en parler à personne. Mais nous connoissions trop bien les gens à qui nous avions affaire, pour ajouter la moindre foi à ce conte; et nous savions d'ailleurs que les Japonois revenus sur la *Diane* n'auroient pas pu tenir secret le papier le plus insignifiant, et encore moins une pièce officielle revêtue du sceau de la couronne, et dont ils ne devoient pas ignorer le contenu, même avant de partir d'Ochotsk. Ce certificat déclaroit, entre autres, que Chvostoff avoit agi de son chef et s'étoit par-là attiré l'animadversion du gouvernement; en outre que Léonsaïmo et ses camarades s'étoient enfuis deux fois d'Ochotsk, sans attendre l'ordre de retourner dans leur patrie qui étoit arrivé aussitôt après leur seconde fuite. M. Minitzky finissoit par témoigner sa satisfaction de la bonne conduite de Léonsaïmo pendant tout le temps qu'il étoit resté à Ochotsk. Cette pièce fut envoyée en original à Iédo avec notre traduction.

Cependant les Japonois qui revenoient de Russie arrivèrent, le 8 novembre, à Matsmaï, et furent logés dans la maison dont nous nous étions évadés. On leur adressa beaucoup de questions. Koumaddjéro, qui avoit assisté à l'interrogatoire, nous répéta ce qu'il nous avoit déjà dit, que ses compatriotes par-

9 *

loient très-mal des Russes; que Léonsaïmo faisoit l'éloge d'Irkoutsk , mais appeloit Ochotsk et toute la Sibérie orientale un pays de famine, où, à l'exception des fonction-naires publics, il n'avoit vu que des mendians. Ces gens restèrent à peu près huit jours à Matsmaï; ensuite on les fit partir pour Iédo.

Dans ma dernière entrevue avec M. Moor, il m'apprit que notre ami, l'ancien gouver-neur, étoit tombé dans la disgrâce et avoit été mis aux arrêts chez lui. Cette nouvelle nous accabla tous, surtout Teské ne nous disant pas positivement, mais nous faisant entendre que notre affaire n'alloit pas bien. Il nous écrivoit en russe, mais aucun de nos compatriotes n'y eût pu comprendre la moindre chose; néanmoins, comme nous étions accoutumés aux locutions et aux phrases dont il faisoit usage dans ses conver-sations avec nous, nous devinions sans peine sa pensée. Nous lui répondions en russe, ayant soin de choisir des expressions qui fussent intelligibles pour lui. Une fois seule-ment M. Chlebnikoff lui écrivit une lettre en japonois, mais avec des caractères russes, et Teské la comprit très-bien.

En décembre, Koumaddjéro vint nous confier en secret un rêve qu'il avoit eu, et dans lequel il avoit été ordonné de nous mettre en liberté; le rêve alloit s'accomplir, car un magistrat d'un rang supérieur, revenu récemment de la capitale, lui avoit dit que notre affaire alloit très-bien, et que la conduite noble et généreuse de M. Ricord envers les Japonois qui se trouvoient sur le navire dont il s'étoit emparé, avoit fixé l'attention, non seulement de la cour, mais aussi de tous les habitans de la capitale. M. Moor confirma cette nouvelle par un billet; il ajouta qu'il avoit entendu dire à un des gardes que tous nos effets, qui jusqu'alors étoient restés à Iédo, venoient d'être rapportés à Matsmaï, et que l'on s'occupoit de nous renvoyer en Russie.

Un rayon d'espérance vint de nouveau luire à nos yeux et nous soulager dans notre désespoir. Ce fut ainsi que, partagés entre l'attente et la défiance de la loyauté des Japonois, nous vîmes arriver la nouvelle année 1813.

Koumaddjéro et d'autres Japonois parloient avec satisfaction du compte que leurs compatriotes, retenus avec le bâtiment devant Kounaschir, rendoient de la conduite de M. Ricord. Dès qu'il eut appris que nous

vivions encore, il leur fit à l'instant ôter leurs
liens, les traita avec bienveillance, et donna
des présens à plusieurs d'entre eux. Il y avoit
dans le nombre la femme du personnage de
marque qu'il emmenoit; il la fit venir à bord
de la *Diane*, ordonna aux femmes russes de
la régaler et de lui montrer la corvette en
détail. Mais l'affliction et la crainte lui firent
constamment verser des larmes, et elle n'exa-
mina rien, quoiqu'elle regardât tout. Quand
elle quitta le bâtiment, il lui fit cadeau d'un
collier d'ambre jaune que les Japonois esti-
moient à trente pièces d'or, monnoie qui pèse
à peu près autant qu'une de nos impériales
(quarante francs). Il permit à son mari d'é-
crire à ses parens, et lui recommanda de leur
assurer que certainement il seroit renvoyé au
Japon l'année suivante. Le Japonois ajoutoit
qu'il étoit logé dans la chambre près de
M. Ricord et resteroit auprès de lui jusqu'à
son retour. Cette attention envers un de leurs
compatriotes enchanta les Japonois. Koumaddjéro nous dit aussi que M. Ricord n'a-
voit d'abord voulu emmener que ce Japonois
et un Kourile comme interprète; mais quatre
hommes s'offrirent volontairement à accompagner leur maître.

Dans le courant de janvier, nous reçûmes plusieurs lettres de Teské, en réponse aux nôtres. Dans l'une, il avouoit ouvertement que la décision de notre affaire étoit encore enveloppée d'obscurité, parce que la cour de Iédo avoit tant de motifs d'être prévenue contre nous, que le peu de preuves qui parloient en notre faveur ne suffisoient pas pour renverser des opinions fortement enracinées. A cette occasion, Teské employoit très-à propos le proverbe japonois : « Ce n'est pas avec un éventail que l'on dissipe les brouillards. » Dans chaque pays, le peuple forme ses proverbes d'après les objets qui frappent le plus fréquemment ses yeux. Les côtes de ce pays sont presque continuellement enveloppées de nuages; et, depuis l'âge de cinq ans, tous les habitans des deux sexes y portent constamment des éventails pendant l'été ; c'est ce qui a occasionné ce proverbe.

Les assurances que nous donnoit Teské, que nous regardions avec raison comme notre meilleur ami, ne nous faisoient augurer rien de bon. En outre, nos gardes disoient sans détour que Arrao-Madsimano-Cami avoit perdu sa place de gouverneur de Matsmaï, et qu'elle avoit été conférée à un autre. A cet in-

cident très-déplaisant pour nous, s'en joignit
encore un qui nous tourmenta beaucoup. Au
commencement de février, on enleva à
M. Moor toutes les lettres de Teské; quant à
M. Chlebnikoff et à moi, nous eûmes le
temps de brûler toutes celles que nous avions.
Un homme de service, par l'entremise duquel
le frère de Teské avoit envoyé sa dernière
lettre à M. Moor, et qui avoit eu l'imprudence
de la lui remettre en présence des gardes, fut
congédié. Ceux-ci avoient dénoncé le fait; de
là, grande rumeur. Le nombre des hommes
de garde auprès de nous fut renforcé d'un
sergent ou sous-officier. Ce sont ordinairement des gens âgés que l'on nomme à cet emploi; on les appelle Koumino-Kaschra ou
commissaire au riz, parce que leur principale
occupation consiste à recevoir le riz des magasins et à le distribuer aux soldats; car, dans
les îles du Japon, une partie de la solde leur
est payée en riz. A Matsmaï et dans les îles
Kouriles, on ajoute au riz une petite somme
en argent.

En même temps que l'on augmenta nos
gardes, l'on commença à nous traiter un peu
rudement. Nous fîmes des réclamations; des
ordres furent donnés pour que l'on se conduisît

plus poliment. Nous plaignîmes surtout notre ami Teské; sa correspondance avec nous pouvoit aisément entraîner des suites fâcheuses pour lui, vu que dans quelques-unes de ses lettres il s'exprimoit très-librement sur le compte de son gouvernement. Il traitoit, par exemple, le commandant de Kounaschir de sot et d'imbécille; dans un autre passage, il disoit : « Les Russes se conduisent avec magnanimité, et nos gens en place ne s'en aperçoivent pas. » Il appeloit chien le Japonois Gorodsi qui avoit mal parlé des Russes, etc. Koumaddjéro et nos gardes essayèrent de calmer nos alarmes, en nous assurant qu'il ne lui arriveroit rien; nous n'ajoutions cependant pas beaucoup de foi à leurs discours.

Enfin, au milieu de février, Koumaddjéro nous annonça que notre affaire étoit décidée; mais quelle étoit la décision? c'est ce que personne n'osoit, au risque d'une punition rigoureuse, nous découvrir avant l'arrivée du nouveau gouverneur. L'interprète nous dit néanmoins que la cour n'avoit pas pris une résolution fâcheuse pour nous. Cette nouvelle nous plongea dans la plus grande incertitude, car nous ne pouvions nous figurer ce qu'étoit cette résolution qui ne contenoit rien de bon

ni de mauvais. L'arrivée du nouveau gouverneur pouvoit seule débrouiller cette énigme.

Depuis le 11 mars, M. Chlebnikoff tomba
dans une espèce de mélancolie. Pendant
plusieurs jours de suite, il ne prit aucune
nourriture, et ne put dormir. Avec le temps
son état s'améliora un peu, mais son mal
ne se passa entièrement que lorsque nous
fûmes de retour sur la *Diane.*

CHAPITRE X.

LE 18 mars, le nouveau gouverneur Cattori-Bingono-Cami arriva à Matsmaï. Il y avoit à sa suite plusieurs employés: notre ami Teské,

un savant nommé Adati-Sannaï, membre
de l'académie du Japon, et Baba-Sadsouroo,
interprète hollandois. Nous eûmes encore,
en cette occasion, une preuve de l'amitié
de Teské; à peine fut-il descendu à terre,
et ent-il rempli les devoirs indispensables
de son emploi, que, sans avoir vu son
père ni sa famille, il accourut à notre logement
et nous apporta des friandises; à propos de
quoi, je dois observer qu'étant dans la capitale,
il accompagnoit presque toujours ses lettres
d'un envoi de confitures; il s'empressa en
même temps de nous donner une nouvelle
bien consolante; c'étoit que le nouveau gouverneur avoit reçu l'autorisation de négocier
avec les Russes, et qu'en conséquence, on
avoit envoyé dans tous les ports de mer
l'ordre de ne plus tirer sur nos bâtimens
quand ils se présenteroient. Teské nous parla
d'Arrao-Madsimano-Cami, notre bienfaiteur;
ce qu'il nous apprit de ce magistrat, nous
donna une nouvelle preuve de la générosité
de son caractère, et le rendit encore plus res-
pectable à nos yeux. Le gouvernement japonois avoit, selon le récit de Teské, résolu de
n'écouter aucune proposition pacifique des
Russes, parce que les événemens antérieurs

et les dépositions de Léonsaïmo lui donnoient
lieu de penser que l'on ne devoit s'attendre
de leur part qu'à des mensonges, des tra-
hisons et des actes hostiles. Alors Arrao-Madsimano-Cami interrogea Léonsaïmo en présence du bounio actuel, et pressa tellement cet
effronté qu'il s'embarrassa dans ses réponses,
et finit par avouer que ce qu'il avoit avancé
précédemment sur les projets de la Russie de
déclarer la guerre au Japon, et sur la conduite
de Chvostoff qui, selon lui, n'avoit agi que d'a-
près les ordres de son gouvernement, n'étoit,
de sa part, qu'une simple conjecture. Arrao-
Madsimano-Cami chercha aussi à réfuter les
motifs sur lesquels les membres du conseil
suprême appuyoient leur décision. Il leur re-
présenta qu'ils ne devoient pas juger les lois
et les coutumes des autres peuples d'après
celles de leur pays, et leur fit enfin prendre
la résolution de s'entendre avec le commandant en chef russe, le plus voisin de leur empire, sur ce qui s'étoit passé de part et d'autre.
Le conseil d'état insistoit pour que les bâtimens russes, porteurs de l'explication désirée,
ne pussent entrer que dans le port de
Nangasaki. Arrao-Madsimano-Cami objecta
que probablement les Russes ne verroient

dans cette demande qu'un prétexte pour les
faire donner dans un nouveau piége. Comment, en effet, pourroient-ils croire que les Japonois agissoient franchement et loyalement,
puisqu'ils exigeoint que les vaisseaux russes
fussent obligés d'entreprendre un si long
voyage pour une affaire qui pouvoit se traiter
bien plus commodément et plus promptement
dans un port des Kouriles. Le conseil ayant
remontré qu'il ne pouvoit, sans enfreindre les
lois de l'empire, permettre à des vaisseaux
russes d'entrer dans un autre port que celui
de Nangasaki, Arrao-Madsimano-Cami leur
adressa cette réponse remarquable : « Quand
« le soleil, la lune et les étoiles, ouvrages
« du tout-puissant, sont soumis à des chan-
« gemens dans leurs cours, les Japonois ne
« doivent pas regarder leurs lois, ouvrages
« de foibles mortels, comme éternelles et
« immuables. » Il finit par leur persuader
d'autoriser le gouverneur de Matsmaï à entrer
en négociation avec les bâtimens russes et de
ne pas exiger qu'ils allassent à Nangasaki.

Teské nous assura qu'aucun des grands du
Japon n'auroit osé faire une semblable re-
montrance au conseil suprême ; mais Arrao-
Madsimano - Cami, qui étoit généralement

considéré par son rare mérite et ses vertus, et qui, en outre, étoit extrêmement aimé du peuple, ne craignoit pas de dire la vérité. De plus, il avoit pour beau-frère le gouverneur général de la capitale, dignité remplie ordinairement par des hommes qui approchent immédiatement le souverain. Enfin, il étoit frère d'une des concubines du monarque; cette dernière raison, si les Européens en veulent juger impartialement, n'étoit pas moins puissante que les autres.

Nous sûmes encore par Teské, qu'à la vérité Arrao-Madsimano-Cami n'étoit plus gouverneur de Matsmaï, mais qu'il avoit obtenu un autre poste plus important. Il étoit directeur général des bâtimens impériaux, dans toute l'étendue du Japon. Les appointemens de cette place étoient cependant moins considérables que ceux qu'il avoit auparavant, parce qu'à Matsmaï tout est plus cher que dans la capitale où il devoit résider à l'avenir. Il avoit à Matsmaï 30,000 grosses pièces d'or, et recevoit en outre du riz pour une somme à peu près équivalente; quelquefois même elle étoit plus forte, suivant que le prix de cette denrée montoit.

Teské resta si long-temps à converser avec

nous, que son père fut obligé de l'envoyer
chercher deux fois; il ne nous quitta pourtant que lorsqu'il crut nous avoir complète-
ment tranquillisés.

Deux ou trois jours après l'arrivée du gouverneur, Koumaddjéro nous notifia, de la
part de Sampeï, premier fonctionnaire public
ou guinmiyagou, que nous eussions à enseigner, au savant et à l'interprète hollandois
arrivés de la capitale, le russe et tout ce qu'ils
désireroient apprendre. « Il est singulier, ré-
« pondis-je à Koumaddjéro, que le bounio,
« sans nous avoir vus et sans nous avoir fait
« connoître ce que le gouvernement japonois
« a résolu sur notre compte, ordonne que
« nous instruisions des hommes qui sont en-
« voyés ici de la capitale. » — Je demandai à
M. Moor, à travers la cloison, ce qu'il pensoit
de cette proposition; il me répondit en ces mots:
« Rien ne pourra me déterminer à instruire
« les Japonois, jusqu'à ce que le gouverneur
« nous ait fait connoître la décision prise
« sur notre affaire; mais, dès que cette décla-
« ration arrivera, j'y travaillerai volontiers
« nuit et jour. » Je lui conseillai de s'occuper
d'eux au moins pendant quelques heures, en
attendant l'arrivée de nos bâtimens; alors,

apprenant les intentions des Japonois sur notre compte, nous pourrions prendre d'autres mesures. M. Moor ne voulut nullement entendre à cette ouverture. Ne pouvant deviner le motif de cet entêtement, je crus qu'il vouloit se rapprocher de nous, et faire oublier sa conduite précédente; mais l'énigme se débrouilla autrement.

Koumaddjéro nous quitta donc sans avoir obtenu de réponse. Quelques jours après, l'on me conduisit au château avec M. Moor; les deux premiers magistrats nous notifièrent, en présence de plusieurs de leurs collègues, qu'ils avoient reçu ordre de correspondre avec les commandans des vaisseaux russes qui pourroient paroître sur les côtes du Japon, et de demander que le commandant en chef du gouvernement ou du district russe le plus voisin donnât une déclaration sur la conduite de Chvostoff. Le dessein des magistrats étoit en conséquence d'expédier aux principaux ports des possessions japonoises dans le nord, tels que Kounaschir, Itouroup, Saghalien, Atkis et Chakodade, des lettres contenant cette demande. Ils ajoutèrent que c'étoit à nous, conjointement avec Teské et Koumaddjéro, à traduire la dépêche écrite en japonois, et

que pour le moment ils alloient se borner à
la lire, afin que nous leur fissions connoître
notre opinion sur son contenu. Elle me parut
très-bien rédigée ; je remerciai les Japonois de
leur résolution, qui peut-être épargneroit à
leur pays et à la Russie une effusion de sang
inutile, et je leur assurai que notre gouvernement feroit certainement une réponse satisfaisante. Le conseil me dit alors que, dans le
cas où nos bâtimens arriveroient dans le port
de Matsmaï même ou dans celui de Chakodade, l'on avoit l'intention de dépêcher à bord
cette lettre avec un ou deux de nos matelots.
Je donnai mon approbation entière à ce plan,
parce que les matelots pouvoient convaincre
nos compatriotes, par le témoignage de leurs
yeux, que nous vivions encore, et je demandai la permission de pouvoir aussi écrire de
petits billets comme preuve que nous nous
portions bien, et de les expédier avec les lettres
aux ports désignés. Le conseil y consentit,
en observant toutefois que ces billets devoient
être aussi courts qu'il seroit possible, et préalablement recevoir l'approbation de la capitale où ils seroient envoyés. On nous conseilla
donc de les rédiger au plus tôt, et je m'en oc-
cupai dès que je fus de retour à notre logis.

Nous travaillâmes ensuite à la traduction de la lettre japonoise, besogne à laquelle M. Moor et Alexis purent aussi assister.

A cette époque, le savant et l'interprète hollandois nous firent leur premiére visite. Elle se passa en complimens. Il ne fut pas dit un seul mot du but véritable de leur voyage. Ils nous apportèrent des confitures, et nous prièrent de leur prêter pour quelques jours un dictionnaire français, ainsi que deux autres livres dans cette langue.

Sur ces entrefaites, M. Moor me fit une proposition très-singulière. « Il ne convient pas, « me dit-il, que vous alliez le premier à bord « de nos bâtimens, car vous êtes la cause de « notre malheur. André Iliitsch (M. Chleb- « nikoff) est dangereusement malade, et les « matelots sont trop stupides pour pouvoir « faire quelque chose de raisonnable; il faut « donc m'y envoyer avec deux matelots et « Alexis, parce que celui-ci est déjà prison- « nier des Japonois depuis trois ans. Comme « je ne puis pas moi-même faire cette de- « mande aux Japonois, c'est à vous à la leur « présenter, car votre bonheur en dépend. « Si vous le négligez, nous sommes perdus.» —«Comment donc, répliquai-je?—« C'est ce

« que je sais, reprit-il d'un ton expressif. »
—« Je lui dis alors que les Japonois ne pouvoient, sans le consentement de la cour, se
servir d'un de nos matelots pour porter la dépêche des magistrats de Matsmaï à nos bâtimens, et qu'en conséquence ils devroient aussi
la consulter pour apporter un changement
quelconque aux mesures qu'ils comptoient
prendre ; que la décision finale se feroit probablement attendre long-temps, et que je
n'étois nullement disposé à prier les Japonois
de l'envoyer à nos bâtimens. »—«Oui dà, re-
« prit-il ; vous reconnoîtrez votre erreur, et
« vous vous en repentirez , mais il sera trop
« tard. »

Je ne compris pas ce que signifioient ces
menaces, et je restai plongé dans la plus grande
incertitude. Le lendemain, M. Moor me parla
ainsi à travers la cloison. «Un soldat m'a ré-
« vélé, sous le sceau du secret, que les Japo-
« nois avoient le projet de tendre un piége à
« l'équipage de notre corvette, afin de saisir
« autant d'officiers et de matelots qu'ils en
« tiennent actuellement prisonniers, et de
« nous relâcher en échange. Comme l'exécu-
« tion de ce dessein pourroit faire répandre
« beaucoup de sang, je vous conseille d'y ré-

« fléchir mûrement, et de consentir à ce que
« j'aille le premier à bord de la *Diane*, car
« certainement les matelots ne pourront pas
« parler aussi sensément que moi. Je persua-
« derai au capitaine Ricord de nous dégager
« volontairement. » —Un enfant n'eût pas eu
grand'peine à reconnoître que tout ce discours
n'étoit qu'un conte en l'air. Un soldat eût-il
réellement pu découvrir un tel secret ? D'ailleurs l'homme qu'il citoit étoit un vieillard
de soixante-dix ans. Je répondis donc très-
sèchement que ce récit me sembloit bien difficile à croire. La chose n'en resta pourtant
pas là. Bientôt M. Moor ajouta que les Japonois songeoient sérieusement à s'emparer de
notre corvette, ainsi que de tout l'équipage,
qu'ensuite ils enverroient une ambassade à
Ochotsk sur un bâtiment de leur pays. Il assura qu'il tenoit ces détails du vieux soldat
et d'un autre plus jeune, et objecta de nouveau qu'il devoit aller à bord au lieu des matelots. Ce nouveau tour d'imagination étoit
encore plus ridicule que le premier; je me
contentai donc de répondre : « La volonté de
« Dieu soit faite, » et je ne dis pas un mot
de plus.

Cependant nous avions traduit la lettre qui

devoit être expédiée à bord de la *Diane;* elle commençoit ainsi : « *Les guinmiyagou, commandans en second après le gouverneur de Matsmaï, au commandant du vaisseau russe.* En voici le contenu en abrégé : Les Japonois ont, conformément à leurs lois, négocié à Nangasaki avec l'ambassadeur Resanoff, et n'ont pas commis la moindre offense envers lui. Néanmoins des vaisseaux russes ont, sans aucun motif, exercé des actes d'hostilité sur les côtes de l'empire. Quand le bâtiment où se trouvoient les prisonniers maintenant détenus parut devant Kounaschir, le commandant de ce lieu pensa qu'il devoit regarder tous les Russes comme ennemis, et saisit sept personnes de cette nation qui vinrent à terre. Les prisonniers ont assuré que les commandans des deux vaisseaux avoient agi de leur propre mouvement; mais on ne peut, comme détenus, ajouter foi à leur déclaration; nous désirons donc qu'une autorité supérieure en certifie la vérité, et renvoie cette attestation à Chakodade. »

Les Japonois vouloient que la traduction de cette pièce fût extrêmement exacte, et que nous nous tinssions, autant qu'il seroit possible, au sens littéral. Ils exigeoient même

que, dans la version, les mots se suivissent
dans le même ordre que dans l'original, autant du moins que le caractère particulier des
deux langues le permettroit, et sans nous
embarrasser de l'élégance du style; aussi cette
traduction nous occupa-t-elle plusieurs jours
de suite, depuis le matin jusqu'au soir; ensuite les guinmiyagou nous la renvoyèrent
plusieurs fois pour les corrections. Enfin l'ouvrage s'acheva; nous enfermâmes les papiers
dans des enveloppes à l'européenne, et nous
écrivîmes l'adresse en russe, après quoi ces
dépêches furent expédiées aux différens ports.

Le 27 août, nous fûmes présentés au nouveau gouverneur. C'étoit un grand et bel
homme, d'une physionomie très-agréable, et
âgé d'environ trente-cinq ans. Sa suite consistoit en huit personnes, parce que son
rang le plaçoit au-dessus des deux précédens
gouverneurs. Après nous avoir appelé chacun
d'après nos grades et nos noms, il nous adressa
la même déclaration que nous avions déjà en-
tendue de la bouche de ses prédécesseurs, et
nous fit espérer que notre affaire auroit une
heureuse issue. Ensuite il s'informa de notre
santé et si nous étions satisfaits de notre trai-

tement. Il se retira, et nous retournâmes chez nous avec les interprètes.

Ce même jour, une conversation entre M. Moor et les interprètes que nous entendîmes à travers la cloison nous causa le plus grand effroi. M. Moor exigeoit que Teské le présentât seul au gouverneur. Teské lui en demanda la raison ; il répondit qu'il vouloit lui révéler des choses très-importantes. «Mais, « répliqua le Japonois, vous ne pouvez être « présenté qu'après avoir fait connoître, par « mon entremise ou celle de Koumaddjéro, « ce que c'est que ces choses si importantes.» —Alors M. Moor lui découvrit que le but de notre voyage avoit été de reconnoître les îles Kouriles soumises à la souveraineté des Japonois; qu'il ignoroit d'ailleurs quel avoit été proprement le motif de ce plan; qu'il falloit me consulter sur ce point, parce que je pouvois seul le savoir, ne communiquant pas mes instructions aux officiers. Il ajouta que nous avions caché aux Japonois plusieurs circonstances de notre campagne; enfin que, dans les traductions, nous avions donné à plusieurs mots une signification différente de celle qu'ils avoient, et que nous les avions

interprétés en conséquence, etc.—« N'avez-
« vous pas perdu l'esprit, lui demanda Teské
« après l'avoir laissé achever son discours?
« vous me contez là des absurdités sans nom-
« bre, toutes capables de vous nuire. » —
« Non, reprit M. Moor, je suis dans mon bon
« sens, et je dis la vérité. » —Teské, perdant
patience, lui déclara qu'en supposant même
qu'il dît la vérité , il étoit trop tard pour la
faire connoître ; que notre affaire étoit déjà
décidée ; que notre sort dépendoit uniforme-
ment de la conduite de nos compatriotes; que
s'ils rapportoient une déclaration satisfaisante,
on nous élargiroit sur-le-champ. M. Moor
ayant de nouveau insisté pour être présenté
au gouverneur, Teské se fâcha tout de bon
et le quitta. Ensuite il vint chez nous, et nous
dit que M. Moor étoit insensé, ou bien avoit
un cœur très-noir. Le lendemain , M. Moor
parloit effectivement comme un homme qui
a perdu la raison; mais étoit-ce une folie réelle,
ou simplement un jeu? c'est ce que Dieu seul
peut décider.

Deux jours après, M. Moor demanda qu'on
le mît de nouveau avec nous; les Japonois y
consentirent, et nous l'amenèrent avec Alexis.

Vers cette époque, le savant que nous ap-

pelions académicien, parce qu'il étoit membre
de la société savante de Iédo qui répond à
nos académies, nous faisoit chaque jour une
visite avec l'interprète hollandois. Ce dernier
revit nos dictionnaires russes, les corrigea et
les compléta, à l'aide d'un dictionnaire fran-
çois-hollandois ; il n'avoit besoin que de demander le nom françois d'un mot russe dont
la signification lui étoit inconnue ; puis il le
cherchoit dans son dictionnaire. Cet interprète
étoit un homme de vingt-sept ans ; il avoit
une mémoire excellente, et possédoit bien la
grammaire ; aussi fit-il des progrès rapides
dans le russe, ce qui me donna l'idée de com-
poser pour lui une grammaire russe, autant
du moins que ma mémoire me serviroit bien,
car je n'avois pas de livres dont je pusse m'aider pour en écrire une un peu complète ; il
fallut donc me contenter de ce que je pourrois puiser dans mes souvenirs. J'employai
plus de quatre mois à ce travail. Je rappelai
dans la préface que, dans le cas où ce livre
tomberoit entre les mains d'un Russe ou d'une
personne qui comprît notre langue, elle devoit
observer que je n'avois eu à ma disposition
que les matériaux que ma mémoire avoit pu
me fournir. Tous les exemples que je citois

étoient pris dans les rapports respectifs de la
Russie et du Japon, et donnoient à entendre
que ces deux empires pouvoient se rapprocher et former entre eux des liaisons amicales.
Les Japonois furent enchantés de cette idée. Ils
traduisirent mon travail avec grand plaisir, et
l'eurent bientôt achevé, quoiqu'il composât un
bon volume. Teské et surtout Baba-Sadsouroo
comprirent très-bien les règles de la grammaire;
il ne leur manqua que du temps pour les apprendre par cœur. Je traduisis aussi en russe
les dialogues qui se trouvoient dans la grammaire françoise avec une version hollandoise,
parce qu'ils pouvoient servir à l'interprète
hollandois pour apprendre notre langue.

L'académicien s'occupa de la traduction
d'un cours d'arithmétique publié à Saint-
Pétersbourg, en russe, pour les petites écoles,
et que Kodaï avoit apporté au Japon lorsqu'il
y revint avec Laxmann en 1792. En expli-
quant les règles de l'arithmétique à l'académicien, nous remarquâmes qu'il étoit très-
versé dans cette science et qu'il désiroit avoir
les démonstrations dont nous faisions usage
en Russie. Curieux de savoir jusqu'où s'étendoient ses connoissances en mathématiques,
j'entamai plusieurs fois des conversations

avec lui sur des points relatifs à cette science;
mais nos interprètes n'avoient pas la moindre
idée de ces sujets, de sorte qu'il me fut impossible de pousser mes recherches aussi loin
que je l'eusse souhaité. Je vais néanmoins
citer quelques exemples qui pourront faire
juger à peu près des connoissances des Japonois en mathématiques. Un jour Adati-Sannaï
me demanda si, en Russie, on comptoit comme
en Hollande d'après le nouveau style; je lui
répondis que nous nous conformions encore
à l'ancien; alors il me pria de lui expliquer
la différence qui existoit entre ces deux calculs, et ce qui la causoit. Quand j'eus satisfait
à son désir, il me dit que cette manière de
calculer le temps n'étoit pas encore parfaite,
puisque, après un certain nombre de siècles,
il devoit survenir de nouveau une différence
de vingt-quatre heures. Cette observation
me prouva qu'il m'avoit questionné seulement par curiosité, pour voir si je m'entendois à une chose qui lui étoit familière.
Les Japonois ont adopté comme vrai le sys-
tème de Copernic. Ils connoissent la découverte de la planète d'Uranus, ainsi que sa
marche et celle de ses satellites; mais ils n'ont
pas encore entendu parler des petites planètes

aperçues depuis la fin du dix-huitième siècle.

M. Chlebnikoff s'occupoit, pour se désennuyer, du calcul des logarithmes, des sinus et tangentes, et d'autres tables concernant la navigation, qu'il acheva avec des peines et des efforts incroyables. Quand nous montrâmes ces tables à l'académicien, il reconnut sur-le-champ les logarithmes, et traça une figure pour nous montrer qu'il savoit ce que c'étoit que des sinus et des tangentes. Voulant apprendre si les Japonois s'entendoient aussi à démontrer les vérités mathématiques, je lui demandai si ses compatriotes étoient convaincus que les carrés des deux petits côtés d'un triangle rectangle fussent égaux au carré de l'hypothénuse. « Oui, répondit-il. » Nous le priâmes de nous en dire la raison; il nous la démontra très-clairement. Il traça la figure sur un papier, découpa les carrés, plia ensuite les carrés des petits côtés en triangles, qu'il découpa aussi, et couvrit avec ces triangles la surface du grand carré, à laquelle ils s'adaptèrent exactement.

Les Japonois, du moins suivant ce que nous assura l'académicien, calculent les éclipses de soleil et de lune avec beaucoup d'exactitude; ce qui est très-possible, puisqu'ils ont une traduction de l'*Astronomie de Lalande*, et qu'un astronome européen demeure dans la capitale, comme je l'ai déjà dit.

Dans le mois d'août 1812, une éclipse de lune fut visible à Matsmaï. Les Japonois en déterminèrent le temps d'après leur almanach, et nous nous proposâmes de l'observer pour voir si leurs calculs avoient quelque exactitude. Nous pensions alors qu'il en étoit de cette nation pour les calculs astronomiques comme d'un Hollandois, éditeur de l'almanach du cap de Bonne-Espérance, qui annonçoit une éclipse de lune pour le jour de la nouvelle lune. Les pauvres Hollandois passèrent toute la nuit à regarder le ciel, et ne virent ni lune ni éclipse. Un inconvénient bien différent nous empêcha d'observer l'éclipse calculée par les Japonois; le ciel resta entièrement couvert.

Je me réserve de parler de l'état des sciences chez les Japonois, quand je donnerai mes observations générales sur ce peuple.

Teské et Koumaddjéro venoient ordinairement nous voir avec l'académicien et l'interprète hollandois. Ils passoient ordinairement la matinée avec nous, et souvent aussi l'après-midi. La plus grande partie de ce temps étoit

employée non à converser d'objets scienti-
fiques, mais à raconter toutes sortes d'anec-
dotes, etc. Teské nous en apprit entre autres
quelques-unes qu'il tenoit du gouverneur
actuel et d'Arrao-Madsimano-Cami, et qui
sont assez curieuses. Quand ces deux magistrats demandèrent à Léonsaïmo ou Gorodsi
comment les Russes l'avoient traité, il parla
avec éloge et reconnoissance de M. N. T. Tros-
kin, gouverneur civil d'Irkoutsk; de M. T. G.
Kardaschevsky, commandant du cercle d'Ia-
koustk; de M. J. Minisky, capitaine de vaisseau et commandant du port d'Ochotsk, et de
quelques autres personnes de notre connoissance. Quant au reste des Russes, Gorodsi
les traitoit comme un ramas de vauriens. On
l'interrogea ensuite sur ce qu'il pensoit du
gouvernement russe; il répondit ainsi: « L'em-
« pereur de Russie est très-bon et très-
« affable; le peuple le chérit comme un père,
« mais toutes les personnes chargées de fonc-
« tions publiques cherchent à le tromper et
« à engager des querelles et des guerres avec
« les états voisins, afin de s'enrichir par ce
« moyen(1)». Il avoua que c'étoit des Japo-

(1) On reconnoît sans peine combien plusieurs des
observations de Léonsaïmo sont erronées. Il suffit de

nois demeurant à Irkoustk qu'il tenoit ce qu'il
disoit. Il peignoit la nation russe comme
belliqueuse et avide de conquêtes. Ses compatriotes lui avoient montré à Irkoutsk, sur
une carte, ce que la Russie fut autrefois et ce
qu'elle est aujourd'hui, en l'assurant que cet
agrandissement immense n'étoit pas dû à
l'achat d'un seul morceau de terre; tout avoit
été conquis par la force des armes. Voici les
remarques que lui-même avoit faites : si un
enfant russe va dans la rue et y trouve un
bâton, il le ramasse aussitôt et se met à faire
l'exercice. Il avoit souvent vu plusieurs petits
garçons se réunir pour jouer à la petite guerre;
quant aux soldats, partout où il en voyoit,
ils étoient toujours sous les armes ou à s'exercer. Il concluoit de tout cela que nous devions
certainement songer à faire la guerre aux
Japonois; car, dans cette partie du monde,
la Russie n'avoit que deux voisins, cette
nation et les Chinois : or, elle entretient des

réfléchir à nos relations avec les Chinois. Leur conduite
insolente et grossière a fourni plus de mille occasions à
notre gouvernement de les châtier; mais l'humanité et
l'indulgence l'ont toujours retenu, car il a considéré
que cette nation asiatique ne connoissoit pas les usages
européens.

relations de commerce avec la Chine; donc
tous ces préparatifs hostiles sont dirigés
contre le Japon. Cette dernière conséquence
avoit fait rire aux larmes les deux bounios;
ils avoient traité Léonsaïmo de fou, puisqu'il
savoit bien qu'au Japon aussi les petits garçons s'amusent à se battre au sabre, et que les
soldats font l'exercice, sans que pour cela
l'on ait envie de déclarer la guerre. Léonsaïmo s'excusa de son raisonnement irréfléchi;
ensuite les gouverneurs le réprimandèrent
d'avoir changé son nom; ils lui dirent que
s'il eût été un personnage important, il eût
pu prendre ce parti pour sa sûreté; mais
qu'un homme aussi insignifiant qu'il l'étoit
s'appelât Léonsaïmo ou Gorodsi, c'étoit très-
indifférent pour les Russes. Le pauvre hère
ne put rien dire pour sa justification, avoua
sa faute et demanda pardon. On l'interrogea
enfin sur les choses remarquables qui l'avoient
frappé à Irkoustk; il répondit que la place et
les églises étoient ce qu'il avoit trouvé le plus
à son goût. Il traça le plan de la place et la
décrivit assez exactement; mais tout ce qu'il
savoit des églises, c'est qu'il y avoit vu de
belles images et que tout y reluisoit d'or.
Arrao-Madsimano-Cami le pria de dessiner

un plan d'Irkoutsk, de ses rues et de ses édi-
fices publics; il confessa naïvement qu'il
n'avoit rien regardé dans cette ville. « Les
« Russes défendent-ils donc de s'y promener,
« lui demanda le bounio? »—Non seulement
« ils le permettent, reprit Léonsaïmo, mais
« ils nous conseilloient de sortir pour notre
« santé, autant que nous le pourrions, et
« d'aller de côté et d'autre; le gouverneur
« lui-même nous y a invités plusieurs fois. »
« — Pourquoi donc n'as-tu pas profité de la
« bonté des Russes, continua le bounio, pour
« examiner attentivement la ville, afin d'être
« en état de la décrire exactement à ton
« retour? » Léonsaïmo fut encore obligé de
convenir qu'il avoit eu tort, et de se recommander à l'indulgence des magistrats. On lui
demanda ensuite s'il avoit assisté à une fête
russe. « Oui, répliqua-t-il, et à une des plus
« grandes. Tous les soldats d'Irkoutsk font la
« parade ce jour-là, et on tire beaucoup de
« coups de canon. »—(c'étoit la fête de l'Épi-
« phanie.)—« Le gouverneur, continua-t-il,
« m'avoit dit de sortir de bonne heure, afin
« de voir la cérémonie, et de me promener
« l'après-midi dans les rues où je rencontre-
« rois le peuple dans ses habits de fête; je

« sortis donc le matin, je vis les soldats;
« mais tout-à-coup le bruit des décharges
« de mousqueterie et d'artillerie me causa
« un si grand effroi, que je pris mes jambes
« à mon cou et je courus à mon logis où je
« restai enfermé. »

Cet aveu sincère valut encore à Gorodsi
l'épithète de sot, parce qu'il avoit perdu l'occasion de voir les cérémonies d'une solennité
et les habits de fête des Russes. « Mais que
« faisois-tu donc chez toi, lui demanda-t-on? »
—«J'écrivois mes observations.»Cette réponse
fit partir d'un nouvel éclat de rire les deux
gouverneurs et toutes les personnes présentes.
On finit par le questionner sur la nature de
ces observations: « Comment as-tu pu en
« faire, lui dit-on, puisque tu ne voulois
« rien voir. »—« J'écrivois, répliqua-t-il, ce
« que j'entendois dire à mes compatriotes. »
Il avoit apporté un gros cahier rempli de ces
observations. Teské nous assura qu'il s'y
trouvoit beaucoup de notes sur la Sibérie et
sur le commerce avec la Chine, par Kiachta;
d'ailleurs, il ne put ou ne voulut pas entrer
dans aucun détail sur ce sujet. Cependant les
gouverneurs n'accordoient pas une grande
confiance à ces remarques de Léonsaïmo. Si,

11*

disoient-ils, il leur eût raconté ce qu'il avoit
vu par lui-même, ou appris des Russes, ses
récits pourroient mériter quelque attention;
mais tout ce qu'il rapportoit venoit de Japonois qui avoient abjuré leur foi et leur patrie,
et aux assertions desquels le gouvernement
ne pouvoit se fier. Les gouverneurs question-
nèrent beaucoup Gorodsi sur l'état de la partie
de la Sibérie qu'il avoit traversée. Il en fit un ta-
bleau pitoyable; il traita les habitans d'Ochotsk
de mendians; il compara, pour le nombre,
toute la population du pays compris entre
Irkoutsk et Ochotsk, à celle d'une petite ville
du Japon, etc.; en un mot, il exagéra tout,
et dépeignit les choses bien pires qu'elles ne
le sont réellement. Dans son exposé de notre
commerce avec la Chine, il accusa nos commerçans de mauvaise foi, en disculpa les Chinois, et assura que le gouvernement de ce
pays avoit plusieurs fois voulu rompre entièrement ces relations, mais que la Russie
avoit supplié de les continuer, promettant de
punir les coupables, et n'avoit pas tenu parole. Tous ces détails venoient des Japonois
qui demeurent à Irkoutsk.

Au reste, les questions et les réponses
avoient été si nombreuses, que Teské ne pou-

voit se les rappeler toutes, ou peut-être qu'il
ne vouloit pas nous les communiquer. Voici
encore une particularité que Léonsaïmo raconta dans son interrogatoire et dont je me
souviens: Durant son séjour à Ochotsk, il
aperçut, un jour, dans un magasin de la compagnie, un tas de cartes et de livres japonois,
jetés dans un coin, et qui avoient été apportés
par Chvostoff. Les employés de la compagnie
s'occupoient bien moins de ces objets que du
riz. En parcourant ces livres, il en trouva
qui contenoient des notices sur le Japon;
comme il pensa que cette matière ne devoit
pas venir à la connoissance des Russes, il
demanda ces ouvrages pour les lire, et les
porta chez lui où il les brûla. Il emporta secrètement du magasin les cartes l'une après
l'autre, et les livra aussi aux flammes. Quand
ensuite il vint à Irkoutsk, il raconta cet événement à un Japonois, qui avoit embrassé la
religion russe, et chez lequel il logeoit. Celui-
ci lui répliqua qu'il s'étoit donné une peine
inutile, ajoutant qu'il avoit lui-même apporté aux Russes beaucoup de cartes et de livres dont il leur avoit donné l'explication.
Léonsaïmo l'ayant blâmé de cette conduite,
l'autre répondit qu'il avoit cessé d'être Japo-

nois et étoit devenu Russe. Léonsaïmo, en
s'évadant, avoit cru qu'il rencontreroit des
Tongouses sur sa route; il prit donc une figure de saint en cuivre, afin de se faire passer
pour un Russe; arrivé chez les Gilièques, il
dit à cette peuplade qu'il étoit un ambassadeur du grand empereur de la Chine, et
montra l'image en cuivre, disant que c'étoit
le portrait de ce monarque. Les Gilièques
l'accueillirent si bien, qu'il projeta de passer
l'hiver chez eux et de continuer son voyage
au retour du printemps; mais à Oudskoï-Os-
trog, son plan échoua; il fut arrêté et conduit
dans ce lieu. Il s'étoit enfui avec deux autres
Japonois et un banni russe. Un des premiers,
comme je l'ai déjà dit, mourut pour avoir mangé
trop de chair de baleine; le banni abandonna
Léonsaïmo après l'avoir volé, de sorte que
celui-ci étoit arrivé seul chez les Gilièques.

Teské nous dit sans détour que le commandant de Kounaschir avoit ordonné au Japonois qui lui avoit apporté une lettre de la
part de M. Ricord, d'annoncer à ce dernier
que nous avions été mis à mort. Voici les
motifs de cette réponse mensongère: Le Japonois envoyé par M. Ricord avoit dit à ses
compatriotes que bien certainement la Russie

déclareroit la guerre à leur pays, et que la
conduite pacifique des Russes en ce moment
n'étoit qu'une feinte pour mieux tromper les
Japonois. M. Ricord avoit déclaré qu'il ne
quitteroit le port que lorsqu'il auroit reçu
une réponse satisfaisante; d'un autre côté,
tous les pêcheurs et les ouvriers demeurant
dans la partie méridionale de Kounaschir,
s'étoient sauvés dans le fort à la vue de nos
bâtimens, et toute espèce d'occupation avoit
cessé. Pour mettre fin à cet état de choses, et
obliger les Russes à tenter une descente, et
à donner l'assaut à la forteresse, le commandant fit dire que nous avions été mis à mort.
Il est probable aussi que la haine personnelle
de cet officier pour les Russes avoit influé
sur sa réponse; c'étoit le même Schrabiyagou
Otaki-Koeki dont nous avions si souvent es-
suyé les plaisanteries à Chakodade. Teské
nous apprit que le conseil d'état n'avoit d'ailleurs manifesté aucun mécontentement de
cette réponse, et qu'elle avoit, au contraire,
l'approbation de plusieurs des membres qui
vantèrent Otaki-Koeki comme un homme
d'une prudence et d'une subtilité consommées.

Teské nous raconta aussi qu'il avoit éprouvé
beaucoup de désagrémens dans la capitale,

quand on eut été instruit de sa correspondance
avec nous. Les lettres surprises à M. Moor
avoient été envoyées à Iédo. Teské fut obligé
de lire et de traduire ses lettres et les nôtres
devant le conseil, ayant pourtant l'attention de
modifier les passages dans lesquels il parloit
de ses compatriotes. Les membres du conseil
qui examinèrent sa traduction lui demandèrent comment il avoit osé correspondre avec
des étrangers, quand il savoit qu'une loi ex-
presse le défendoit. Teské s'excusa, en disant
qu'il n'avoit pas cru que cette loi concernât
les étrangers qui étoient prisonniers dans
l'empire, et protesta que ses intentions avoient
été pures, que la compassion seule l'avoit
engagé à s'entretenir avec nous par lettres, et
que jamais il ne lui étoit venu dans l'idée
qu'il faisoit mal en suivant cette correspondance; il ajouta que si le conseil estimoit que
sa conduite fût criminelle, il étoit prêt à
souffrir la mort. On se contenta de le répri-
mander et de l'inviter à être plus circonspect
à l'avenir. Les lettres restèrent dans les mains
du gouvernement, et cette affaire n'eut, au
reste, aucune suite désagréable pour lui. Le
zèle qu'il avoit mis à apprendre le russe et à
traduire les différens papiers, lui valut une

place, et Koumaddjéro en obtint aussi une.
Teské devint Schtoyagou, et Koumaddjéro
Saïdchou ou secrétaire.

Il faut maintenant que, malgré ma répugnance, je revienne sur un sujet qui, dans le
temps, provoqua toute mon indignation, et
qu'aujourd'hui encore je ne me rappelle pas
sans le chagrin le plus amer, je veux dire la
conduite de M Moor. En racontant ses égaremens, ce dont je parlerai le moins, sera la
position horrible dans laquelle il nous précipita
pendant un certain temps mes compagnons
d'infortune et moi. Puisse son exemple détourner les jeunes gens de semblables erreurs,
quand le sort les fait tomber dans un malheur
pareil au nôtre! Puisse cet exemple terrible
les convaincre que, de toutes les fautes qu'ils
peuvent commettre, aucune ne charge autant
la conscience que celles d'abjurer sa foi et sa
patrie, que la simple intention même de le
faire! Qu'il est affreux le réveil de l'homme
qui rentre dans le sentier du devoir, et ré-
fléchit tranquillement à ses erreurs passées,
surtout quand auparavant il n'étoit pas sourd
à la voix de la conscience et de l'honneur! c'est
ce que je puis dire de M. Moor, dont l'histoire,
quoique vraiment effrayante, mérite l'atten-

tion et peut fournir une instruction salutaire.
Mais je dois, avant tout, prier le lecteur de ne
pas le condamner avant d'avoir lu mon récit
jusqu'au bout; peut-être alors la haine que l'on
pourroit d'abord concevoir se changera-t-elle
en compassion pour ce jeune homme réellement malheureux, et peut-être la pitié accor-
dera-t-elle une larme à sa mémoire.

Depuis que M. Moor étoit revenu avec
nous, il parloit quelquefois aux Japonois
comme un homme absolument hors de sens.
Il assuroit, par exemple, qu'il entendoit leurs
employés et les officiers l'appeler de dessus
le toit et lui reprocher qu'il mangeoit le riz
et buvoit le sang des Japonois; il disoit aussi
que les interprètes l'appeloient du milieu de la
rue, et qu'ils venoient ensuite pendant la nuit
nous trouver, et délibérer secrètement avec
M. Chlebnikoff et avec moi sur les moyens
de se débarrasser de lui. Quelquefois il parloit comme un homme de bon sens, et avoit
toujours un but en vue. Un jour il racontoit
à Teské que nous avions à bord de la *Diane*
beaucoup de beaux livres, de cartes, d'estampes et d'autres choses curieuses, et que
si on vouloit l'envoyer à bord de ce bâtiment,
il feroit parvenir des présens considérables

aux employés japonois et aux interprètes.
Teské lui répondit que ses compatriotes n'ai-
moient pas les gros présens, et n'en avoient
pas besoin; qu'ils attendoient simplement la
déclaration de notre gouvernement pour savoir si les bâtimens de la compagnie n'avoient
agi que d'après les ordres de leur commandant.

Une autre fois, M. Moor dit en présence
des interprètes et de l'académicien que son
dévouement pour les Japonois étoit la cause
de sa ruine, parce qu'ils ne vouloient pas le
garder chez eux, et que lui n'osoit pas retourner en Russie. « Pourquoi? lui deman-
« dèrent les interprètes. » — « Parce que,
« reprit-il, je voudrois entrer au service de
« ce pays, même à celui du gouverneur, mes
« compagnons le savent, notre gouverne-
« ment en sera instruit; par conséquent, à
« mon retour en Russie, je serai condamné
« aux galères. » Au sujet de cette déclaration,
je dois dire en passant que ce fut alors que
nous apprîmes de lui-même ses projets pour
la première fois.

Les interprètes, surtout Teské, cherchèrent
de toutes les manières à le tranquilliser. « Si
« vous avez, lui dit ce dernier, conçu le désir
« d'entrer au service des Japonois, ce n'est pas

« un crime, car votre situation désespérée vous
« excuse; au reste, je n'ai pas confié à vos
« compagnons votre projet d'entrer au ser-
« vice particulier du gouverneur, c'est vous-
« même qui l'avez révélé. Si vous craignez
« d'être pour cela puni d'après vos lois, pour-
« quoi n'avez-vous pas gardé le silence? Mais
« j'espère que vos compagnons ne découvri-
« ront pas à votre gouvernement ce qui pour-
« roit vous nuire. »—Nous protestâmes de
notre côté à M. Moor que c'étoit à tort qu'il
craignoit pour sa sûreté quand il seroit de
retour en Russie, puisque très-certainement
le gouvernement, s'il apprenoit sa faute, ne
le jugeroit pas aussi sévèrement qu'il le
croyoit; mais il étoit impossible de calmer
M. Moor. Le souvenir des choses secrètes
qu'il avoit révélées par écrit aux Japonois
le tourmentoit; c'étoit ce qu'il entendoit
par les expressions de dévouement pour les
Japonois. Il chercha plusieurs fois à montrer de différentes manières son attachement pour eux; il disoit souvent que si
les Japonois pouvoient voir ce qui se passoit
dans son cœur, ils se conduiroient bien différemment envers lui, et lui accorderoient
plus de confiance. Les interprètes lui décla-

rèrent alors franchement que, d'après leurs
lois, les Japonois même qui passoient quelque temps dans les pays étrangers, perdoient
totalement la confiance de leurs compatriotes:
Comment donc, ajoutèrent-ils, pourroient-ils
accepter les services d'un étranger, quel que
pût être son dévouement pour eux? « Quand
« même, continuèrent-ils, il se trouveroit
« actuellement mille Russes en prison chez
« nous, il ne pourroit arriver que deux
« choses: ou vos déclarations seront confir-
« mées par votre gouvernement, et alors vous
« serez élargis; ceux même qui ne voudroient
« pas s'en retourner seroient conduits par
« force à bord des bâtimens; ou bien, si la
« confirmation attendue ne vient pas, vous
« resterez tous en captivité, sans pouvoir
« être employés à aucun service, pas même
« à un travail quelconque. Or, si vous crai-
« gnez pour vous des résultats fâcheux en
« Russie, nous ne savons qu'y faire; nous ne
« pouvons que déplorer votre sort, car il n'est
« pas en notre pouvoir d'enfreindre nos lois
« pour votre avantage particulier. »—Ayant
ensuite appris de nous que les craintes de
M. Moor n'avoient aucun fondement, ils lui
dirent que ses inquiétudes n'étoient dues

qu'au trouble de son imagination. Il soutint
qu'ils étoient dans l'erreur, et qu'il savoit bien
ce qu'il disoit; enfin il traita leurs lois de
cruelles et de barbares. Ils lui répondirent
qu'il pouvoit en penser ce qu'il vouloit, mais
qu'elles étoient bonnes pour les Japonois.

Nous sûmes en cette occasion le motif pour
lequel leurs lois défendoient d'avoir de la
confiance aux Japonois qui avoient vécu en
pays étranger. On peut, nous dirent les interprètes, comparer la foule aux enfans qui sont
bien vîte las de ce qu'ils ont; voient-ils quelque chose de nouveau, ils donneroient volontiers tout ce qu'ils possèdent pour en jouir.
Il en est de même du peuple; entend-il dire
à ceux qui arrivent des pays étrangers que
telle et telle chose y est meilleure que chez
lui, l'amour de la nouveauté s'empare aussitôt
de son esprit; il veut avoir ce dont on lui
parle, sans réfléchir si cette chose lui sera
utile ou dommageable.

Quant à la conduite de M. Moor envers
nous, il ne nous parloit presque jamais, ou
bien il s'exprimoit comme un insensé. Souvent il nous faisoit, sans aucun détour, les
propositions les plus singulières. Un jour il
me dit d'un ton très-résolu qu'il ne voyoit

que deux moyens de nous tirer d'affaire; l'un
de prier les Japonois de l'envoyer à bord avec
Alexis, ce qui nous préserveroit de notre
perte; mais nous étions bien éloignés d'en
croire ses discours, on en devine aisément le
motif; l'autre moyen nous perdoit sans rémis-
sion, c'étoit de découvrir aux Japonois que
notre voyage avoit eu pour but la reconnoissance de leurs côtes, et d'ajouter qu'il étoit
difficile de prévoir s'ils devoient s'attendre de
notre part à la guerre ou à la paix. Je me
contentai de répondre à M. Moor que je ne
concevois aucune crainte; qu'ayant appris à
bien connoître les Japonois, je pensois qu'ils
ne prendroient aucune résolution précipitée;
que les négociations dont il avoit été question
pouvoient commencer d'un moment à l'autre,
et que rien ne s'opposoit à ce que l'issue en
fût heureuse pour nous. Les matelots conju-
rèrent M. Moor, les larmes aux yeux, de ne
pas causer leur malheur, lui protestant qu'ils
n'avoient nullement l'intention de lui faire
du tort quand ils seroient en Russie. « Je sais
« trop, répliqua-t-il, le sort auquel je dois
« m'attendre; je me souviens que Schkaïeff
« m'a un jour adressé, en présence du gou-
« verneur, ces paroles menaçantes: Ne re-

« tournerons-nous donc pas en Russie ? » —
Ces mots, prononcés par Schkaïeff, tourmentoient singulièrement l'esprit de M. Moor ; il
les répétoit fréquemment. Je lui demandai
ensuite quel sentiment il éprouveroit s'il par-
venoit à persuader aux Japonois de tendre un
piége à nos compatriotes, et si ce dessein
s'effectuoit : il me répondit par des phrases
absolument vides de sens. « Cependant, con-
« tinuai-je, si les Japonois s'emparent aussi
« de nos bâtimens ; si ensuite la vérité vient
« à percer, et si, à une époque plus ou moins
« rapprochée, nous retournions en Russie, que
« deviendrez-vous ? » — « Ce que je devien-
« drois, reprit-il, si nous y retournions main-
« tenant. » — Je cherchai à le calmer et à le
consoler en lui disant qu'il ne pouvoit être
responsable de sa conduite actuelle, puisqu'il
n'étoit pas tout-à-fait dans son bon sens.
Ensuite je lui demandai pourquoi il témoi-
gnoit tant d'impatience de se rendre le premier à bord de la corvette, et ne vouloit pas
attendre que nous y allassions tous ensemble.
Il divagua dans ses réponses. Tantôt il souhaitoit devenir l'instrument de la réconcilia-
tion entre les deux nations, afin de mériter
son pardon ; tantôt il vouloit avertir nos com-

patriotes des embûches qu'on leur préparoit, ou leur persuader de donner aux Japonois quelques canons et d'autres effets de nos bâtimens en indemnité des objets enlevés par Chvostoff. Ces réponses extravagantes prouvoient évidemment qu'il étoit sujet à de fréquens accès de folie, et que dans certains momens il ne savoit ce qu'il disoit.

Nous apprîmes ensuite d'Alexis le vrai motif qui portoit M. Moor à insister auprès de nous pour nous faire demander aux Japonois de l'envoyer avec lui à bord de nos bâtimens avant nous. Un des gardes lui avoit dit, probablement en plaisantant, que telle avoit été l'intention du gouverneur, et que nous avions empêché qu'elle ne se réalisât; mais il n'en étoit réellement rien.

M. Moor voyant que ses propos et menaces ne produisoient aucun effet sur nous, ne voulut pas en demeurer là, et se mit, à plusieurs reprises, à faire aux interprètes les révélations dont il nous avoit parlé. Ceux-ci ne donnèrent aucune attention à tous ces discours qui eussent pu avoir pour résultat notre ruine commune; ils le traitèrent de radoteur, et, au lieu de lui répondre, lui conseillèrent de consulter un médecin. Effectivement on

fut obligé, peu de temps après, de le mettre
entre les mains d'un homme de l'art, et l'on
chercha à reconnoître s'il avoit tenu ces discours singuliers étant dans son bon sens ou
dans un accès de folie. Cet incident me donna
lieu de soupçonner que peut-être il y avoit
dans tout cela quelque supercherie, et que
les Japonois faisoient semblant de regarder
M. Moor comme fou, afin de nous jouer plus
sûrement, de tromper les matelots qui seroient envoyés à bord, de chercher à s'emparer des bâtimens par ruse, et ensuite de
travailler à découvrir si M. Moor avoit dit la
vérité. Ce soupçon, qui m'avoit en partie été
suggéré par M. Chlebnikoff, et qui d'ailleurs
se trouva mal fondé, m'obligea d'écrire secrètement cinq billets adressés à M. Ricord, et
tous cinq semblables. Les matelots et Alexis en
cousirent chacun un dans leur veste pour le
remettre au commandant du bâtiment russe,
quel qu'il pût être, auquel ils seroient envoyés.
Au reste, quoique les doutes de M. Chlebnikoff sur la loyauté des Japonois ne me pa-
russent pas raisonnables, je pensai que le billet
serviroit à empêcher nos compatriotes de tomber, par un excès de confiance, dans un malheur semblable au nôtre.

Mes billets contenoient un avertissement à
M. Ricord; je l'engageois à mettre toute la
précaution possible dans ses négociations avec
les Japonois, et de n'approcher qu'à portée de
fusil des canots venant du fort. Je l'invitois de
plus à ne pas se courroucer de la lenteur des
Japonois, parce que leurs lois interdisoient la
promptitude dans les démarches, et que, dans
les affaires importantes, ils étoient obligés
d'attendre l'approbation du gouvernement
avant d'en venir à l'exécution. Je parlois aussi
de tout ce que M. Moor avoit découvert aux
Japonois, afin que M. Ricord fût préparé à
répondre à toutes les questions qu'on pourroit lui adresser. Je finissois par dire que l'on
pouvoit espérer de se réconcilier avec les Japonois, et peut-être même de lier avec eux
des relations de commerce.

M. Moor voyant échouer tous ses plans, se
livra au désespoir. Il fit deux à trois tentatives de s'ôter la vie, mais il fut toujours pré-
venu à temps par les gardes. Au reste, il est
difficile de prononcer s'il avoit réellement ce
dessein ou s'il n'en faisoit que le smblant.
Quoi qu'il en soit, il me paroît qu'il auroit
pu mettre plus de circonspection dans ses
essais d'attenter à ses jours, et que s'il avoit

12 *

sérieusement formé ce projet, il auroit pu
l'exécuter sans que l'on s'en fût aperçu. Néanmoins les Japonois commencèrent à le surveiller rigoureusement ; et même quand il
dormoit, un garde assis auprès de lui écoutoit
s'il respiroit. Si le garde n'entendoit rien, il
enlevoit aussitôt la couverture pour s'assurer
que M. Moor vivoit encore. On en usoit de
même avec moi. Cette précaution ne paroîtra
pas superflue si l'on songe que, dans le cas
où l'un de nous eût porté sur lui-même une
main violente, non seulement les gardes et
nos compagnons qui nous auroient survécu,
mais aussi les gardes extérieurs qui ne pouvoient pas venir où nous étions, auroient eu
tout à craindre, tant les lois japonoises sont
bizarres et sévères.

La prévoyance des Japonois ayant enlevé
à M. Moor l'occasion de se tuer, il se dégrada
au point d'essayer tous les moyens possibles
de traverser les négociations qui devoient
avoir lieu entre nous et les Japonois. Il leur
conseilla d'exiger de nos vaisseaux la remise
de leurs canons et de toutes leurs armes, et de
les garder en dépôt pour les objets enlevés
par Chvostoff, jusqu'à ce que le gouvernement
russe eût rendu ce qui avoit été pris, et donné

un dédommagement pour ce qui avoit été
perdu. Les Japonois cependant n'adoptèrent
pas cet avis, et déclarèrent que si le gouvernement russe assuroit que les bâtimens de la
compagnie avoient agi de leur chef, l'empereur du Japon regarderoit le dégât commis
comme un vol; or un monarque puissant
pouvoit-il exiger d'un autre des dédomma-
gemens pour des vols? D'ailleurs les particuliers qui avoient souffert dans les deux attaques, avoient depuis long-temps été indem-
nisés de leurs pertes par l'empereur.

M. Moor étoit en proie au plus affreux désespoir. Souvent il passoit plusieurs jours de
suite sans rien prendre, et d'autres fois il mangeoit dans un seul jour autant que dans cinq.
Nous avions recours à tous les moyens imaginables pour l'engager à se calmer; nos discours rassurans, nos motifs de consolation
ne servoient à rien. De mon côté, je n'augu-
rois rien de bon. L'indifférence avec laquelle
les interprètes entendoient les aveux de
M. Moor, me sembloit incompréhensible.
Elle formoit un contraste frappant avec l'extrême curiosité que les Japonois montroient
auparavant quand ils vouloient avoir sur les
choses les plus insignifiantes une réponse

précise et détaillée jusqu'à la minutie. J'eus beau y réfléchir, je ne pus pas en deviner le motif. Les Japonois, me disois-je, regardent-ils donc réellement M. Moor comme un fou dont les discours ne méritent pas la moindre attention ? ou bien les interprètes qui ont déjà reçu leur récompense pour avoir terminé notre affaire et pour lui avoir donné leurs soins, craignent-ils de s'attirer des désagrémens si l'on vient à découvrir des circonstances nouvelles et importantes ? ou bien enfin ne veut-on pas avoir l'air de ne pas prendre garde aux discours de M. Moor, afin de faire donner quelques autres de nos compatriotes dans le piége ? Quoique nous ne pussions pas nous figurer que Teské eût la méchanceté de se conduire envers nous avec tant de dissimulation, peut-être néanmoins, nous disions-nous, fait-il son devoir, et obéit-il aux ordres du gouvernement qui, suivant les expressions des habitans du pays, est capable de tout. Il ne nous restoit donc qu'à attendre tranquillement le dénouement de cette énigme.

Le 10 mai, l'on nous apporta le billet qui devoit être envoyé dans les ports, pour y être remis à nos bâtimens. Il avoit été expédié à la capitale et soumis à l'approbation du gou-

vernement; par conséquent l'on n'y pouvoit
plus changer une seule lettre. Nous en tirâmes
cinq copies, que nous signâmes, et elles furent dépêchées le jour même aux lieux de
leur destination. En voici le contenu :

« Nous tous officiers et matelots, ainsi
« qu'Alexis le Kourile, nous sommes en vie,
« et nous demeurons à Matsmaï. »

Le 10 mai 1813.   Vassili Golovnin.

Féodor Moor.

M. Chlebnikoff ne signa pas, parce que
dans ce moment il étoit très-malade.

C'étoit la saison où nous pouvions attendre
à chaque instant l'arrivée de nos bâtimens.
Je croyois, d'après la lettre de M. Ricord, qu'il
viendroit directement à Matsmaï; aussi, étois-
je en proie aux inquiétudes chaque fois que
le vent souffloit avec violence, parce que je
craignois que, par les brumes qui, dans cette
saison, accompagnent toujours le vent d'est,
les bâtimens ne fissent naufrage. Dans les autres parties de l'hémisphère septentrional, c'est
précisément durant les mois de mai, de juin
et de juillet que le temps est constamment
beau et que les vents sont modérés; ici, au

contraire, on éprouve alors des tempêtes fréquentes avec des brumes et de la pluie. Etant en mer, je n'aurois pas pu faire, sur la température, des observations plus exactes qu'à Matsmaï. Je les mettois toutes par écrit. Je vais en citer qui pourront donner une idée de l'été de ce pays.

Le 30, le 31 mai et le 1.er juin, le vent d'est a constamment soufflé avec violence : brume et pluie.

Les 15, 16, 17 et 18 juillet, le temps fut semblable. Pendant plusieurs jours de suite, le vent d'est souffla encore avec violence.

En attendant nos vaisseaux, les Japonois nous donnèrent de l'étoffe pour faire des habits neufs, afin que nous pussions paroître bien vêtus devant nos compatriotes, dans le cas où nous serions obligés d'aller à bord. Nous eûmes tous trois une belle étoffe de soie pour l'habit et la doublure. Les matelots eurent une étoffe de coton appelée Momba, dont j'ai déjà parlé. Les Japonois firent pour Alexis un habit à leur mode.

Enfin, le 19 juin, on nous dit qu'un navire japonois, mouillé près d'un cap de l'île Kounaschir, avoit vu un bâtiment russe à trois mâts, doubler le cap et entrer dans le port de l'île. Le Japonois appareilla aussitôt pour apporter cette nouvelle à Chakodade. Le 20 juin, la nouvelle de l'arrivée de la *Diane* à Kounaschir fut annoncée officiellement. Nous n'apprîmes rien de plus.

Le lendemain, les interprètes me demandèrent, de la part de leurs chefs, quel étoit celui des matelots que je voulois envoyer à bord de la corvette. Afin que la préférence qui seroit accordée à l'un ne mécontentât pas les autres, je proposai de tirer au sort; il désigna Simanoff. Je fis ensuite demander qu'Alexis fût expédié avec lui. Cette requête fut agréée, et tous deux se préparèrent à partir. M. Moor et moi nous fûmes conduits ce même jour au château; les deux guinmiyiagou, en présence d'autres magistrats, nous demandèrent en forme si nous approuvions que ces deux hommes fussent dépêchés à bord de la *Diane.* J'exprimai mon consentement; M. Moor garda le silence. Sampeï nous dit alors qu'il alloit partir pour Kounaschir, afin de négocier avec M. Ricord, promettant de terminer l'affaire, et d'avoir soin de nos compagnons qui faisoient le voyage avec lui : Nous fûmes ensuite congédiés.

Le 22 juin, on nous reconduisit au château, M. Moor et moi. On nous montra les papiers envoyés par M. Ricord, c'étoient deux lettres, l'une adressée au commandant de Kounaschir, l'autre à moi. Dans la première, il annonçoit aux Japonois qu'il étoit arrivé dans des intentions pacifiques, et qu'il ramenoit leur compatriote Tacataï-Caki et deux matelots enlevés avec lui l'année précédente. Deux autres matelots et un Kourile étoient morts au Kamtschatka, quoique l'on n'eût négligé aucun moyen de leur conserver la vie. M. Ricord parloit de Tacataï-Caki comme d'un homme intelligent et honnête qui pourroit convaincre le gouvernement japonois des dispositions pacifiques de la Russie, l'amener par ses représentations à nous rendre la liberté et lui faire entendre que son refus entraîneroit des suites fâcheuses. M. Ricord se reposoit donc sur les sentimens pacifiques et bienveillans des Japonois et attendoit une réponse.

Dans la lettre qui m'étoit adressée, M. Ricord me prioit de lui écrire et de lui dire si nous étions en bonne santé, quelle étoit notre position, etc. Le contenu de ces lettres me fit voir que M. Ricord les avoit écrites avant d'avoir reçu les papiers qui lui avoient été expédiés.

Nous en fûmes très-surpris, car les Japonois nous assuroient que l'ordre avoit été donné de les envoyer par des Kouriles à bord des bâtimens russes aussitôt qu'ils paroîtroient. Nous prîmes copie des lettres en présence des employés, et le soir nous les traduisîmes. Le lendemain, les originaux et les copies furent expédiés pour la capitale.

Le 24 juin, Sampeï et Koumaddjéro s'embarquèrent avec Simanoff et Alexis pour Kounaschir. J'avois, chaque jour, pris la peine de répéter à Simanoff ce qu'il devoit dire, étant à bord de la *Diane*, sur les forteresses, la puissance et l'état militaire des Japonois, et sur les lieux qu'il seroit avantageux d'attaquer dans le cas où les circonstances le rendroient nécessaire. Il eut l'air de me bien comprendre, et se montroit tout joyeux d'avoir beaucoup de choses importantes à communiquer à ses compatriotes. Mais je m'étois fait une illusion complète sur son compte; car j'appris plus tard qu'avant d'être arrivé à bord de la corvette, il avoit tout oublié, et n'avoit pu répéter que quelques phrases incohérentes.

Simanoff, avant de partir, me découvrit que M. Moor l'avoit chargé de prier M. Ricord de lui renvoyer les effets qu'il avoit laissés sur la corvette. Je ne concevois pas quel pouvoit être son motif en faisant cette demande ; néanmoins j'ordonnai à Simanoff, en s'acquittant de sa commission, d'inviter M. Ricord à ne rien envoyer, de crainte que l'on ne nous suscitât de nouvelles difficultés. M. Chlebnikoff le chargea aussi d'un billet, dans lequel il avertissoit M. Ricord de ne pas trop se fier aux Japonois.

Nous n'eûmes pas de nouvelles de Kounaschir jusqu'au 2 juillet. Ce jour-là on nous montra une lettre très-courte de M. Ricord au commandant de Kounaschir, pour le remercier de l'envoi de notre billet, qui l'avoit pleinement convaincu que nous vivions. Il fallut encore traduire cette lettre, qui fut, comme les autres, expédiée à Iédo.

Enfin, le 19 juillet, l'on nous montra à M. Moor et à moi, en présence du gouverneur et de plusieurs officiers, une dépêche de M. Ricord à Tacahassy-Sampéï, ainsi qu'une lettre qu'il m'écrivoit, et une autre adressée à M. Moor. Dans la première, M. Ricord remercioit le gouvernement japonois du vœu qu'il exprimoit d'entrer en négociation avec nous, et promettoit de partir sans délai pour Ochotsk, afin de revenir en septembre apporter la déclaration exigée. Comme il ne connoissoit pas l'entrée du port de Chakodade, son dessein étoit de mouiller dans le port d'Endermo, nommé Edomo par les Japonois, où Broughton avoit séjourné, et prioit d'y envoyer un pilote expérimenté qui pût conduire la corvette à Chakodade. Il finissoit par témoigner sa reconnoissance à Sampeï d'avoir permis à Simanoff de venir à bord de la *Diane*. Dans la lettre qu'il m'adressoit, M. Ricord, après avoir mis les mots convenus pour me faire comprendre qu'il avoit reçu mon billet, nous félicitoit sur notre délivrance prochaine, et promettoit positivement de revenir en septembre. Il engageoit M. Moor à être plus patient, et à ne pas se désespérer; car eux aussi avoient eu à combattre des inquiétudes, des difficultés et des dangers.

Après que nous eûmes traduit verbalement ces lettres, en présence du gouverneur, il s'éloigna. Nous en prîmes ensuite copie, et le reste se passa comme à l'ordinaire.

Nous apprîmes des Japonois que la *Diane* avoit mis à la voile aussitôt après avoir envoyé ces papiers à terre. D'après notre calcul, c'étoit le 10 juillet. Peu de jours après, Sampeï, Koumaddjéro et nos deux compagnons,

revinrent à Matsmaï. Que le lecteur juge,
d'après ses propres sentimens, ce que nous
dûmes éprouver quand nous revîmes nos
compagnons de retour en quelque sorte du
royaume des vivans. Depuis deux ans révolus,
nous n'avions eu aucunes nouvelles de la
Russie ni d'aucun autre pays de la chré-
tienté. Nous ne savions pas même toujours
quels événemens se passoient au Japon; au
reste, ceux-ci pouvoient-ils beaucoup nous
intéresser? notre curiosité étoit sans bornes.
Nous nous imaginions que nous allions apprendre tout ce qui se passoit en Russie et en
Europe..... Combien nos espérances furent
déçues! Simanoff étoit, dans toute la force du
terme, un de ces hommes qu'on peut ranger
parmi les plus bornés et les plus insoucians.
Turcs et François étoient pour lui la même
chose. La politique ni les événemens de la
guerre ne l'avoient jamais occupé un seul
instant depuis qu'il étoit au monde. Tout ce
que nous apprîmes de lui, fut que les François, avec trois autres peuples dont les noms
lui avoient échappé, étoient entrés en Russie,
et qu'à soixante verstes de Smolensko ils
avoient éprouvé une rude défaite, et que
plusieurs milliers avoient été tués. Le reste

et Buonaparte à leur tête avoient pris leurs
jambes à leur cou (1). Mais quand cela s'étoit-
il passé ? par qui les armées étoient-elles
commandées ? quelle avoit été la fin de ces
événemens ? c'est ce que Simanoff avoit oublié. Nous nous consolâmes du moins, en réfléchissant qu'il n'avoit pas pu imaginer ces
récits, et qu'ils devoient être vrais. D'ailleurs
Simanoff put nous raconter à merveille que
Fomka Mitrofanoff s'étoit marié, que Sé-
niouska Clebalkin étoit mort, et autres événemens aussi importans, dont il parla dans
le plus grand détail, comme s'il se fût trouvé
à la noce et à l'enterrement. Ses camarades
écoutèrent avec le plaisir le plus vif ces récits qui ne s'étendoient pas au-delà du cercle
étroit de leurs idées. Au reste, nous fûmes
satisfaits du compte fidèle que Simanoff nous
rendit de nos amis; tous se portoient bien. Il
nous raconta aussi comment les Japonois
avoient négocié avec nos compatriotes; c'est
ce dont je ne dirai rien, parce que la relation
de M. Ricord donnera sur ce sujet de plus
amples renseignemens. Je ne rapporterai donc

(1) Au moment où la *Diane* partit du Kamtschatka,
l'on n'y savoit encore rien de ce qui étoit arrivé depuis
la bataille de Smolensk.

de ces négociations que ce que les Japonois
nous en apprirent. Koumaddjéro, qui y avoit
assisté avec Sampeï, nous fit espérer qu'elles
seroient couronnées d'un plein succès; il at-
tribuoit ce succès au talent de M. Ricord,
qui avoit su tellement gagner l'esprit de
Tacataï-Caki et lui inspirer une si haute idée
du caractère loyal et bon de la nation russe,
que celui-ci étoit prêt à certifier par serment,
devant ses supérieurs, la vérité de nos déclarations. Caki traita son compatriote Gorodsi de menteur et d'homme déloyal pour
avoir dit du mal des Russes, assurant qu'il
mourroit plutôt que de reconnoître comme
fondée l'opinion du gouvernement japonois
sur notre nation. Ces expressions produisirent
un tel effet sur Sampeï, qu'il renonça aussitôt à quelques conditions qu'il vouloit im-
poser à M. Ricord. Il se désista, entre autres, de
celle d'exiger que toutes les armes appartenantes aux Japonois, qui avoient été enlevées
par Chvostoff, fussent rendues sans délai, et
se borna à demander qu'il rapportât seulement celles qui se trouveroient encore à
Ochotsk; ajoutant que s'il n'y en avoit plus,
l'on se contenteroit, pour toute satisfacton,
du certificat attestant que Chvostoff avoit

effectué ses deux attaques de son chef. Caki
ne tarissoit pas dans ses éloges de M. Ricord,
des officiers de la *Diane*, et en général de
toutes les personnes qu'il avoit connues au
Kamtschatka.

Il arriva à Matsmaï, et n'osa pourtant pas venir nous rendre visite, quoique cette entrevue
fît de sa part et de la nôtre l'objet des vœux
les plus vifs. Conformément anx lois japonoises, il étoit constamment surveillé. Néanmoins ses amis et ses connoissances pouvoient
l'aller voir, rester avec lui tant qu'ils le vouloient, et lui parler librement, mais toujours
en présence de quelques soldats impériaux.

Quelques mois avant son arrivée, ses parens, inquiets de son sort, interrogèrent un
prêtre de Matsmaï pour savoir s'il reviendroit
dans sa patrie; ce prêtre se vantoit de prédire
l'avenir. Voici quelle fut sa prophétie : « Caki
« reviendra bien portant l'été prochain avec
« deux de ses compagnons, les deux autres
« mourront en pays étranger. » Les Japonois
nous communiquèrent dans le temps cette
prophétie dont nous ne fîmes que rire, leur
disant qu'en Europe ces devins passent pour
des imposteurs, et qu'ils ne sont pas autre
chose. Les Japonois répliquèrent qu'ils ne

partageoient pas cette opinion, et assurèrent
que ce prêtre avoit fait plusieurs prédictions
que l'événement avoit justifiées. La lettre
que M. Ricord écrivit en arrivant, confirma
la vérité de la prophétie, et doubla la confiance et le respect que l'on avoit pour ce
prêtre. Ses compatriotes nous demandèrent
d'un air triomphant si nous pensions maintenant que leur prêtre fût en état de prophé-
tiser ; aussi ne furent-ils pas médiocrement
surpris lorsqu'ils nous entendirent attribuer
tout au hasard.

Simanoff nous avoit dit trop peu de choses
de l'état politique de l'Europe ; les Japonois
en parloient trop. Deux gros bâtimens hollandois, nous dirent-ils, chargés de productions des Indes et partis de Batavia, sont arrivés à Nangasaki (1). Les Hollandois ont assuré

(1) Les Japonois nous montrèrent une description
détaillée de ces bâtimens. On y avoit désigné de la
manière la plus précise leur longueur, leur largeur, leur
profondeur, le nombre de leurs tonneaux et celui des
hommes de leur équipage; à quelle nation ils appartenoient, etc. Un de ces deux bâtimens étoit très-grand,
car il avoit cent trente pieds de long, et plus de mille
hommes à bord. Un éléphant, envoyé de Sumatra en
présent à l'empereur du Japon, étoit surtout décrit en

que la guerre maritime entre leur pays et
l'Angleterre les a empêchés d'apporter des
marchandises d'Europe, mais que les compa-
gnies des Indes, hollandoise et angloise, ont
conclu la paix et commercent entre elles; que
par conséquent ils n'ont pu porter au Japon
que des marchandises du Bengale. Or, les
Japonois vouloient savoir de nous si, d'après
les usages suivis en Europe, la chose étoit
possible. Nous répondîmes franchement que
cette opération cachoit quelque tromperie;
que très-certainement les Anglois avoient
pris Batavia, et que les Hollandois craignant
que les Japonois n'interrompissent leur commerce avec eux quand ils sauroient que leur
principale possession étoit tombée en des
mains étrangères, avoient inventé cette fable.
Je conseillai donc aux Japonois de dire aux
Hollandois arrivés à Nangasaki qu'ils étoient
dans ce moment en négociation avec les
Russes, et que ceux-ci leur avoient assuré

détail. Rien n'étoit oublié; sa patrie, son âge, sa longueur, sa hauteur, sa grosseur, sa nourriture; la quantité de vivres solides et liquides qu'il consommoit par
jour, dans quelle proportion étoient ces derniers, etc.
Un naturel de Sumatra, qui servoit de cornac à cet éléphant, étoit décrit avec la même minutie.

13*

que Batavia avoit été pris par les Anglois;
j'ajoutai qu'il convenoit d'exiger d'eux un
aveu formel sur cette affaire. Deux mois après,
les interprètes nous racontèrent que les Hollandois avoient fini par confesser leur supercherie et avouer que les Anglois étoient
maîtres de Batavia, et avoient pris aussi le
diplome du gouvernement japonois qui accorde aux Hollandois la permission d'envoyer
tous les ans deux bâtimens à Nangasaki. Cette
circonstance les avoit contraints d'expédier
cette année des marchandises angloises. D'a-
près cette déclaration, l'on mit provisoire-
ment l'embargo sur les bâtimens et leur cargaison.

Les Japonois partagèrent notre avis, et suivirent d'autant plus volontiers mon conseil,
que je fus obligé de leur donner par écrit,
que quelque temps auparavant nous leur
avions découvert, relativement à la Hollande,
une circonstance importante dont nous parvînmes enfin à leur prouver la vérité. Les
Hollandois demeurant à Nangasaki avoient
eux-mêmes annoncé aux Japonois que leur
gouvernement républicain étoit devenu mo-
narchique, et qu'un frère de l'empereur des
François avoit été nommé leur roi. Postérieu-

rement à cette déclaration, les Hollandois n'avoient pas dit que leur pays avoit cessé de former un état indépendant, et qu'il avoit été réuni à la France; probablement parce qu'ils n'en savoient encore rien, aucun navire de leur nation n'étant, depuis plusieurs années, arrivé à Batavia. Nous parlions souvent de cet événement avec les interprètes, qui nous écoutoient avec indifférence, et ne pouvoient croire que Napoléon eût si promptement enlevé un royaume à son frère; les Japonois ayant beaucoup de peine à se figurer qu'en Europe on tirât si promptement des rois et des reines du néant pour les y plonger de nouveau. Enfin M. Moor découvrit par hasard, dans des gazettes russes laissées par la *Diane* avec les livres, le manifeste de Napoléon, qui élevoit Amsterdam au rang de troisième ville de l'empire françois. M. Moor la montra aux interprètes qui comprenoient alors passablement le russe; ils se mirent aussitôt à traduire le manifeste qui fut ensuite envoyé à Iédo. Quand on interrogea les Hollandois de Nangasaki à ce sujet, ils répondirent qu'ils n'avoient encore rien appris de cet événement, ce qui n'est pas difficile à croire.

Je dois observer à cette occasion que les
Japonois n'ont plus pour les Hollandois autant d'attachement qu'autrefois. L'interprète
hollandois nous raconta que, dans les cinq
dernières années, il n'étoit pas arrivé un seul
navire de Batavia à Nangasaki ; ce qui avoit
réduit à une telle détresse les Hollandois
résidant en ce port, qu'ils avoient été obligés
de vendre leurs carreaux de vître, afin de se
procurer de quoi vivre. Nous demandâmes
pourquoi le gouvernement japonois n'avoit
pas pourvu à leurs nécessités, sachant que
ses dépenses lui seroient remboursées ? « Ah !
« reprit l'interprète, la façon de penser des
« Japonois sur les Hollandois est bien chan-
« gée ; et, depuis qu'ils savent que leur pays
« est devenu une province françoise, ils rom-
« pront certainement toute communication
« avec eux. » — Aujourd'hui que l'ancien
ordre de choses est rétabli en Europe, et que
la Hollande est redevenue ce qu'elle étoit
autrefois, je pense que les Japonois laisseront
subsister le commerce avec les Hollandois sur
l'ancien pied.

La nouvelle la plus intéressante pour nous,
apportée par les Hollandois, fut celle de la
prise de Moscou par les François. On nous

assura que, dans leur désespoir, les Russes eux-mêmes avoient abandonné leur ancienne capitale après l'avoir livrée aux flammes, et que les François avoient en leur pouvoir toute la Russie jusqu'à Moscou. Nous ne fîmes que rire de ces contes, protestant aux Japonois que ce n'étoit pas possible. La conviction intime, et non l'orgueil, nous faisoit tenir ce langage. Nous crûmes que l'ennemi avoit conclu une paix avantageuse pour lui; mais Moscou perdu! non, non, disions-nous, c'est une fable inventée par les Hollandois; et cette idée ne nous tourmenta pas un seul instant.

Le 21 août, Koumaddjéro nous confia dans le plus grand secret que dans cinq à six jours on nous conduiroit dans une maison où l'on préparoit tout pour nous recevoir. Cette nouvelle se confirma. Le 26, on nous conduisit au château, nous y trouvâmes tous les fonctionnaires publics de la ville, réunis dans la grande salle où Arrao-Madsimano-Cami avoit coutume de nous interroger. Nous y rencontrâmes aussi l'académicien et l'interprète hollandois qui étoient assis un peu plus bas que les magistrats. Depuis leur arrivée à Matsmaï, ils avoient toujours assisté à nos conférences avec les officiers civils et à la traduction de tous les papiers. Un jour je demandai à Teské ce qu'ils faisoient réellement dans ces occasions; j'appris que le gouverneur lui-même les appeloit comme témoins de sa conduite, afin qu'il ne se trouvât pas quelqu'un qui la présentât sous un faux jour au gouvernement, comme Mamia Rinso avoit fait envers le premier bounio. Il faut donc, même au Japon, chercher à se défendre des fausses accusations.

Peu de momens après notre arrivée, le gouverneur parut. Ayant pris place, il tira de son sein un papier, et nous fit dire par l'interprète que c'étoit un ordre qui lui avoit été envoyé de la capitale, et qui nous concernoit. Il lut cet écrit, et ordonna à l'interprète de nous le traduire. En voici en peu de mots le contenu : « Si le bâtiment russe, qui s'est en- « gagé formellement à venir cette année à « Chakodade avec la déclaration exigée par « le gouvernement japonois, arrive en effet, « et si le bounio trouve cette déclaration « suffisante, le gouvernement autorise ledit « bounio à mettre les Russes en liberté sans « plus ample formalité. »—Ensuite le bounio nous annonça qu'en conséquence de cet ordre, nous partirions dans quelques jours pour Chakodade ; qu'il s'y rendroit aussi et nous y

verroit encore; qu'en attendant, il nous souhaitoit une bonne santé et un bon voyage.

Quand il fut sorti, nous quittâmes aussi la
salle; mais avant qu'il s'éloignât, nous le
remerciâmes de ses intentions bienveillantes.
M. Moor lui déclara qu'il étoit indigne de la
grâce que lui faisoient les Japonois. Je ne pus
pas apprendre ce que ces paroles signifioient.

CHAPITRE XI.

Les Russes reconduits dans la maison qu'ils avoient habitée avant leur fuite.—Joie et félicitation des Japonois.—Les Russes écrivent une lettre de remercîment
au gouverneur.—Ils partent de Matsmaï.—Arrivée à
Chakodade.—Occupation des Russes avec le savant et
les interprètes japonois.—Déclaration du gouvernement japonois remise à M. Golovnin.—On apprend
l'arrivée de la *Diane* sur les côtes de Matsmaï —Inquiétudes de M. Golovnin.—La *Diane* entre dans
le port de Chakodade.—Lettre du commandant
d'Ochotsk aux délégués du gouvernement japonois.—
M. Ricord, commandant de la *Diane*, vient à terre.
—Lettre du gouverneur d'Irkoutsk au gouverneur de
Matsmaï.—Entrevue de M. Golovnin avec le japonois
Tacataï-Caki.—On annonce aux Russes qu'ils vont
être mis en liberté.—Entrevue de M. Golovnin et de
M. Ricord.—Les Russes sont menés devant le gouverneur; il leur déclare qu'ils sont libres et les féli-
cite.—Félicitations d'un grand nombre de Japonois.
—Les Russes délivrés retournent à bord de la *Diane*.

Au sortir du château, l'on nous conduisit
dans la maison où nous avions demeuré avant

notre fuite; mais elle étoit toute changée, et on l'avoit très-bien arrangée. Auparavant, les palissades qui l'entouroient, et derrière lesquelles se tenoient toujours des soldats armés, lui donnoient l'air d'une prison; ces palissades avoient disparu; nos gardes n'avoient plus ni fusils ni flèches. Les Japonois me donnèrent une très-jolie chambre; M. Moor et M. Chlebnikoff en partagèrent une autre; les matelots et Alexis en eurent aussi une pour eux. Notre nourriture fut sans comparaison bien meilleure. Nous étions servis dans de la belle vaisselle de laque; elle nous étoit apportée par des jeunes gens bien vêtus qui nous montroient les plus grands égards.

A peine avions-nous pris possession de notre nouveau logement, que plusieurs employés du gouvernement, suivis de leurs enfans, vinrent nous voir pour nous féliciter et nous faire leurs adieux. Plusieurs nous remirent des cartes pour prendre congé, que les interprètes leur avoient écrites en russe. Elles contenoient la formule usitée et l'expression du souhait que notre voyage fût heureux. Enfin le chef des négocians ou le maire, accompagné de ses deux adjoints, vint aussi, et nous apporta une boîte de confitures pour notre voyage. La physionomie de tous les Japonois qui nous rendirent visite, exprimoit la joie la plus sincère de notre bonheur. Leur conduite, en cette occasion, nous fit souvent verser des larmes d'attendrissement. Alors M. Chlebnikoff ayant proposé d'écrire au gouverneur une lettre de remercîment, j'y consentis avec le plus grand plaisir, et je le priai de vouloir bien l'écrire. Elle fut rédigée à l'instant, puis traduite en japonois, et présentée au gouverneur qui, suivant ce que nous rapporta l'interprète, avoit, en la recevant, témoigné combien il en étoit touché et reconnoissant.

Depuis ce moment, les Japonois eurent l'air de nous considérer comme leurs hôtes et pas du tout comme leurs prisonniers. Ayant remarqué que nos matelots leur demandoient plus d'eau-de-vie qu'il n'en faut à des hommes tempérans, ils ordonnèrent de ne plus leur rien distribuer sans mon consentement; par-là ils me reconnoissoient comme commandant, ce qui n'avoit pas eu lieu auparavant.

Étant pleinement convaincu que les Japonois avoient réellement l'intention de nous rendre la liberté, nous désirâmes leur en montrer notre gratitude autant qu'il étoit en

notre pouvoir. M. Chlebnikoff fit un travail
pour expliquer les tables qu'il avoit compo-
sées, et le donna à l'académicien. Je fis aussi,
pour ce savant, un extrait de *la Physique de
Libes*, dans lequel j'insérai tout ce qui avoit
rapport aux nouvelles découvertes en astronomie, et j'y ajoutai des éclaircissemens. Nous
voulûmes aussi faire don de nos livres et de
nos effets à toutes les personnes qui, étant de
service auprès de nous, nous avoient marqué
de la bienveillance. Elles refusèrent de recevoir la moindre chose, disant qu'elles ne le
pouvoient sans l'autorisation du gouvernement, et qu'elles la solliciteroîent.

Nous ne restâmes que trois jours à Matsmaï après que les Japonois nous eurent annoncé que nous étions remis en liberté. Durant ce temps, le gouverneur nous envoya
nos repas de sa propre cuisine, et donna ordre
aux interprètes de nous régaler.

Le 30 août, dans la matinée, nous partîmes
de Matsmaï. On nous fit traverser la ville en
cérémonie. L'affluence du peuple étoit extraordinaire. Chacun s'empressoit autour de nous
pour nous dire adieu. M. Chlebnikoff avoit
les pieds en si mauvais état, qu'il pouvoit à
peine se tenir debout; néanmoins les Japo-

nois le prièrent de passer à pied dans la ville.
Quand nous fûmes sortis, nous pûmes marcher ou aller à cheval, comme cela convint à
chacun de nous. Notre escorte étoit composée
d'un officier qui avoit le grade de schloyagou,
de Teské et de son frère, de huit soldats, de
nos domestiques, et d'un grand nombre de
porteurs, palefreniers, etc., que l'on changeoit
à chaque station. L'officier étoit un homme
extrêmement complaisant et affable, qui nous
charma par sa conduite. Quand il nous arrivoit de nous asseoir pour nous reposer, il prenoit toujours place auprès de nous, nous donnoit de son propre tabac, et nous rendoit
toutes sortes de services.

Arrivés à notre première couchée, je dis à
Teské que notre départ de Matsmaï avoit lieu
le jour même auquel la Russie célèbre la fête
de son empereur. Aussitôt les Japonois, sans
que nous les eussions priés, versèrent de leur
meilleur saki, et nous bûmes rasade à la santé
de sa majesté impériale. Notre exemple fut
suivi par les Japonois; ils répétèrent avec
enthousiasme ce cri que Teské leur inter-
préta : *Vive l'empereur Alexandre.*

On peut soutenir hardiment que la renom-
mée d'aucun monarque ne s'est, jusqu'à pré-

sent, étendue aussi loin que celle de notre empereur actuel. J'ai déjà dit plus haut que les Japonois qui avoient passé quelque temps en Russie l'appeloient le père de son peuple. Nous racontions souvent à leurs compatriotes que ce prince visitoit fréquemment la cabane des pauvres, s'entretenoit avec eux, et goûtoit même de leurs alimens. Les Japonois nous écoutoient avec ravissement, et ne pouvoient comprendre comment un monarque si puissant étoit si débonnaire. Ils avoient auparavant entendu leurs compatriotes raconter ces particularités, mais ils croyoient que ceux-ci avoient pris un officier pour l'empereur, et n'ajoutèrent foi à la vérité de leurs récits que lorsque nous les eûmes confirmés par les nôtres.

Nous retournâmes à Chakodade par le même chemin que nous avions suivi en venant, et nous fîmes halte dans les mêmes endroits; nous eûmes cependant plus de liberté, et notre nourriture fut sans comparaison bien meilleure. M. Moor seul étoit surveillé avec beaucoup de sévérité, parce que les Japonois craignoient qu'il ne s'ôtât la vie. Quand nous nous mîmes en route, il fondit en larmes, ensuite il pleuroit fréquemment. Les Japonois

lui demandèrent la cause de son affliction; il
répondit qu'il n'étoit pas digne de leurs bienfaits, et que ses remords lui arrachoient des
larmes. Il nous disoit, au contraire, qu'il pleuroit, parce qu'il voyoit clairement la perfidie
et la dissimulation des Japonois qui nous conduisoient tous à une perte inévitable; que leur
bonté actuelle n'étoit que feinte. Ces discours,
malgré leur absurdité, n'excitoient pas moins
de vives inquiétudes chez nos matelots. Quant
à la conduite de M. Moor, elle étoit réellement énigmatique pour moi et l'est encore.

Le 2 septembre, nous entrâmes à Chakodade au milieu d'une foule innombrable de
spectateurs. On nous fit loger dans une maison impériale peu éloignée du fort. Nos chambres, entourées d'une galerie, donnoient sur un
jardin; mais on avoit cloué, tout le long de
la galerie, des volets dont l'extrémité supérieure n'étoit qu'à trois pieds de celle-ci. La
lumière du jour ne pénétroit que foiblement
par cet intervalle, et aucun des objets du dehors n'étoit visible. Sous ce rapport, notre
habitation ressembloit à une prison, elle étoit
d'ailleurs très-propre et très-bien arrangée.
Au bout de quelques jours, les planches furent enlevées à notre demande; nous vîmes

clair dans nos chambres, et nous jouîmes en plein de l'aspect du jardin. Indépendamment des repas ordinaires, qui étoient bons, l'on nous servoit du dessert qui consistoit en pommes, poires et confitures; on l'apportoit une heure avant le dîner, suivant l'usage japonois.

Aussitôt après notre arrivée à Chakodade, le guinmiyagou Coodsimo-Kiogoro, commandant de la ville, vint nous voir. Il s'informa de notre santé, puis nous dit que la maison étoit réellement trop petite pour nous, mais que beaucoup de fonctionnaires publics étant arrivés à Chakodade, et le gouverneur y étant attendu, on avoit préparé pour eux les maisons les plus vastes; qu'au reste le bâtiment russe ne devant pas tarder d'arriver, nous allions bientôt quitter l'île pour retourner dans notre patrie; et que si, contre toute attente, il ne paroissoit pas avant l'hiver, on disposeroit une autre maison pour que nous pussions y passer cette saison.

Quelques jours après, le guinmiyagou, Sampeï, l'académicien, l'interprète hollandois et Koumaddjéro arrivèrent sur un navire. Les interprètes et le savant vinrent aussitôt chez nous; ensuite ils passoient les journées entières avec nous, et faisoient même apporter leurs repas à notre logis. Ils s'efforçoient de mettre à profit tous les momens, avant l'arrivée de la *Diane*, pour puiser dans notre entretien le plus de connoissances qu'il leur seroit possible. L'interprète hollandois copia plusieurs pages du dictionnaire russe et françois de Tatischtscheff, et se proposa de traduire en japonois la signification en russe des mots françois, ce moyen pouvant lui apprendre le sens propre d'un grand nombre de mots, qui, sans cela, lui seroient restés inconnus. Cette besogne nous causa beaucoup de fatigue et d'ennui. Je me contenterai de citer un exemple des difficultés que nous avions à combattre.

Parmi les mots russes que les Japonois avoient écrits dans leur dictionnaire, se trouvoit dostoïny (digne), que nous expliquâmes par louable, honorable. Nous n'entrâmes pas dans une interprétation détaillée de ce mot, parce que nous aurions eu beaucoup de peine à le leur faire comprendre. Cependant les Japonois ayant trouvé le mot digne en françois, et, parmi les exemples cités, cette phrase : *digne de la potence*, ils s'imaginèrent que cette dernière expression désignoit une récompense

importante, un grade éminent, enfin quelque
chose de semblable. Quelle fut leur surprise,
quand nous leur eûmes expliqué le sens du
mot *potence* dans cette acception! ils ne savoient où ils en étoient. Un homme louable,
honorable à la potence! Nous eûmes alors
recours à notre connoissance de la langue japonoise et à la pantomime, pour faire comprendre aux interprètes dans quels cas on se
servoit du mot *digne*, comme nous le leur
avions expliqué d'abord, et nous leur citâmes
force exemples, afin de rendre la chose plus
claire. Ces sortes d'incidens étoient assez
communs. Chaque fois les Japonois penchoient
la tête d'un côté, geste qui répond à celui
que nous faisons en levant les épaules, et
s'écrioient: *Mousgassi cododa! Canacanda
mousgassi cododa!* Langue difficile, extrêmement difficile.

Cependant l'interprète hollandois s'occupoit
de la traduction en japonois d'un petit livre
russe sur l'inoculation de la petite vérole; elle
fut achevée avant notre départ. Un médecin
russe avoit fait présent de cet ouvrage à Léonsaïmo, qui l'avoit apporté dans son pays.
Quant à l'académicien, il s'efforçoit de puiser

le plus de connoissances qu'il pouvoit dans la *Physique de Libes*.

Le travail de Teské étoit le plus intéressant et le plus important pour nous. Il nous dit, de la part de ses chefs, que le gouvernement japonois doutoit beaucoup que Laxmann et Resanoff eussent bien compris la réponse faite à leurs propositions, le motif de l'ambassade du dernier étant absolument contraire à l'esprit de la déclaration remise à Laxmann, qui portoit qu'un bâtiment russe pourroit venir à Nangasaki, afin de négocier sur des relations de commerce. En plusieurs occasions, Resanoff avoit montré son éloignement et même sa haine pour les Japonois; elle provenoit, sans doute, de ce que l'on n'avoit pas traduit avec exactitude les diverses déclarations japonoises et de ce qu'il ne connoissoit pas les lois de l'empire; « Les Japonois, continua Teské, instruits qu'un monarque humain et équitable règne sur la Russie, que ce prince veille, non seulement au bien-être de ses propres sujets, mais s'intéresse aussi au bonheur des peuples voisins, verroient avec un déplaisir extrême, qu'induit en erreur par les faux rapports de ses envoyés, il conçût une mauvaise opinion de la nation japonoise. Le gouvernement souhaite donc que, conjointement avec les interprètes, vous traduisiez de l'original même en russe, les rescrits délivrés à Laxmann et à Resanoff, et qu'après votre arrivée dans votre patrie, vous fassiez connoître ces traductions à votre gouvernement, et, si cela se peut, à l'empereur luimême. » Nous fûmes invités à prendre copie des deux papiers de Chvostoff dont j'ai parlé plus haut, et d'en faire le même usage.

Les Japonois s'efforcèrent, dans la traduction du rescrit, de suivre le plus qu'ils purent le sens littéral de cette pièce; nous ne le souhaitions pas moins, afin d'acquérir une idée des tournures propres à leur langue, et de voir, dans leur sens véritable et précis, ces documens du plus haut intérêt. Nous négligeâmes donc entièrement la beauté du style, et suivîmes l'original aussi fidélement que notre langue nous le permit. De retour en Russie, je remis cette pièce au ministère.

Nos interprètes nous racontèrent, en outre, quelle avoit été la marche des négociations entre les Japonois et nos compatriotes Laxmann et Resanoff. Mais je ne veux pas abuser de la patience du lecteur, et je regarde comme

inutile d'entrer dans aucun détail sur ce sujet.
La forme du rescrit remis à Laxmann prouve
que l'on n'avoit pas été très-content de sa conduite. Néanmoins sa mission réussit, et il obtint
la permission d'aller à Nangasaki pour négocier, ce qui prouve que le gouvernement japonois avoit le projet de lier des relations de
commerce avec nous, et même le souhaitoit.

Les interprètes se mirent à traduire en russe
les papiers que l'on devoit délivrer tant à
M. Ricord qu'à nous, lorsque nous serions
mis en liberté. Le premier se trouvera à la
fin de la relation de cet officier. Voici une
copie exacte du second :

« Traduction en russe. »

« Notification. »

« Les guinmiyagous, premiers commandans
« après le gouverneur de Matsmaï,

« Un bâtiment russe vint à Matsmaï il y a
« vingt-deux ans, un autre à Nangasaki il y a
« onze ans. Quoique, à ces deux époques, on ait
« clairement fait connoître la loi de notre pays,
« nous croyons néanmoins que de votre part
« l'on ne nous a pas bien compris, à cause de
« la grande différence de nos langues et de nos

« écritures respectives (1). Comme actuelle-
« ment nous vous avons retenus chez nous,
« nous avons pu facilement vous faire con-
« noître nos usages invariables. En consé-
« quence, lorsque vous retournerez en Russie,
« instruisez les commandans des côtes du
« Kamtschatka, d'Ochotsk et autres de la dé-
« claration de notre gouverneur (2), afin qu'ils
« connoissent la loi du Japon, concernant les
« navires étrangers qui abordent chez nous,
» et qu'à l'avenir il n'arrive plus de votre
« part d'infraction de cette espèce.

« Dans notre pays, la religion chrétienne
« est sévèrement défendue; ainsi les navires
« européens ne sont soufferts qu'à Nangasaki;
« partout ailleurs, ils sont chassés à coups
« de canon. Au reste, cela n'a pas lieu seu-
« lement pour les bâtimens russes. Cela n'est

---

(1) En traduisant ce passage, Teské se prit à rire, et
avoua franchement que ce n'étoit qu'une feinte, afin
d'avoir un motif de nous relâcher sans enfreindre les
lois. Le gouvernement savoit très-bien que Laxmann et
Resanoff avoient compris parfaitement tout ce qu'il leur
avoit fait notifier. A cette occasion, Teské nous assura
que, dans les affaires de ce genre, les Japonois sont passés maîtres, et savent changer le blanc en noir.

(2) Pièce qui devoit être délivrée à M. Ricord.

« pas arrivé cette année à Kounaschir, parce
« que nous voulions négocier; et il est encore
« défendu maintenant de tirer sur le bâti-
« ment attendu; mais dorénavant on chassera
« à coups de canon tout ce qui se présentera.
« Réfléchissez bien à cette déclaration, afin
« de ne pas vous courroucer, si par la suite
« il en résulte un malheur ou un désagré-
« ment.

« Chez nous il existe une loi : Si les Euro-
« péens demeurant dans notre pays veulent
« enseigner la religion chrétienne à nos com-
« patriotes, ils ne sont pas renvoyés dans
« leur patrie, ils sont soumis à une punition
« rigoureuse. Comme vous ne l'avez pas
« fait, il vous est permis de vous en retourner.
« Réfléchissez aussi à ceci.

« Huit ans, et ensuite trois ans avant l'ar-
« rivée des bâtimens russes dans nos îles
« Kouriles, des habitans de l'île de Raschaoua
« qui vous est soumise ont été envoyés pour
« examiner secrètement nos îles. Quoique
« nous ayons tout de suite aperçu le but
« de leur arrivée, nous plaignîmes les Ras-
« chaouans d'avoir, par leur obéissance aveugle
« pour les Russes, débarqué dans nos îles;

« nous les relâchâmes deux fois(1). Si, malgré
« nos défenses expresses, ils reviennent en-
« core, alors ils seront faits prisonniers, et
« exposés à subir les peines portées par les
« lois. Réfléchissez encore à ceci.

« Dans notre pays, on ne désire nullement
« de commercer avec les contrées étrangères,
« car nous ne manquons d'aucune chose né-
« cessaire. A la vérité des étrangers com-
« mercent à Nangasaki; il n'y vient néan-
« moins que ceux avec qui nous sommes
« liés depuis long-temps, non à cause du
« gain, mais pour d'autres motifs qui sont
« importans (2). D'après vos précédentes de-
« mandes souvent renouvelées, nous voyons
« que vous comparez les usages de votre
« patrie aux nôtres; en cela vous commettez
« une grande erreur. Il vaut donc mieux ne
« plus parler à l'avenir de liaisons de com-
« merce.

« Bonkva, le 26ᵉ. jour du 9ᵉ. mois de la
« 10ᵉ. année.

« Tacahassy Sampeï.   L. S.

« Coodsimoto-Kiogoro.   L. S.

(1) La première fois les Kouriles s'étoient enfuis.
(2) Entre autres, pour recevoir plusieurs plantes mé-

Ces deux officiers avoient apposé leur cachet sur la pièce originale (1).

« Le présent a été traduit par les sous-
« signés.

« Mouracami Teské.

« Vekara Koumaddjero. »

Quand nous eûmes fait la traduction de ce
papier, Teské nous déclara, de la part de ses
chefs, que son contenu ne devoit pas nous
donner lieu de penser que les Japonois
eussent un si souverain mépris pour la religion chrétienne, qu'ils regardassent comme
pervers et abjects tous les hommes qui en
faisoient profession. Au contraire, ils étoient
persuadés que dans tout pays et dans toute
religion il y a des hommes vertueux et
d'autres vicieux; les premiers avoient tou-

dicales qui ne croissent pas au Japon, et pour connoître
ce qui passe dans d'autres pays.

(1) Tout Japonois porte sur lui son cachet, qu'il ap-
pose quelquefois au lieu de signature. Quand un soldat,
par exemple, a lu l'ordre de ses chefs, qui est ordinairement écrit sur des morceaux de papier très-longs, il
faut qu'il y applique son cachet pour montrer qu'il l'a
lu, et pour qu'il ne puisse pas ensuite s'excuser sur ce
qu'il ne le connoissoit pas.

jours des droits à leur affection et à leur respect, n'importe à quel culte ils fussent at-
tachés; quant aux derniers, ils les haïssoient
et les méprisoient: Quant aux lois rigoureuses
portées contre le christianisme, elles étoient
dues aux maux affreux soufferts par les Japonois, dans la guerre civile qui éclata après
l'introduction de cette religion dans leur
empire.

Quelle que soit l'opinion que les Japonois
ont réellement des chrétiens dans le fond du
cœur, cette déclaration leur fait un honneur
infini.

Sur ces entrefaites, Otaki-Koëki, ce même
officier qui commandoit à Kounaschir lorsque
M. Ricord y vint deux fois, arriva aussi à
Matsmaï. Il nous rendit visite aussitôt, et
nous surprit par le changement de ses manières à notre égard. Il étoit poli et affable; il
s'informa de notre santé, et nous félicita sur
notre prochain retour dans notre patrie.
Teské nous dit, à cette occasion, qu'Otaki-
Koëki, par la nouvelle de notre mort qu'il
avoit donnée à nos compatriotes l'automne
précédent, auroit pu réellement nous perdre
à jamais; mais que la dernière fois que notre
corvette avoit paru devant Kounaschir, il

avoit cherché à faire excuser sa conduite
passée. La garnison de Kounaschir étoit composée de soldats du prince de Nambou, dont
le chef, homme très-considéré et plus âgé
qu'Otaki-Koëki, obéissoit néanmoins à ce
dernier, qui commandoit dans l'île au nom de
l'empereur. L'officier de Nambou fut instruit
de l'intention du gouvernement japonois de
négocier avec les Russes ; par conséquent on
ne tira pas sur leurs bâtimens. Cependant
n'ayant pas reçu, avant l'arrivée de M. Ricord,
d'ordre de son prince à ce sujet, il voulut,
conformément à ses premières instructions,
faire feu sur la *Diane* quand elle se présenta
devant le fort. Otaki-Koëki et son collègue,
envoyé auprès de lui pour négocier, se pla-
cèrent devant les canons, et déclarèrent qu'il
falloit commencer par les faire périr eux et
tous les Japonois au service de l'empereur, et
qu'ensuite on pourroit en user avec les Russes
comme on voudroit ; mais que tant qu'ils vi-
vroient, ils s'opposeroient, au péril de leur vie,
à ce que l'on agît hostilement. Il contraignit,
par ce moyen, l'obstiné commandant à suivre
la volonté du gouvernement suprême. Nous
interrogeâmes Teské, pour savoir comment
l'empereur jugeroit cette conduite récalci-

trante. « C'est, reprit-il, au prince de Nambou
à en décider. L'empereur se contentera de
demander au prince pourquoi il n'a pas
donné assez à temps des ordres conformes à
sa volonté souveraine. »

Quand il avoit été question de négocier
avec les Russes, Otaki-Koëki avoit demandé
qu'on lui adjoignît un officier d'un rang égal
au sien, afin qu'ils pussent délibérer ensemble
sur les cas imprévus qui exigeroient une décision prompte, et que la responsabilité, au
lieu de peser sur une seule personne, fût
partagée.

Déjà l'on étoit entré dans la seconde
moitié de septembre, et l'on n'entendoit pas
encore parler de la *Diane*. Nous appréhendions
beaucoup que son départ n'eût été retardé, et
que, vu la saison reculée, il ne lui arrivât
un malheur dans ces parages orageux; c'est
ce qui nous faisoit souhaiter que M. Ricord
eût ajourné son voyage jusqu'au printemps
suivant; notre captivité eût, à la vérité, duré
huit à neuf mois, mais nous nous en con-
solions; cependant l'activité infatigable et le
courage de cet officier ne lui laissèrent pas
perdre un seul moment, puisqu'il s'agissoit
de nous rendre service. Il voulut à tout prix

terminer, cette année même, des négociations commencées si heureusement, afin de montrer aux Japonois que les Russes savent tenir leur parole.

Dans la nuit du 16 septembre, nos interprètes vinrent, de la part de leurs supérieurs, nous surprendre par l'agréable nouvelle qu'à l'instant on venoit d'apprendre que, le 13, l'on avoit vu, devant le cap Ermio, un grand bâtiment européen à trois mâts. Ce cap forme le côté occidental de la baie nommée par Broughton baie des volcans, à cause de celui qui se trouve dans le voisinage, et sur lequel est situé le port d'Endormo ou Edomo, où M. Ricord vouloit entrer pour y prendre un pilote. Il n'y avoit donc pas le moindre doute que ce bâtiment ne fût la *Diane*. Nous étions seulement fâchés que les vents qui souffloient constamment de l'ouest, retinssent la corvette long-temps à la mer le long d'une côte si dangereuse. Les interprètes nous dirent encore que sur cette nouvelle on avoit aussitôt expédié un courrier au gouverneur, et que très-probablement il alloit se mettre en route pour venir à Chakodade.

Nous n'entendîmes plus parler de la corvette jusqu'au 21 septembre; ce jour-là, nous

apprîmes dans la soirée qu'à midi on l'avoit
aperçue le long de la côte orientale de la
baie des volcans, et que l'on avoit observé
qu'elle s'efforçoit d'entrer dans le port
d'Edomo.

Cependant une quantité extraordinaire
d'officiers de tous genres et de soldats que la
curiosité attiroit constamment près de nous,
se réunit de tous les lieux voisins à Chakodade. Voyant un si grand nombre de nouveaux
visages, et nous rappelant aussi que l'on avoit
établi, le long du rivage de la baie, des batteries et des casernes nouvelles, que nous
avions remarquées en venant à Chakodade,
je soupçonnai que peut-être les Japonois
avoient le dessein de s'emparer, par ruse et
par force, de notre corvette, afin de se venger
de M. Ricord, qui avoit retenu un de leurs
navires, événement dont plusieurs de leurs
compatriotes avoient été les victimes. Une
circonstance venoit à l'appui de mes conjectures : les Japonois, dans leurs négociations
avec M. Ricord, n'avoient pas dit un mot de
cet accident. Je demandai donc à Teské pourquoi un si grand nombre de soldats se ras-
sembloit à Chakodade, et ce que signifioient
tous ces préparatifs : « Une loi de l'empire,

« répliqua-t-il, ordonne de prendre les plus
« grandes mesures de prudence, quand des
« bâtimens étrangers abordent dans notre
« pays. Lorsque Resanoff étoit mouillé dans
« le port de Nangasaki, on avoit établi le
« long de la côte une quantité plus considé-
« rable de batteries, et le nombre des troupes
« rassemblées étoit bien plus fort; ici, au
« contraire, il y en a bien peu, parce que
« l'on ne veut pas chasser le bâtiment qui va
« venir. » D'ailleurs, mes soupçons le firent
rire, et il m'assura que nous n'avions pas la
moindre chose à craindre de la part des Japonois.

Le 24 septembre, les interprètes nous apprirent que la *Diane* étoit entrée à Edomo.
Ils nous montrèrent aussi une lettre de M. Ricord aux magistrats de Chakodade, écrite en
japonois par l'interprète Kisseleff, et dont
Teské nous expliqua le contenu. M. Ricord, à
qui, au lieu d'un pilote, on avoit expédié un
matelot qu'il avoit ramené le printemps précédent, prioit qu'on lui envoyât un homme
sur l'habileté duquel il pût se reposer, et désignoit Tacataï-Caki. Il disoit de plus qu'il
avoit besoin d'eau, et désiroit s'en approvisionner; il finissoit par demander qu'on ré-

pondit à sa lettre, non en termes relevés, mais en langage ordinaire, parce que son interprète Kisseleff ne comprenoit que le dernier.

Teské et Koumaddjéro ajoutèrent que l'on avoit expédié à l'instant l'ordre de fournir à notre corvette, non seulement de l'eau, mais aussi tous les vivres que l'on pourroit trouver à Edomo. Quant à la demande de M. Ricord de répondre à sa lettre en langage usuel, il convenoit d'observer que les pièces rédigées dans cette langue ne pouvoient être signées que par des fonctionnaires publics d'un rang inférieur. Or, si la réponse contenoit quelque chose d'important, les magistrats supérieurs avoient seuls le droit de la signer. D'après les lois, nulle personne de distinction ne peut apposer sa signature à une pièce officielle rédigée dans la langue ordinaire. Il étoit donc impossible de se rendre, sur ce point, aux désirs de M. Ricord. Cet officier, ajoutèrent-ils, demande qu'on lui envoie Tacataï-Caki; cela ne peut avoir lieu sans la permission du gouverneur; et, pour l'obtenir, il faut plusieurs jours. Les magistrats de Chakodade connoissant bien l'habileté du matelot dépêché à M. Ricord, avoient conseillé à ce dernier de se fier à ce marin jusqu'à la vue de ce port, d'où,

aussitôt qu'on apercevroit la corvette, on
enverroit Tacataï-Caki à sa rencontre. On
convint, à cet effet, de signaux qui se feroient
sur une montagne et sur le canot où Caki
s'embarqueroit pour rejoindre la corvette. On
souhaitoit que j'instruisisse M. Ricord·de
toutes ces particularités dans le plus grand
détail. J'y consentis avec plaisir, et j'observai
à la fin que je lui écrivois à la demande des
Japonois. On me conseilla aussi de lui assurer
que sa corvette n'avoit aucun danger à redouter à Chakodade; mais je ne pus me ré-
soudre à m'exprimer de la sorte, afin de n'être
pas l'instrument de la ruine de mon compagnon fidèle, dans le cas où les Japonois auroient de mauvais desseins contre lui. Je lui
dis simplement que les Japonois, par leur
conduite franche et loyale, le convaincroient
qu'aucun danger ne le menaçoit; les interprètes n'élevèrent plus aucune observation,
et parurent contens de cette phrase.

Le guinmiyagou Sampeï vint nous voir le
lendemain, pour nous confirmer ce que les
interprètes nous avoient dit la veille, et nous
annoncer que ma lettre à M. Ricord étoit
partie.

Un incendie éclata près de notre logis dans

la nuit du 27 septembre, et détruisit un magasin
appartenant à un marchand. Cet accident occasionna du tumulte dans la ville; nos gardes
vinrent aussitôt nous en apprendre le sujet, et
se préparèrent à emporter nos effets si la circonstance rendoit cette précaution nécessaire.
Les interprètes arrivèrent à l'instant et furent
bientôt suivis de Sampeï, qui nous annonça
que, grâces aux mesures prises, notre logis
seroit à l'abri du feu, et que nous pouvions être
très-tranquilles à cet égard. Ils s'en allèrent
ensuite. Quelques momens après, le feu fut
éteint; il n'y eut de brûlé que le magasin où
il avoit pris.

Le printemps précédent, le même marchand avoit perdu, par un incendie, deux
magasins remplis de marchandises, et, pendant l'été, une maison. On croyoit qu'un scé-
lérat étoit l'auteur du mal, mais on n'avoit
pas pu le découvrir. Les interprètes nous
dirent que ces sortes d'accidens n'étoient pas
très-rares au Japon, quoique les lois pronon-
cent un châtiment rigoureux contre les in-
cendiaires. On met le coupable tout nu, et
on le lie à un poteau dressé sur la place des
exécutions, qui est ordinairement située hors
de la ville. A quelque distance du poteau, l'on

15 *

ramasse des tas de bois auquel on met le feu.
Le criminel est ainsi brûlé lentement, et pé-
rit d'une mort affreuse. Ensuite on éteint le
feu, on cloue au poteau une planche où sont
inscrits le nom et le crime du malfaiteur dont
le corps est exposé aux bêtes féroces et aux
oiseaux. Les lois japonoises classent l'incen-
diaire immédiatement après le parricide.

Les officiers civils et militaires, ainsi que
les soldats, ont, pour les cas d'incendie, un
habillement particulier que nous vîmes dans
l'occasion dont je viens de parler. Il ressemble
entièrement à leur habit de guerre; il consiste
en une cuirasse, des brassarts, etc., faits d'un
cuir léger et verni, afin qu'il n'incommode
pas par son poids, et que les étincelles ne
puissent pas faire de mal à ceux qui travaillent
à arrêter le feu. Sur la cuirasse est marqué le
grade ou la dignité de celui qui la porte.
Éteindre un incendie, est regardé chez les Japonois comme un acte extrêmement glorieux
et signalé. Voilà pourquoi, dans la capitale où
différens corps de troupes sont en garnison,
le commandant de celles qui ont les premières
commencé à travailler à l'extinction du feu,
dresse son drapeau pour que celles qui viendroient ensuite ne prennent part à la besogne

que lorsque l'on requiert leur aide. Dans les
autres circonstances, cela seroit regardé comme
une grande insulte. Jadis ces accidens occa-
sionnoient fréquemment des duels et même
des combats entre les princes et les grands.
Aujourd'hui cet abus a cessé. Cependant il
survient encore assez souvent des querelles
entre les officiers qui veulent mutuellement
s'arroger l'honneur d'avoir éteint un incendie.

Le 27 septembre, dans la matinée, le gouverneur arriva. Dans la soirée, la *Diane* s'approcha du port ; on envoya aussitôt à sa rencontre Tacataï-Caki avec le commandant du
port, parce que le dernier connoissoit mieux
les localités. L'approche de la nuit ne permit
pas de faire entrer la corvette dans le port,
et elle mouilla en dehors dans un endroit sûr.
Le commandant du port, de retour à terre,
vint dans la nuit nous faire part de toutes ces
circonstances.

Le lendemain, la *Diane* entra dans le port,
malgré le vent contraire, à la grande surprise
des Japonois. Des fenêtres d'une petite chambre où se trouvoit notre baignoire, nous vîmes
louvoyer notre corvette. La baie étoit couverte
de canots ; tous les lieux élevés dans la ville
et en dehors étoient remplis de spectateurs

qui regardoient avec admiration comment un
si gros bâtiment s'approchoit de plus en plus,
quoiqu'il eût le vent contraire. Les Japonois,
qui avoient accès auprès de nous, venoient à
chaque instant nous trouver et nous parloient
avec étonnement du grand nombre de voiles
que notre corvette portoit, ainsi que, de la
célérité de ses manœuvres et de sa marche.

Peu de temps après que la *Diane* eut jeté
l'ancre, les deux interprètes, l'académicien
et l'interprète hollandois entrèrent avec un
gros papier que Tacataï-Caki avoit reçu de
M. Ricord, et avoit apporté à terre. Ils venoient par ordre du gouverneur pour traduire
cette pièce. C'étoit une réponse du commandant du cercle d'Ochotsk à la demande des
deux guinmiyagous. M. Minisky exposoit
clairement que Chvostoff avoit agi de son
propre mouvement; il protestoit au gouvernement japonois que le gouvernement russe
n'avoit eu aucune part à ce qui s'étoit passé;
que l'empereur de Russie avoit toujours été
pénétré de sentimens d'affection pour le Japon, et n'avoit jamais pensé à faire du mal à
ce pays. Ensuite il invitoit le gouvernement
japonois à donner, par notre prompte délivrance, une preuve de ses bonnes intentions

pour la Russie, et de son empressement à mettre un terme aux désagrémens occasionnés par la conduite arbitraire d'un homme insignifiant, et par leurs propres méprises. Il ajoutoit enfin que tout retard de leur part pouvoit avoir des suites préjudiciables à leur commerce et à leurs pêcheries, les habitans des côtes devant être en butte aux incursions des bâtimens russes dans le cas où cette affaire forceroit ceux-ci à revenir plusieurs fois dans ces parages.

Les Japonois donnèrent les plus grands éloges au contenu de cet écrit, et assurèrent qu'il démontroit, de la manière la plus convaincante pour le gouvernement japonois, que la conduite de Chvostoff avoit été arbitraire ; en conséquence ils nous félicitèrent sur notre prochaine délivrance et notre retour dans notre patrie.

Pourquoi faut-il, hélas ! que je revienne encore sur un sujet désagréable? Depuis le jour où nous apprîmes que la *Diane* avoit paru sur les côtes du Japon, M. Moor devint plus mélancolique et plus sournois qu'auparavant. L'espoir qu'il avoit conçu de rester dans cet empire s'étant évanoui, il se mit en tête de troubler les négociations. Il dit aux Japonois que la lettre de M. Minisky étoit contraire aux

bienséances et à la politesse, parce qu'elle contenoit des menaces injurieuses; comme si les
bâtimens russes pouvoient inquiéter le commerce des Japonois et causer du préjudice
aux habitans des côtes ! Il traitoit tout cela de
paroles injurieuses. Les interprètes lui répondirent de mauvaise humeur : « Les Japonois
« ne sont pas des imbécilles, et savent très-
« bien quels dommages considérables les bâ-
« timens russes pourroient occasionner à
« leurs côtes dans le cas d'une guerre. La
« lettre de M. Minisky est d'ailleurs celle
« d'un homme raisonnable qui connoît les
« convenances. » Cette façon de s'exprimer
sur une pièce très-importante nous tranquillisa entièrement; mais nos prières et nos
exhortations ne produisirent aucune impression sur M. Moor.

C'est ici le lieu de citer un trait honorable
pour le caractère des Japonois, qui en offre
beaucoup du même genre. M. Minisky avoit,
indépendamment des objets officiels dont il
parloit dans sa lettre, adressé au gouverneur
de Matsmaï une requête en faveur de Léonsaïmo, ce Japonois qui avoit été en Russie.
M. Minisky avoit appris de M. Ricord, à qui
Tacataï-Caki l'avoit raconté, que Léonsaïmo

s'étoit attiré l'animadversion de son gouvernement. Les interprètes nous dirent ensuite que cette bienveillance compatissante de M. Minisky pour un étranger malheureux, et son désir d'adoucir par son intercession le sort de cet homme, avoient été singulièrement agréables au gouverneur et à tous les fonctionnaires publics, qui avoient élevé jusqu'aux cieux cette conduite généreuse. « A présent, dirent-ils, les anciens qui demeurent dans la capitale reconnoîtront leur erreur, et se convaincront que les Russes ne sont ni des ours ni des sauvages, mais sont une nation humaine et sensible. » Ils entendoient par-là les membres du conseil suprême qui avoient mauvaise opinion de la Russie, et s'opposoient à toute négociation amicale avec elle.

Le même jour, les interprètes nous racontèrent encore que M. Ricord étoit chargé d'une lettre et de présens du gouverneur civil d'Irkoutsk pour le gouverneur de Matsmaï, et qu'il vouloit les présenter lui-même. On devoit fixer en conséquence un jour où il viendroit à terre, car les magistrats japonois n'osoient pas aller au-devant de M. Ricord, ni négocier avec lui en canot. Cette circonstance inquiéta beaucoup quel-

ques-uns de mes compagnons. « Pourquoi,
« disoient-ils, les Japonois désirent-ils que
« le commandant en second de la corvette
« vienne les trouver, eux qui ont déjà joué
« un si vilain tour au commandant en chef. »
— Nous attendîmes avec une crainte et une
impatience sans égale la fin de cette entrevue.

Le 30 septembre fut le jour fixé. Pendant
qu'elle avoit lieu, des Japonois nous apportèrent des portraits de nos officiers et de nos
matelots, grossièrement dessinés et très-peu
ressemblans, qui venoient d'être tirés à l'instant; ils prétendoient que l'interprète avoit
le visage japonois, et que c'étoit certainement
un de leurs compatriotes vêtu à la russe;
nous ne savions pas nous-mêmes qui étoit ce
Kisseleff. Quand les interprètes nous traduisirent la lettre écrite d'Edomo par M. Ricord
et mise en japonois par Kisseleff, ils nous
demandèrent ce que c'étoit que cet homme.
Nous jugeâmes que c'étoit un habitant d'Irkoutsk, à qui les Japonois, qui demeurent
dans cette ville, avoient appris leur langue.

La conférence finie, les interprètes vinrent
nous apporter la permission du gouverneur
de monter au second étage de notre maison,

pour voir M. Ricord retourner à bord de la
Diane. Nous aperçûmes la chaloupe de parade
du gouverneur, qui portoit trois pavillons,
le japonois, le pavillon des bâtimens de
guerre russes, et le pavillon blanc, signe de
paix, se rendre à bord de la *Diane*. L'éloignement nous empêcha de distinguer les personnes qui s'y trouvoient. Sa grandeur la faisoit plutôt ressembler à une galère qu'à une
chaloupe.

Avant que nous fussions descendus, les
Japonois nous avoient apporté, pour la traduire, une lettre laissée par M. Ricord. Nous
nous mîmes aussitôt à l'ouvrage. C'étoit une
dépêche écrite par le gouverneur civil d'Irkoutsk, après qu'il eut reçu les premiers rapports de M. Ricord, et quand il ne connoissoit pas encore les papiers qui avoient ensuite
été envoyés à bord de la *Diane*. Le gouverneur commençoit sa dépêche par exposer les
motifs de notre expédition, et la conduite
perfide des Japonois; il déclaroit ensuite que
Chvostoff avoit agi de son chef, et invitoit le
gouverneur de Matsmaï à nous rendre la
liberté, ou à entrer en négociation avec
M. Ricord, qu'il avoit chargé de ses pouvoirs;
il ajoutoit que si le bounio ne pouvoit prendre

aucun de ces deux partis, sans l'autorisation
de son gouvernement, il étoit au moins
en état d'indiquer dans quel port et à quelle
époque la corvette devroit aller chercher une
réponse. Le gouverneur d'Irkoutsk parloit
des présens, consistant en une montre d'or
et une pièce de casimir rouge, qu'il prioit le
bounio d'accepter, comme témoignages d'a-
mitié et de bon voisinage; il disoit que
M. Ricord étoit porteur d'une lettre de remercîment pour notre délivrance, qu'il remettroit aussitôt que nous serions élargis; il
finissoit par exprimer le vœu de recevoir
une réponse amicale et conforme à ses désirs, et déclaroit que si son attente étoit
trompée, il se verroit, à son grand chagrin,
obligé de conclure que le Japon avoit des
intentions hostiles contre la Russie, et seroit
forcé d'en instruire son souverain; alors l'empereur se trouveroit contraint de déployer
des forces proportionnées à sa puissance, afin
d'obtenir une satisfaction par la voie des
armes, quoique ce moyen pût ébranler l'empire du Japon dans ses fondemens.

La lettre étoit accompagnée d'une traduction en mantchou, et d'une autre en japonois;
les Japonois observèrent qu'ils n'avoient pas

d'interprète mantchou, et que la traduction
faite dans leur langue renfermoit plusieurs
passages inintelligibles. Cette circonstance
nous força de travailler à une nouvelle version, qui nous occupa deux jours. Auparavant, les Japonois emportoient tout de suite les
copies des papiers russes; dans cette occasion,
au contraire, la lettre du gouverneur d'Irkoutsk, le plus important des papiers expédiés de Russie, resta chez nous deux jours
et une nuit. C'étoit d'un heureux augure.

La traduction de cette pièce finie, les interprètes la soumirent au gouverneur; bientôt
ils nous la rapportèrent pour nous demander
quelques explications. Ils donnoient des éloges
à cette lettre; deux passages, néanmoins, leur
en déplaisoient. D'abord celui où il étoit dit
que l'empereur regardoit la conduite perfide
du commandant de Kóunaschir envers nous
comme un pur effet du caprice de ce chef qui
avoit agi contre la volonté de son souverain,
ne pouvoit plaire aux Japonois, puisqu'ils
avouoient eux-mêmes dans leurs papiers que
nous avions été arrêtés par ordre de leur gouvernement. Dans les premiers temps de notre
captivité, ils avoient rejeté la trahison toute
entière sur le commandant de Kounaschir;

ensuite, ils étoient convenus que ce chef, ainsi
que tous les autres commandans des villes ma-
ritimes, avoient reçu l'ordre de tirer sur les
bâtimens russes qui se montreroient le long
des côtes. Mais ce qui choqua le plus l'amour-
propre des Japonois, furent ces expressions :
« Le Japon sera ébranlé jusque dans ses fondemens. » Ils voulurent savoir le sens précis
de ces mots. J'eus recours à des exemples
pour les leur faire mieux comprendre, et je
leur expliquai d'abord ce que signifioient les
mots : « *Une force proportionnée à sa puissance.* » — « Si j'étois en colère contre un de
« vous, leur dis-je, et si je lui jetois une
« plume, je n'emploierois pas une force pro-
« portionnée à celle que je puis déployer;
« mais si je lui lançois une grosse pierre,
« alors ce seroit une force proportionnée aux
« miennes. Il en est de même des attaques
« de Chvostoff; elles n'étoient pas du tout en
« proportion avec la puissance de la Russie;
« et ses deux bâtimens ne sont pas même,
« relativement à notre empire, à comparer
« avec la plume relativement à moi. » Pour
compléter l'éclaircissement, je me mis à se-
couer Teské. Les Japonois se fâchèrent d'abord
de ce que, dans notre patrie, l'on avoit une si

mauvaise opinion de leur pays, et me demandèrent avec humeur et fierté comment
nous pourrions ébranler le Japon? « On ne
« peut réellement pas, répliquai-je, ébranler
« la masse du pays, mais dans la lettre il est
« question de ses habitans; or, vous avouerez
« que si la Russie déclaroit la guerre au Japon,
« et faisoit agir ses forces contre cet empire,
« elle occasionneroit un préjudice infini à
« ses habitans, et pourroit même causer la
« ruine de l'état. »

Je savois bien que les interprètes n'avaient
été dans cette occasion que les organes du
gouverneur et des principaux magistrats, qui,
sous l'apparence d'un entretien sans conséquence, nous faisoient connoître tout ce dont
ils désiroient que nous fussions instruits.
C'est pourquoi voulant les tranquilliser au
sujet des menaces qui les avoient si fort cho-
qués, je leur parlai ainsi: « Le gouverneur
« d'Irkoutsk, quand il a écrit sa lettre, ne
« savoit rien encore des papiers laissés par
« Chvostoff, des déclarations mensongères
« des Kouriles, ni du désir du gouvernement
« japonois de s'entendre avec la Russie; vous
« pouvez aisément voir que cette dépêche
« n'a été que le résultat des sentimens ins-

« pirés par la conduite réellement incom-
« préhensible que vous avez tenue l'année
« dernière envers notre corvette, et qui vous
« eût certainement attiré une déclaration de
« guerre de la part de tout état quelconque.
« Mais notre monarque est si humain et si
« magnanime qu'il n'a pu prendre la résolu-
« tion d'employer la force, avant d'avoir reçu
« du gouvernement japonois un refus officiel
« et décisif d'agir amicalement. » Les interprètes furent aussi d'opinion que, dans la position où les choses étoient auparavant, le
gouverneur d'Irkoutsk avoit eu des raisons
fondées d'écrire sa lettre, ajoutant que maintenant elle étoit inutile. Je répondis que ce
dernier point ne pouvoit faire l'objet d'un
doute, et qu'assurément le gouverneur ne se
seroit pas exprimé sur le même ton s'il avoit
été instruit de l'empressement des Japonois à
terminer à l'amiable tous les différends qui
existoient.

Ma réponse tranquillisa complétement les
Japonois; quel chagrin néanmoins d'être encore obligé de parler de M. Moor à ce sujet !
Il qualifia la lettre du gouverneur d'Irkoutsk
de téméraire et d'injurieuse pour les Japonois,
et ajouta que les présens étoient si mesquins

qu'ils ne convenoient qu'à un officier inférieur. Heureusement les Japonois gardèrent
quelque temps par curiosité les présens que
M. Ricord avoit apportés à terre; ils nous
firent voir la montre. Elle renfermoit un mé-
canisme singulier, qui excita l'admiration
des Japonois, et qu'ils ne purent comprendre.
En touchant un ressort, on voyoit couler de
l'eau, et un cheval haussoit et baissoit la tête
comme s'il buvoit. M. Moor put donc se convaincre que les présens n'étoient pas si mesquins qu'il se l'étoit imaginé. Quant aux Japonois, ils protestèrent que jamais ils n'avoient
entendu parler d'un ouvrage si beau et si remarquable.

Quand nous eûmes achevé les éclaircissemens relatifs à la lettre du gouverneur, les
interprètes nous proposèrent d'inviter par
écrit M. Ricord à envoyer à terre la lettre de
remercîment dont le gouverneur faisoit mention. Nous objectâmes que cela n'étoit pas
possible, parce qu'il avoit été enjoint à M. Ricord de ne la remettre qu'après notre délivrance; il ne le pouvoit donc pas, puisque
nous étions encore au pouvoir des Japonois.
Les interprètes convinrent de la justesse de

mon observation, et ne parlèrent plus de la
lettre.

Cependant Tacataï-Caki, que les Japonois
avoient chargé de suivre les négociations
verbales avec M. Ricord, apprit à ses concitoyens que les François s'étoient effectivement rendus maîtres de Moscou, et avoient
réduit cette capitale en cendres, mais qu'ensuite ils s'étoient hâtés de quitter la Russie,
où ils avoient perdu une prodigieuse quantité
de monde. Cette nouvelle nous causa une
très-grande surprise, et nous éprouvâmes
une impatience extrême de connoître comment ces grands événemens s'étoient passés.
J'écrivis donc, du consentement des Japonois, un billet à M. Ricord pour le prier de
m'envoyer toutes les gazettes qui se trouvoient sur la corvette. Le lendemain, les interprètes m'apportèrent le journal militaire
ainsi que des lettres de mes parens et
de mes connoissances. Je déclarai aussitôt,
que je ne voulois ni décacheter ni lire les
lettres ; puis j'invitai Teské d'en faire un
paquet, et de les renvoyer à bord de la
Diane. Les interprètes approuvèrent mon
dessein, et allèrent le soumettre à leurs

supérieurs. Je prévoyois, aussi bien qu'eux,
que si j'ouvrois et lisois ces lettres, il faudroit aussitôt en prendre des copies, les
traduire en japonois, et ensuite les expédier
à la capitale. Les interprètes revinrent bientôt
me dire que, jusqu'à notre mise en liberté,
les lettres ne pourroient pas être renvoyées
à bord, mais qu'ils les avoient toutes mises
dans un paquet qu'ils avoient cacheté, et qui
me seroit délivré pour que je pusse le garder
jusqu'à mon départ pour la corvette. Je me
rendis volontiers à cette proposition.

Nous lûmes les journaux avec impatience.
Ils contenoient la suite de tous les événemens,
depuis l'entrée de l'ennemi en Russie jusqu'à
la mort du prince de Smolensk, le général
Koutousoff. Les Japonois ne montroient pas
moins d'ardeur pour savoir comment les
choses avoient pu prendre une tournure si
surprenante, et nous prièrent de leur traduire
les incidens les plus mémorables de cette
guerre. Quand nous leur racontâmes comment
les François enfermés dans Moscou avoient
été obligés de se faire un passage par force
et avoient perdu la plus grande partie de leur
armée, ils battirent soudainement des mains,
donnèrent des éloges au prince de Smolensk,

et dirent qu'il s'étoit conduit en tout comme un véritable Japonois, car leurs règles militaires leur prescrivent d'attirer autant qu'il est possible l'ennemi dans l'intérieur du pays, ensuite de rassembler des troupes de tous côtés et de l'enfermer. Nous rîmes de cette comparaison, et nous nous dîmes en plaisantant les uns aux autres : l'amour-propre des Japonois va leur faire croire que notre immortel Koutousoff a peut-être appris la tactique dans les livres que Chvostoff leur a volés.

Le 3 octobre, nous eûmes la permission de voir Tacataï-Caki pour la première fois. Il vint avec les interprètes à son retour de la *Diane*. Ce vénérable vieillard ne pouvant pas s'énoncer en russe, eut recours aux interprètes pour se faire comprendre. Il parla de M. Ricord, des officiers, de tout l'équipage de la corvette et en général des Russes qu'il avoit connus au Kamtschatka, avec les plus grands éloges et la plus sincère reconnoissance. Comme il avoit quitté la Russie depuis assez peu de temps, nous voulions l'interroger sur beaucoup d'objets, mais il ne put pas satisfaire notre curiosité, parce que les choses qui nous intéressoient lui étoient inconnues. En se retirant, il me pria d'écrire à M. Ricord qu'il nous avoit vus. Je remplis ses désirs, et il se chargea de remettre lui-même la lettre.

Enfin, les interprètes nous annoncèrent, par ordre supérieur, que le gouverneur avoit trouvé les papiers apportés par M. Ricord complétement satisfaisans, et avoit résolu de nous mettre en liberté. Avant notre départ, je devois avoir à terre une entrevue avec M. Ricord. En voici les motifs : Comme je connoissois la sévérité des lois du Japon, ainsi que la ponctualité avec laquelle elles sont exécutées, et que j'étois, en quelque sorte, au fait des mœurs du pays, je devois instruire M. Ricord des points suivans; premièrement, que les Japonois n'avoient pas la moindre animosité contre la Russie, et que néanmoins le gouverneur ne pouvoit pas accepter les présens qui lui avoient été envoyés; car s'il les prenoit, il falloit qu'il en fît d'autres en retour; or, la loi s'y opposoit. Les Japonois nous prioient donc de ne pas concevoir de ressentiment de ce que nos présens n'étoient pas reçus; secondement, la lettre du commandant du cercle d'Ochotsk contenoit une réponse satisfaisante à la demande envoyée dans le courant de l'année à M. Ricord; par conséquent, il ne seroit fait mention que de cette pièce dans la déclaration que le gouverneur remettroit à cet officier; troisièmement, les choses s'étant certainement passées comme le commandant d'Ochotsk l'exposoit dans sa lettre, le gouverneur de Matsmaï ne pouvoit pas répondre au gouverneur d'Irkoutsk, parce que ce dernier ne connoissoit pas plusieurs circonstances relatives à Chvostoff, et qu'il n'étoit pas instruit non plus de l'intention du gouvernement japonois de s'entendre avec la Russie à ce sujet; quatrièmement, les Japonois prioient M. Ricord d'écrire une lettre aux deux premiers guinmiyagous pour certifier que le gouverneur d'Irkoutsk, quand il avoit écrit sa lettre au gouverneur de Matsmaï, ne savoit rien des pièces laissées par Chvostoff, ni de la déposition mensongère des Kouriles; cinquièmement enfin, M. Ricord répondroit à la déclaration du gouverneur de Matsmaï, dont il lui seroit remis une copie dans notre entrevue, qu'il avoit parfaitement compris la traduction russe de cette pièce, et qu'il en donneroit connoissance au gouvernement aussitôt après son retour en Russie.

Le 5 octobre fut le jour fixé pour mon entrevue avec M. Ricord. Les Japonois proposèrent aussi à M. Moor d'y assister; à notre

surprise, il s'en excusa. M. Chlebnikoff désiroit jouir du plaisir de revoir ses compatriotes
et ses compagnons; les Japonois ne le voulurent
pas permettre, prétextant que M. Moor, avec
sa tête dérangée, ne pouvoit pas être laissé seul
et sans quelqu'un pour causer avec lui.

Le matin du jour fixé, un interprète m'apporta mon chapeau, un autre mon sabre,
qu'ils me présentèrent de la manière la plus
respectueuse, en nous félicitant avec la joie
la plus sincère. Il fallut que je me vêtisse,
suivant le désir des Japonois, de l'habit court
et des pantalons de soie que l'on m'avoit faits à
Chakodade à cette occasion. Le sabre et le
chapeau à trois cornes devoient rendre l'ensemble de ma mise assez étrange aux yeux d'un
européen, mais cela étoit indifférent aux Japonois; et comme la restitution de mes armes prouvoit qu'ils ne nous regardoient plus comme
des prisonniers, je me rendis volontiers à
leurs désirs, et je me décidai à paroître devant
mon compatriote, revêtu d'un costume sous
lequel il auroit de la peine à me reconnoître.
Mes cheveux étoient taillés en rond à la co-
saque; et si je n'eusse pas, peu de temps auparavant, coupé ma barbe, j'eusse, au total,
fait une drôle de figure.

Quand les Japonois avoient voulu nous
gratifier de cet habillement d'apparat, ils nous
avoient apporté plusieurs pièces de très-belles
étoffes de soie qui ressembloit au damas.
Chaque pièce, de couleur différente, étoit
dans une caisse à part ; ils nous invitèrent à
prendre chacun la couleur qui nous plairoit
le plus. Nous répondîmes que ce point nous
étoit égal, et que nous leur en laissions le
choix ; mais ils insistèrent pour que nous nous
décidassions nous-mêmes, parce que cela avoit
été ordonné ainsi dans la capitale. J'indiquai
donc la caisse la plus proche de moi, et mes
compagnons firent de même sans avoir choisi
d'avance. Alors les Japonois ouvrirent toutes
les caisses, afin que nous pussions d'abord les
voir, et nous assurèrent que le gouvernement avoit enjoint de nous faire des habits
de la meilleure étoffe qui ne se fabriquoit
qu'à Matsmaï, et de les tailler d'après notre
goût ; que, par cette raison, ils avoient dû
nous faire voir tout l'assortiment.

Le lieu désigné pour l'entrevue avec M. Ricord fut une jolie chambre de la maison de
la douane sur le rivage. Les trois interprètes,
l'académicien et quelques-uns des employés
inférieurs devoient en être témoins. A midi,

l'on me conduisit à la douane près de laquelle
un grand nombre de soldats se tenoient sous
les armes, vêtus de leur habit de parade. Dans
les grandes solennités ou dans les circonstances aussi extraordinaires que celle de la
réception d'étrangers, ils ont des habits de
soie ou de velours, brodés en or ou en argent, semblables à leurs habits ordinaires à
triple manche, excepté qu'ils sont plus courts.
Cet habit de parade est à l'empereur ; on le
conserve dans les magasins de la couronne,
et on ne le remet aux soldats que lorsqu'ils
doivent s'en revêtir. Ce n'est pas, à proprement parler, un uniforme, car il consiste en
morceaux d'étoffes différens, et aucun de ces
habillemens ne ressemble à l'autre.

J'entrai avec les interprètes dans la chambre
des conférences. Les Japonois s'assirent à leur
manière sur le plancher ; on me donna une
chaise. Bientôt M. Ricord arriva dans la chaloupe du gouverneur avec M. Savelieff, un
des officiers de la corvette, l'interprète Kisseleff et quelques matelots. Ces derniers restèrent en dehors de la douane. M. Ricord,
M. Savelieff et Kisseleff furent introduits dans
la pièce où je me trouvois.

Je laisse au lecteur à se figurer le plaisir que nous éprouvâmes en nous revoyant....

Les Japonois avancèrent aussitôt une chaise à M. Ricord. Les interprètes nous dirent que nous pouvions nous parler aussi long-temps que nous le voudrions, puis ils se retirèrent de côté sans prêter l'oreille à notre entretien. On peut aisément s'imaginer que la joie, l'étonnement, la curiosité nous firent mutuellement nous adresser des questions et des réponses qui se croisoient sans cesse. M. Ricord désiroit savoir tout ce qui nous étoit arrivé durant notre captivité ; de mon côté, je m'informois des événemens qui s'étoient passés en Russie ; nous allions ainsi d'un sujet à un autre sans en épuiser aucun. Enfin, je lui communiquai l'objet principal de notre entrevue, et des souhaits des Japonois. M. Ricord me fit part des instructions qu'il avoit reçues du gouverneur civil d'Irkoutsk, relativement à une détermination de limites et à l'établissement de liaisons amicales entre les deux empires. Après avoir réfléchi à la situation des choses, nous convinmes que les demandes des Japonois étoient justes, et que nous devions y faire droit ; mais nous jugeâmes que ce n'étoit pas un moment convenable pour entamer des négociations sur une fixation de limites et une alliance. Voici nos motifs : Les papiers que nous avions traduits, nous avoient fait connoître les conditions auxquelles le gouvernement japonois avoit permis au bounio de Matsmaï de nous mettre en liberté, et la déclaration qu'il devoit nous notifier. Le bounio ne pouvoit donc rien répondre à une nouvelle proposition de notre part, avant d'avoir reçu des ordres de la capitale. Il falloit, en ce cas, que la corvette hivernât dans le port de Chakodade, ce qui ne pouvoit avoir lieu sans nous mettre entièrement à la discrétion des Japonois ; car, quoique le port ne gèle pas, l'hiver est rigoureux et long. L'équipage auroit été exposé à des périls nombreux, et la corvette auroit même pu se trouver dans un état qui ne lui eût pas permis de partir. En outre, les tempêtes qui se font sentir en hiver eussent pu la faire chasser sur ses ancres et la jeter à la côte. En demandant aux Japonois que l'équipage passât l'hiver à terre, et que la corvette fût désarmée et placée dans un lieu sûr, il auroit fallu accepter les mêmes conditions auxquelles s'étoient soumis Resanoff et tout son monde

à Nangasaki, c'est-à-dire remettre entièrement la corvette aux mains des Japonois, et
cela à une époque où nous voulions leur démontrer la validité de nos droits sur trois îles
que, suivant nous, ils retenoient illégitime-
ment. En outre, nous avions souvent entendu
dire aux interprètes, et toujours leurs discours étoient l'expression de la pensée du
bounio, que, malgré la réponse peu favorable
du gouvernement japonois, l'espoir d'une liai-
son amicale entre la Russie et le Japon n'é-
toit pas encore entièrement évanoui ; que,
de notre côté, il falloit seulement procéder
avec circonspection. Ils me proposèrent même
un moyen que je passe sous silence, parce
qu'il interromproit le fil de ma narration.

Notre entretien fini, les Japonois montrèrent à M. Ricord la traduction en russe de
la déclaration du gouverneur de Matsmaï ; il
présenta, de son côté, les papiers exigés que
Teské traduisit en japonois, et les alla montrer
à ses supérieurs ; ceux-ci nous firent savoir
qu'ils en étoient contens. Alors les Japonois
nous régalèrent de thé et de sucre, sans exprimer le moindre mécontentement de la
longueur de notre conversation. Quand nous
nous séparâmes, j'accompagnai M. Ricord

jusqu'à la chaloupe. Il retourna à bord, et moi à mon logis.

Mes compagnons attendoient mon retour avec impatience. Je leur racontai tout ce que M. Ricord m'avoit appris des événemens politiques de l'Europe, de l'invasion des François en Russie, enfin des détails sur nos parens et sur nos amis. Je ne leur cachai que deux circonstances; l'une, que les Japonois avoient déjà été instruits par Tacataï-Caki des instructions remises à M. Ricord concernant la fixation des limites; l'autre, que Kisseleff l'interprète étoit un Japonois. Je fis un secret de ce dernier point pour n'éveiller ni crainte ni soupçon dans l'esprit de mes compagnons qui, remplis de défiance, doutoient jusqu'au dernier moment de la loyauté des Japonois.

Les circonstances liées à l'expédition de M. Ricord à Matsmaï, nous prouvèrent combien nous avions d'obligations à M. de Treskin, gouverneur civil d'Irkoutsk, et à M. Ricord, ainsi qu'on le verra par la relation de ce dernier. Je dois dire, avec reconnoissance, que la résolution hardie de M. Ricord de venir conférer avec les délégués du gouvernement japonois dans la ville de Chakodade, contribua beaucoup à l'heureuse issue de

l'affaire, car on avoit déjà dit que si cet officier
ne descendoit pas à terre, il en pourroit résulter de grandes difficultés, et qu'il seroit impossible de prévoir quand les choses finiroient.

Nous n'avions aucun sujet de croire que
les Japonois se conduiroient envers M. Ricord avec autant de perfidie qu'envers nous ;
car la déclaration solennelle du gouverneur
annonçant qu'il avoit reçu l'ordre de nous
mettre en liberté aussitôt qu'il auroit en main
une déclaration satisfaisante, notre transla-
tion dans un nouveau logement, l'amélioration de notre nourriture, en un mot tout
nous persuadoit de la bonne foi des Japonois.
M. Ricord ne savoit rien de ces particularités.
Simanoff lui avoit dit que nous étions tous
renfermés dans le même endroit et traités
également ; je lui avois recommandé en outre,
dans une lettre que lui avoit remise ce matelot, de ne s'exposer à aucun danger, et de ne
s'entretenir avec les Japonois qu'en canot et
hors de portée de leurs batteries ; ainsi sa résolution hardie de venir en ville sur une chaloupe japonoise, fut due non pas à la persuasion qu'il n'avoit pas de danger à courir, mais
à des motifs bien réfléchis, et qui font honneur à la noblesse de ses sentimens. Chargé

des papiers officiels du gouverneur russe voisin pour le gouverneur de Matsmaï, il ne
songea nullement à ménager sa personne;
dans le cas où les Japonois se seroient rendus
coupables d'une nouvelle trahison, la *Diane*
en eût aussitôt porté la nouvelle en Russie,
et les Japonois eussent été punis d'avoir violé
le plus sacré des droits des peuples, puisque,
dans la personne de M. Ricord, ils devoient
respecter le caractère d'ambassadeur.

Le 6 octobre, dans la matinée, les interprètes apportèrent avec le plus grand respect
le sabre et le chapeau de M. Moor et de
M. Chlebnikoff, et nous dirent que nous allions être présentés au gouverneur pour entendre de sa bouche l'annonce de notre délivrance; ils nous invitèrent à nous vêtir de
nos plus beaux habits, et à paroître devant ce
magistrat avec nos sabres et nos chapeaux.
Nous nous rendîmes volontiers à leurs désirs.
Vers midi, l'on nous conduisit à la maison
du commandant où demeuroit le gouverneur.
On nous fit entrer tous trois dans une très-
jolie chambre; les matelots et Alexis furent
placés dans une autre. Quelques minutes
après on nous introduisit, M. Moor, M. Chleb-

nikoff et moi, dans une grande salle où tous
les fonctionnaires publics, l'académicien et
les interprètes se trouvoient réunis. Ils étoient
plus de vingt, assis sur deux rangs, des deux
côtés de la salle. Bientôt après le bounio entra avec sa suite. Il prit place ; chacun lui témoigna son respect ; nous lui fîmes un salut
à l'européenne, il nous le rendit. Tout se
passa suivant l'ancien ordre, seulement le
porte-sabre du gouverneur ne posa pas cette
arme près de lui ; il la tint des deux mains,
le fourreau en l'air. Le gouverneur tira de
son sein une grande feuille de papier, la leva
en l'air et dit : « C'est l'ordre du gouvernement. » Les interprètes nous traduisirent ces
paroles. Toutes les personnes présentes baissèrent les yeux et semblèrent inanimées. Alors
le gouverneur déploya le papier et le lut tout
haut. C'était la pièce que nous avions déjà traduite, et dont on a vu la copie plus haut (1).
Elle portoit que la conduite criminelle de
Chvostoff avoit été cause de notre captivité,
mais que le bounio s'étant convaincu que cet
officier avoit agi de son chef, nous mettoit en

(1) Page 214.

liberté par ordre de l'empereur du Japon, et qu'en conséquence nous devions nous embarquer le lendemain.

Les interprètes nous ayant expliqué le contenu de ce papier, et ayant dit au bounio que nous le comprenions, celui-ci dépêcha un des plus anciens officiers avec Koumaddjéro pour en donner connoissance aux matelots. Ensuite il tira de son sein un autre papier qu'il lut aussi tout haut, et ordonna à Teské de nous l'interpréter, puis de nous le remettre. C'étoient des félicitations que le bounio nous adressoit. Cette pièce étoit ainsi conçue :

« Depuis trois ans vous vivez dans une « ville frontière du Japon, et sous un climat « étranger; maintenant vous allez jouir du « bonheur de retourner dans votre patrie; « cet événement me comble de joie. Vous, « M. Golovnin, comme le plus âgé de vos « compagnons, vous avez eu le plus de souci; « mais enfin vous avez atteint le but qui fait « votre contentement, cela me comble aussi « de joie. Vous avez appris à connoître un « peu les lois de notre pays; elles interdisent « tout commerce avec les étrangers, et or- « donnent d'éloigner leurs bâtimens de nos « côtes; faites connoître ces dispositions

« quand vous serez de retour dans votre pa-
« trie. Nous avons désiré vous témoigner dans
« notre pays toute la civilité possible. Comme
« nous ne connoissons pas vos mœurs, il se
« peut que nous ayons fait tout le contraire.
« Chaque pays a ses usages qui souvent dif-
« fèrent beaucoup de ceux d'un autre, mais
« partout les bonnes actions ont leur mérite.
« Faites aussi connoître cela chez vous. Je
« vous souhaite à tous un bon voyage. »

Nous exprimâmes au gouverneur notre
reconnoissance de toutes ses bontés ; il écouta
nos remercîmens et s'en alla. On nous dit
alors de retourner à notre logis.

Malgré tout ce qui se passa d'agréable pour
nous dans l'audience du gouverneur, le visage de M. Moor ne montra pas le moindre
signe de joie ; il se contenta de répéter plusieurs
fois qu'il étoit indigne des bienfaits des Japonois.

Quand nous fûmes de retour chez nous,
tous les officiers civils et militaires, les soldats
et d'autres Japonois vinrent nous féliciter. Les
trois premiers magistrats, après le gouverneur,
me remirent leurs félicitations par écrit, et
me prièrent de la conserver en souvenir de
notre connoissance. En voici la traduction :

De la part des guinmiyagous,

« Vous avez tous vécu long-temps ici;
« maintenant, par ordre de monseigneur le
« gouverneur, vous retournez dans votre
« patrie. Le moment de votre départ approche.
« Votre long séjour parmi nous, nous a tel-
« lement accoutumés à vous que cette sépara-
« tion nous est pénible. La distance de l'île
« de Matsmaï à notre capitale orientale est
« très-considérable, et ici dans une ville
« frontière l'on manque de beaucoup de
« choses. Vous avez donc supporté la chaleur,
« le froid et d'autres vicissitudes des saisons;
« à présent vous êtes prêts à retourner tout
« joyeux chez vous. Songez que vous ne vous
« réjouissez pas seuls; nous ressentons aussi
« une vive satisfaction de l'heureuse issue de
« cette affaire. Que Dieu veille sur vous, et
« vous conduise dans votre voyage; nous l'en
« prions avec ferveur. C'est pour vous faire
« nos adieux que nous avons écrit ceci. »

La joie des Japonois étoit réellement sincère. Les interprètes nous dirent que le grand-
prêtre de Chakodade avoit demandé au gouverneur et en avoit obtenu la permission de
faire, pendant cinq jours, des prières dans le

temple, pour obtenir du ciel notre heureux retour dans notre patrie.

Le même jour, 6 octobre, un officier fut envoyé avec Koumaddjéro à bord de la *Diane* pour annoncer à M. Ricord que le gouverneur avoit déclaré officiellement que nous étions libres; et, d'après le désir des Japonois, j'écrivis à ce sujet à M. Ricord. Le soir, les interprètes nous régalèrent, par ordre du gouverneur, dans la chambre supérieure de notre maison. Le souper étoit de neuf à dix plats; les mets consistoient en poisson, gibier, oies et canards apprêtés de différentes manières. Après le repas, on nous servit du meilleur saki. Ensuite on apporta dans notre chambre plusieurs caisses remplies de vases de laque; c'étoit, nous dit-on, un présent des interprètes pour les livres qu'ils avoient acceptés de nous avec la permission de l'autorité suprême; ils n'osèrent pas prendre autre chose. Mais nous savions fort bien que ces présens nous étoient faits pour compte du gouvernement.

On avoit dressé un inventaire de tous nos effets. Quelques jours avant notre délivrance on procéda à leur vérification, et l'on ne trouva pas une culotte que nous avions coupée pour en distribuer les morceaux aux gardes. On nous demanda ce qu'elle étoit devenue. Nous répondîmes que nous en avions donné les morceaux à des soldats que nous ne voulûmes pas nommer. Les interprètes insistèrent pour savoir qui étoient ces soldats, parce qu'eux-mêmes pourroient bien éprouver quelque désagrément de cette affaire; car si le gouvernement apprenoit un jour que la moindre partie de nos effets étoit restée dans le pays, on s'en prendroit aussitôt à eux-mêmes, puisqu'ils avoient été uniquement et spécialement chargés de la conservation de ce qui nous appartenoit. Ils nous assurèrent, au reste, qu'il ne seroit fait aucun mal aux soldats, et que l'on se borneroit à leur reprendre ce qu'ils avoient reçu. De notre côté, nous cherchâmes à persuader aux interprètes qu'il ne pourroit résulter de cette affaire aucun inconvénient pour eux, parce que nos hardes ressembloient à toutes celles qui venoient d'Europe, et que le gouvernement ne pouvoit pas prononcer que celles que l'on trouveroit n'avoient pas été introduites au Japon par les Hollandois.

Le lendemain, 7 octobre 1813, nous mîmes nos plus beaux habits. Les domestiques et les gardes empaquetèrent tous nos effets sans

oublier la moindre chose, et les mirent dans
des caisses qu'ils portèrent dans le vestibule.
A midi, l'on nous conduisit tous au rivage;
derrière nous marchait une troupe de gens
portant nos effets, les présens que nous avions
reçus et les provisions de voyage, consistant
en cinquante sacs de riz, quelques barils de
saki, une grande quantité de poisson frais et
salé, des raves, etc.

Arrivés au bord de la mer, on nous fit entrer dans une maison près de la douane; l'on
introduisit M. Chlebnikoff, M. Moor et moi
dans une chambre, et les matelots avec Alexis
dans une autre. Quelques instans après,
M. Ricord, accompagné de M. Savelieff, de
Kisseleff et d'autres personnes, descendit à
terre. On le conduisit avec les deux premiers
dans la salle où s'étoit passée notre entrevue.
Bientôt après, on vint nous chercher M. Chlebnikoff, M. Moor et moi, pour nous mener
vers nos compatriotes. Nous trouvâmes aussi
dans cette salle plusieurs magistrats et employés japonois, entre autres Sampeï et Kio-
goro. Ils étoient assis l'un près de l'autre à la
place que le gouverneur avoit l'usage d'occuper. Le plus âgé des deux donna ordre à
un des employés inférieurs de présenter à

M. Ricord un plateau sur lequel étoit une boîte contenant la déclaration du gouverneur de Matsmaï enveloppée dans un morceau d'étoffe de soie. L'employé s'avança vers M. Ricord d'un air solennel et respectueux. Conformément au désir des Japonois, M. Ricord lut à l'instant la traduction de cette pièce. Ensuite on me remit aussi un papier que l'on me dit être un avis des deux premiers guinmiyagous. Cette pièce étoit aussi renfermée dans une boîte et enveloppée dans de la soie; mais elle ne me fut pas présentée sur un plateau, ni par le même employé. Quoique j'en connusse parfaitement le contenu, il fallut, néanmoins, pour remplir toutes les formalités, que j'en prisse lecture sur-le-champ. Ce point terminé, l'on nous rendit les présens envoyés par le gouverneur d'Irkoutsk, puis l'on nous remit un inventaire de toutes les provisions que l'on nous donnoit pour notre traversée. Enfin, les Japonois nous souhaitèrent un heureux voyage, nous dirent adieu et se retirèrent.

Tout étant prêt pour notre départ, on nous conduisit tous avec Tacataï-Caki à la chaloupe du gouverneur. Un grand nombre de canots chargés de nos effets, des présens et des provisions, quitta le rivage en même temps que nous. Pendant que nous allions de la douane à la chaloupe, tous les Japonois que nous connoissions, et d'autres que nous ne connoissions pas, nous dirent adieu et nous souhaitèrent un bon voyage.

Les officiers et tout l'équipage de la *Diane* nous reçurent avec la même joie ou plutôt le même enthousiasme qu'ils auroient pu manifester en revoyant des frères et des amis intimes après des événemens semblables à ceux qui s'étoient passés. Quant à nous qui, après une captivité de deux ans, deux mois et vingt-six jours, durant lesquels nous n'avions entrevu que depuis six mois l'espérance de retourner dans notre patrie, nous retrouvions enfin sur un vaisseau de guerre de l'empereur notre souverain, au milieu de compatriotes avec lesquels nous avions fait pendant cinq ans un voyage long, périlleux et fatigant, et auxquels les liens de la plus intime amitié nous attachoient; nous éprouvions des sentimens que l'on peut bien se figurer, mais qu'il est impossible de décrire.

CHAPITRE XII.

Visite de plusieurs Japonois à M. Golovnin à bord de la
Diane.—Les Russes leur font accepter quelques ca-
deaux.—Départ de la *Diane.*—Motif de la conduite
des Japonois en délivrant les Russes.—Arrivée de la
corvette à Avatcha.—Mélancolie de M. Moor.—Sa fin
malheureuse.—On lui élève un tombeau.—M. Golovnin quitte le Kamtschatka.—Il arrive à Saint-Pétersbourg.—Il apprend qu'il est élevé en grade et que
tout son équipage a obtenu des récompenses de l'empereur Alexandre.

D'APRÈS le titre de cet ouvrage, je devrois
terminer ma relation avec le chapitre précédent; cependant les événemens qui font la
matière de celui-ci, sont tellement liés à ceux
de notre captivité au Japon, qu'il est impossible de les en séparer; ainsi j'espère que le
lecteur ne regardera pas cette espèce de supplément comme un hors-d'œuvre.

Dès que nous fûmes à bord de la *Diane,* la
chaloupe du gouverneur retourna à terre.
M. Ricord en profita pour renvoyer le Japo-

nois resté à Ochotsk par maladie. Il avoit déjà
voulu le mettre à terre à Édomo, mais les fonctionnaires publics de ce lieu et ceux de Chakodade avoient refusé de le recevoir; ce ne
fut qu'aujourd'hui que ces derniers y consentirent. Ce Japonois étoit un de ceux qui
avoient fait naufrage en 1811 sur la côte de
Kamtschatka. Il avoit eu la jambe gelée; de
sorte que, malgré tous les soins de nos médecins pour la conserver, ils avoient enfin été
obligés de la lui couper. Il marchoit avec une
jambe de bois, ce qui surprit beaucoup ses
compatriotes, car il y a parmi eux bien peu
de gens de l'art qui aient appris des Hollandois la manière de faire les amputations, et
qui soient assez hardis pour les tenter.

L'après-midi, plusieurs magistrats japonois, de deux à quatre grades inférieurs à
celui du gouverneur, nos interprètes et l'académicien vinrent nous rendre visite. Teské
et Koumaddjéro nous firent cadeau, à M. Ricord et à moi, d'étoffes de soie, de thé du Japon, de très-bon saki et de confitures. Nous
régalâmes nos hôtes de thé, d'eau-de-vie de
France et de liqueur. Les deux dernières boissons leur semblèrent très-bonnes, si bien que
quelques-uns d'entre eux se mirent en gaîté,

et jasèrent à qui mieux mieux. M. Ricord délivra aux interprètes la lettre de remercîment
du gouverneur d'Irkoutsk ; et, comme il en
avoit une copie, ils la traduisirent aussitôt
en japonois, conjointement avec nous. Les
Japonois nous témoignèrent à cette occasion
le désir de voir la signature de notre souverain. Ayant, parmi mes papiers restés à bord,
mon diplome de chevalier de l'ordre de Saint-
Vladimir, je l'allai prendre. Quand j'eus posé
ce papier sur la table, et que je leur eus montré le nom de l'empereur, ils baissèrent tous
la tête presque jusque sur la table, et restèrent un instant dans cette posture. Ils regardèrent ensuite la signature avec les marques du plus profond respect; et, après l'avoir
suffisamment considérée, ils firent les mêmes
démonstrations de soumission.

En nous séparant de nos amis les Japonois,
nous leur fîmes des présens proportionnés
aux services que chacun nous avoit rendus.
Ils n'acceptèrent nos dons qu'en cachette, de
manière qu'un autre de leurs compatriotes ne
pût pas les apercevoir; encore ne vinmes-nous
à bout de faire accepter quelque chose qu'à
ceux qui purent tout cacher dans les larges
manches qui leur tiennent lieu de poches.

Ils refusèrent absolument les présens plus considérables que nous leur offrîmes, mais ils reçurent sans scrupule les livres, les cartes et les gravures. Nous leur donnâmes un atlas du capitaine Krusenstern, plusieurs cartes de l'atlas de la Pérouse, ainsi que d'autres cartes. Ils ne voulurent prendre les estampes qu'en feuille. M. Ricord leur fit cadeau des portraits du comte Kamensky, du prince Bagration et du prince Koutousoff. Ce dernier étoit très-joliment dessiné au crayon par le fils du gou-verneur d'Irkoutsk, d'après une gravure. Les Japonois, instruits par nous du mérite et des hauts faits des personnages que ces portraits représentoient, les acceptèrent avec enthousiasme et reconnoissance; mais ils refusèrent absolument les cadres et les verres, malgré tout ce que nous fîmes pour les convaincre que ces objets n'avoient aucune valeur, puisque les premiers n'étoient que de bois doré. Alors nous les prévînmes que le portrait de Koutousoff pourroit aisément s'effacer; ils nous répondirent qu'ils le tiendroient dans leurs mains jusqu'à terre, et qu'ensuite ils prendroient les mesures nécessaires pour conserver un morceau si précieux.

Pendant que les personnes en grade se te-

noient avec nous dans la chambre, le pont de
la corvette étoit couvert de Japonois. Des
soldats, des gens de toute espèce, des femmes
même étoient venus pour voir un bâtiment
russe. Quand les employés du gouvernement
nous quittèrent, tout ce monde se précipita
dans la chambre. Nous leur accordâmes volontiers la satisfaction de considérer toutes les
curiosités, et surtout les ornemens de la
chambre que M. Ricord avoit décorée avec
beaucoup de goût. En mémoire du bâtiment
russe, M. Ricord donna à chaque Japonois
un morceau de beau drap rouge pour faire
des bourses à tabac, et deux cristaux qui provenoient d'un lustre. Ils regardèrent ces derniers objets comme une grande rareté. Nous
donnâmes aussi différentes choses aux enfans,
et entre autres du sucre que leurs pères leur
prirent aussitôt, et enveloppèrent soigneuse-
ment dans de petits morceaux de toile. Nos
hôtes restèrent à bord jusqu'à la nuit. Enfin,
au coucher du soleil, nous fûmes tranquilles,
et nous pûmes nous entretenir mutuellement
de notre patrie et de nos aventures.

Le lendemain, 8 octobre, nous ouvrîmes
par curiosité une des caisses que l'on avoit
apportées à bord quand nous y étions venus.

Nous y trouvâmes, à notre grande surprise, tous les objets qui nous appartenoient, tels que linge, argent; en un mot, tout, jusqu'aux plus petits morceaux et à des boutons. A chaque chose étoit attachée une étiquette portant le nom de son maître. Parmi les objets que M. Ricord avoit laissés pour nous à Kounaschir, il y avoit une boîte à rasoirs avec un miroir; mais les Japonois n'en savoient rien, il fut brisé dans le transport par terre; nous en trouvâmes les morceaux rassemblés dans un petit sac auquel étoit joint un billet contenant des excuses de ce que le miroir s'étoit cassé en chemin, parce que l'on ignoroit comment il falloit s'y prendre pour faire voyager des choses si fragiles. Les Japonois ne connoissent pas les miroirs de verre; ils en ont de métal si bien polis qu'ils ne le cèdent guère aux nôtres.

Tacataï-Caki fut le premier qui vint nous voir. Ce jour-là, il nous annonça que le projet que nous avions formé de faire une visite au gouverneur (1), et de lui adresser nos re-

_____

(1) M. Ricord n'avoit pas vu le gouverneur, mais ce dernier avoit vu M. Ricord quand notre entrevue eut lieu à la douane; il s'y trouvoit incognito derrière un paravent.

mercîmens en personne; lui sembloit très-
louable, et n'avoit pourtant pas été approuvé
par les magistrats japonois qui, au contraire,
nous prioient de partir le plus tôt possible, en
nous assurant d'ailleurs qu'on s'occuperoit
sans délai de nous fournir l'eau dont nous
avions besoin. En effet, il arriva bientôt un
grand nombre de canôts qui prirent nos barriques, les allèrent remplir à terre, et nous
les rapportèrent.

Le lendemain nous étions en état d'appareiller; le vent s'y opposa. Enfin, le 10 octobre, nous levâmes l'ancre, et nous sortîmes
de la baie en louvoyant. Teské, Koumaddjéro
et Tacataï-Caki nous accompagnèrent avec des
canots qui avoient été envoyés pour nous
aider dans nos manœuvres. Pendant que la
Diane louvoyoit pour sortir du port, les bords
de la mer étoient couverts de spectateurs.
Lorsque nous fûmes à l'entrée de la baie, nos
amis les Japonois nous souhaitèrent bien cordialement un bon voyage, et nous firent leur
dernier adieu. Nous eûmes encore beaucoup
de peine en cette occasion à leur faire accepter
des présens; ils nous assuroient que déjà ils
en avoient reçu assez. En s'éloignant de la corvette, nous fîmes entendre, chacun de notre

côté, le cri usité à la mer comme marque
d'honneur; nous nous adressâmes mutuellement des souhaits pour notre prospérité,
ajoutant le vœu de la conclusion prompte
d'une alliance entre la Russie et le Japon. Les
Japonois nous firent des saluts à bord de leurs
canots aussi long-temps qu'ils nous virent.
Le vent étoit favorable et souffloit bon frais;
la corvette s'éloigna avec la rapidité d'une
flèche de ce pays où nous avions souffert
tant d'angoisses, mais dont nous avions appris à connoître les paisibles et généreux habitans que les européens, civilisés à l'excès
traitent peut-être de barbares.

Je demanderai actuellement la permission
de faire une remarque sur l'opinion des personnes qui attribuent la conduite bienveil-
lante des Japonois envers nous et notre délivrance à leur pusillanimité, et enfin à la crainte
du ressentiment et des vengeances de la Russie. Quant à moi, je regarde l'humanité comme
le seul mobile de tout ce qu'ils firent; non pas
précisément parce que de bonnes actions doivent nécessairement être le résultat de motifs
louables, mais parce que je puis apporter des
preuves convaincantes à l'appui de mon assertion. En effet, si la crainte put, vers la fin,

influer sur la conduite des Japonois, elle eût dû vraisemblablement les obliger plutôt à se réconcilier avec nous. Mais, au contraire, ils avoient d'abord résolu d'employer la force, et avoient donné ordre de dire à M. Ricord que nous avions tous été mis à mort, tandis que nous étions en vie, et que l'on prenoit le plus grand soin de notre santé. La crainte n'eût d'ailleurs produit réellement de l'effet que dans le cas où la partie orientale de l'empire de Russie seroit dans le même état que la partie occidentale, et les Japonois connoissent très-bien la différence prodigieuse qu'elles présentent. Au reste, le lecteur peut, d'après ma relation, peser les motifs qui ont fait agir les deux partis, et ensuite déduire ses conclusions.

Pendant notre traversée de Chakodade au port Saint-Pierre et Saint-Paul, il ne nous arriva rien qui mérite d'être cité, qu'une tempête épouvantable que nous éprouvâmes dans la nuit, sur la côte orientale de l'île de Matsmaï. Je conviens que, ni en automne dans les parages du cap Horn, ni en hiver en allant du cap de Bonne-Espérance à la Nouvelle-Hollande, nous n'avions été assaillis de tourmentes si violentes et si dangereuses.

Mais le récit des périls que nous courûmes, et des moyens que nous employâmes pour sauver la corvette, me semble absolument superflu; que l'on ouvre une bonne relation de voyage par mer, et l'on y trouvera une excellente description de tout ce que j'omets.

Le 3 novembre, nous mouillâmes dans la baie d'Avatcha. Le Kamtschatka, pays presque inhabitable dans cette saison, avec ses montagnes couvertes de neige, ses volcans et ses forêts impénétrables, nous parut un paradis, car c'étoit une portion de notre patrie. Les premières personnes qui vinrent au-devant de la *Diane*, furent M. Iakoutschkin, lieutenant de vaisseau, qui avoit servi avec moi sur cette corvette, et M. Volkoff, lieutenant d'artillerie de la garnison. En m'apercevant, ils furent aussi surpris, notamment le premier, que s'ils eussent revu un homme ressuscité. Ensuite arrivèrent à bord MM. Narmanskoï et Podouschkin, tous deux lieutenans, dont je fis la connoissance. Le soir, à dix heures, j'allai à terre avec ces officiers, à Saint-Pierre et Saint-Paul.

Il faut à présent que je revienne à mon malheureux compagnon M. Moor. Quoique son terrible repentir doive effacer le souvenir de ses déplorables erreurs, néanmoins le triste sort de cet officier étant bien fait pour exciter la compassion de tout homme sensible, et montrer en même temps les suites affreuses de fautes semblables à celle qu'il avoit commise, je vais achever de raconter ce qui le concerne.

Lorsqu'arrivés à bord de la *Diane*, sur la rade de Chakodade, tous les officiers, transportés de joie, s'empressèrent à venir au-devant de nous, M. Moor resta debout sans faire un mouvement, comme privé de sentiment et étranger à tout ce qui se passoit autour de lui. Nous convinmes à l'instant, entre nous, de ne pas parler en sa présence de ce qui s'étoit passé au Japon, ni de faire mention de choses qui pouvoient lui rappeler sa conduite précédente. Nous essayâmes, par des conversations qui pouvoient lui être agréables, par exemple sur la Russie, de le distraire de toutes les manières possibles; ce fut en vain. Il s'habilloit d'une manière peu convenable à son rang, se tenoit généralement avec les matelots, mais ne leur parloit pas. Lorsque nous cherchions à le ramener dans une meilleure voie, et que nous lui représentions

18*

qu'il devoit être avec nous, et non avec les
matelots, il nous répondoit ordinairement :
« Je ne suis pas digne de me trouver dans la
« société d'hommes bien nés ; c'est déjà beau-
« coup pour moi, que les matelots veuillent
« me souffrir. » Nous nous efforcions de lui
persuader le contraire, et nous le menions
dans la chambre ; il y restoit plongé dans un
morne silence. Durant les premiers jours,
depuis notre départ de Chakodade, il venoit
dîner, souper et prendre le thé avec nous ;
bientôt il cessa de paroître, et ne sortit plus
de sa cabane. Souvent il ne mangeoit rien de
toute la journée, et tout-à-coup il prenoit
trop de nourriture à la fois. Il sembloit vouloir, par cette irrégularité de régime, se donner une maladie mortelle.

Telle fut la conduite de M. Moor jusqu'au
Kamtschatka, où M. Roudakoff, lieutenant
de vaisseau, son ancien camarade, étoit commandant du port Saint-Pierre et Saint-Paul.
Ce dernier avoit épousé, depuis peu de temps,
une femme jeune, jolie et bien élevée, nièce
de M. Pétrowsky, ancien commandant du
Kamtschatka. Il demeuroit dans une maison
spacieuse. Nous projetâmes de loger M. Moor
chez lui, s'il étoit possible, dans l'espérance

qu'une femme aimable et spirituelle réussiroit
peut-être à faire disparoître l'humeur noire qui
le tourmentoit. M. Roudakoff approuva notre
dessein avec joie ; mais nous nous étions tous
trompés. N'importe sur quel sujet on voulut
entretenir M. Moor, il n'écoutoit rien et avoit
l'air inanimé et comme pétrifié. Souvent il se
retiroit dans des lieux écartés, où il fondoit
en larmes, sanglotoit et maudissoit son destin. Un jour, il causa une si grande frayeur
à madame Roudakoff, qu'elle craignit de vivre
plus long-temps sous un même toit avec un
homme qui, par ses folies, pouvoit être dangereux. Nous le plaçâmes donc chez le prêtre,
dans la maison duquel il avoit déjà demeuré.
La religion et les exhortations de ce ministre
eussent pu produire de l'effet sur son esprit,
si ce prêtre eût possédé quelques talens ora-
toires ; par malheur, le père Alexandre n'en
étoit nullement doué. Il savoit, sans hésiter,
lire les livres d'église, et dire la messe, mais
ses discours sur Dieu et sur la religion ne
purent rien opérer sur M. Moor.

Les effets de ce dernier avoient, après la
nouvelle de notre captivité, été vendus à
l'encan, et on lui remit le produit qui se
montoit à peu près à huit mille roubles. Nous

lui conseillâmes d'acheter des vêtemens et
d'autres objets; il nous assura qu'il n'avoit
besoin ni d'argent ni de rien au monde. Son
habillement consistoit en une vieille pelisse
kamtschadale de peau de renne.

Les tourmens affreux que sa conscience
lui faisoit sans doute éprouver l'obligèrent à
m'envoyer un rapport dans lequel il se donnoit les noms de traître, de misérable, etc.,
et disoit que tout ce qu'il y avoit de sacré lui
avoit arraché cette confession. Ce rapport
étoit écrit d'une manière si incohérente, et
renfermoit tant de choses insensées, qu'il
me parut bien avéré que M. Moor avoit entièrement perdu l'esprit. J'écrivis à mon
malheureux compagnon une lettre de consolation. Je l'assurai que sa faute n'étoit pas
aussi grave qu'il se le figuroit; que nous
avions la ferme intention d'oublier tout ce
qui s'étoit passé; qu'il étoit encore jeune et
bien portant, et qu'il pouvoit rencontrer dans
sa vie beaucoup d'occasions d'expier ses erreurs, dans lesquelles notre affreuse position
et le désespoir l'avoient seuls fait tomber;
enfin, que ses services futurs pourroient entièrement apaiser les cris de sa conscience
qui le tourmentoient si cruellement. Je priai

M. Roudakoff de lui remettre ma lettre et de faire son possible pour le tranquilliser ; ensuite j'allai le voir avec M. Ricord. Nous eûmes recours à tous les artifices imaginables pour lui persuader de dissiper son trouble ; enfin nous y réussîmes. Il commença à parler raisonnablement, me remercia de ma lettre et m'assura qu'il ne se sentoit pas digne de tant de bonté. Il parla plus souvent aux officiers ; il prit une partie de son argent pour acheter différentes choses et l'employa très-bien.

Quelques jours après, il exprima le désir d'aller demeurer dans un village kamtschadale, où il pourroit être plus tranquille ; alléguant qu'à St.-Pierre et St.-Paul il voyoit trop de Russes dont la présence lui rappeloit toujours ses fautes. Nous déférâmes à ce vœu, croyant qu'avec le temps M. Moor se rétabliroit complétement, et que ses plaies, continuellement irritées par les objets qui l'entouroient, se guériroient quand il en seroit éloigné. Ayant obtenu le consentement de tous ses compagnons, il fit les préparatifs de son départ, et acheta ce qui lui étoit nécessaire pour vivre à la campagne. Les gardes qui se tenoient autour de lui pour sa sûreté, ne se réjouirent pas moins que nous de la résolution qu'il

avoit prise, pensant que leur stricte surveil-
lance n'étoit plus nécessaire. M. Moor aimoit
beaucoup la chasse, et nous demanda la permission de jouir de ce divertissement; nous
ordonnâmes, en conséquence, à un des gardes
de le suivre avec un fusil, de le lui donner
quand il en auroit besoin, et de ne jamais
s'éloigner de lui d'un seul pas.

Un jour qu'il se promenoit sur le rivage de
la baie d'Avatcha avec son fusil, il dit au soldat
qui l'accompagnoit d'aller dîner : « Ne crains
« rien, ajouta-t-il en riant ; car, si je voulois
« me tuer, je pourrois en venir à bout chez moi
« avec un couteau ou une fourchette. » Le
soldat obéit. Voyant que M. Moor restoit
bien long-temps, il sortit pour le chercher,
et le rencontra étendu sans vie sur le bord
de la mer. Ses habits étoient suspendus à un
poteau, son fusil placé à côté de lui, un bâton
posé sur la détente ; il avoit poussé ce bâton
avec les pieds. En ouvrant son corps, on
trouva dans la poitrine deux morceaux de
plomb dont il s'étoit servi au lieu de balles.
Il avoit laissé, sur une table, dans sa maison,
une lettre dans laquelle il disoit que la vie lui
étoit insupportable et qu'il lui sembloit souvent qu'il avoit avalé le soleil. Sa conduite

prouvoit évidemment qu'il étoit sujet à des accès de folie ; ce sera vraisemblablement dans un de ses transports qu'il aura attenté à ses jours.

Telle fut la triste fin de ce malheureux officier, dans la trentième année de son âge. Nous élevâmes à nos frais un monument sur sa tombe, et nous y plaçâmes cette inscription :

CI-GÎT LA DÉPOUILLE MORTELLE
DE FRÉDÉRIC DE MOOR,
LIEUTENANT DE VAISSEAU.
IL TERMINA SA CARRIÈRE A LA FLEUR DE SON AGE
DANS LE PORT DE SAINT-PIERRE ET SAINT-PAUL,
LE XXII NOVEMBRE MDCCCXIII.
LE GÉNIE PROTECTEUR
QUI LE CONDUISOIT DANS LE SENTIER DU BIEN
L'ABANDONNA AU JAPON.
LE DÉSESPOIR
LE PRÉCIPITA DANS DES ERREURS.
UN REPENTIR AMER ET LA MORT
EXPIÈRENT SA FAUTE.
CŒURS SENSIBLES,
DONNEZ UNE LARME A SA MÉMOIRE.

CE MONUMENT
LUI A ÉTÉ ÉRIGÉ PAR LES OFFICIERS DE LA CORVETTE
LA *DIANE*.

M. Moor étoit un officier d'un rare mérite.
Indépendamment des connoissances propres
à son état, il savoit plusieurs langues et des-
sinoit très-bien. Il aimoit la profession qu'il
avoit embrassée, étoit actif et infatigable dans
son service. En société, il étoit aimable et
causoit agréablement. J'ai servi avec lui cinq
ans sur la même corvette jusqu'à notre ca-
tastrophe de Kounaschir; par conséquent, je
l'ai bien connu. Si le sort ne m'eût pas rendu
témoin de ses égaremens, je n'eusse jamais
cru qu'un homme comme lui eût pu tomber
aussi bas.

Le 2 décembre, je partis de St.-Pierre
et St.-Paul avec M. Ricord, dans un traîneau attelé de chiens. Le premier jour de
l'an 1814 nous trouva au milieu d'une steppe
déserte qui occupe un espace de trois cents
verstes carrées et qui est connue dans ce pays
sous le nom de vallée de Parapalsk; les voyageurs y périssent assez souvent victimes de
tourmentes et de tourbillons de neige. Après
bien des dangers, nous arrivâmes, vers le milieu
de février, à Inschiginsk. M. Ricord, appelé par
son service, me quitta dans cette ville et retourna au Kamtschatka. Le 11 mars, j'entrai
dans Ochotsk, après avoir parcouru plus de

trois mille verstes en traîneaux attelés de
chiens. Je partis d'Ochotsk avec la même espèce de voiture, puis je continuai mon voyage,
d'abord avec des rennes, ensuite à cheval; et
enfin, deux cents verstes avant Irkoutsk, je
trouvai des kibitks de poste. J'atteignis Irkoutsk par la route d'hiver à la fin d'avril.
J'en sortis au milieu de mai, et j'arrivai à St.-
Pétersbourg le 22 juillet; j'en étois parti le
même jour de l'année 1807, et, ce qui est
assez remarquable, précisément à la même
heure. J'avois donc été, sept ans complets,
absent de cette ville. J'appris que l'empereur
m'avoit élevé au rang de capitaine de seconde
classe. Cette faveur inespérée me surprit d'autant plus que, trois ans auparavant, j'avois
reçu l'ordre de St.-Vladimir, en récompense
du succès de mon voyage de Kronstadt au
Kamtschatka et des soins que j'avois donnés
à la santé de l'équipage qui m'étoit confié.

Notre auguste monarque fixa ensuite son
attention sur les services des officiers de la
Diane, et tous obtinrent des récompenses. Je
me bornerai à citer ceux qui ont figuré dans
le récit de mes aventures. M. Ricord, qui avoit
été promu en même temps que moi au rang
de capitaine de seconde classe, fut gratifié,

ainsi que moi, d'une pension annuelle de
quinze cents roubles, et l'on nous accorda
la permission de faire imprimer la relation de
notre voyage aux frais du gouvernement.
M. Iakoutchskin et M. Filatoff reçurent l'ordre
de St.-Vladimir de quatrième classe. M. Chlebnikoff Sturmann de neuvième classe, et ses
camarades obtinrent une pension égale à une
année de leurs gages. M. Savelieff, commis de
quatorzième classe, eut une pension. Les matelots qui avoient partagé ma captivité, reçurent leur congé et une pension d'une année
de leur solde. Enfin, Alexis le Kourile obtint un couteau de chasse, et, au lieu de pension, vingt livres de poudre et quarante livres
de plomb à giboyer.

RELATION DU VOYAGE

DE M. P. RICORD,

CAPITAINE DE VAISSEAU DE LA MARINE IMPÉRIALE DE RUSSIE,

CONTENANT

SA NAVIGATION AUX CÔTES DU JAPON EN 1812 ET 1813, ET SES NÉGOCIATIONS AVEC LES JAPONOIS;

IMPRIMÉE EN RUSSE A SAINT-PÉTERSBOURG, EN 1816, PAR ORDRE DU GOUVERNEMENT;

Traduite sur la version allemande.

VOYAGE

DU CAPITAINE RICORD

AUX CÔTES DU JAPON

EN 1812 ET 1813.

CHAPITRE PREMIER.

Surprise et douleur de l'équipage de la *Diane* en voyant
que le capitaine Golovnin a été victime d'une trahison.
—On jure de le venger.—Les Russes canonnent sans
succès le fort japonois.—Ils se retirent.—Ils écrivent
à M. Golovnin. — Ils décident d'aller chercher du
secours à Ochotsk.— M. Ricord part pour Irkoutsk.
— Il retourne à Ochotsk et s'embarque pour Kounaschir.—Il arrive devant cette île.—Il écrit au commandant et envoie sa lettre par un Japonois.— Le
commandant ne veut pas la recevoir. — M. Ricord
emploie un autre moyen et expédie deux autres Japonois pour être instruit du sort de ses compatriotes.
—On lui annonce qu'ils sont morts.—Il s'empare d'un
bâtiment japonois.— Il apprend que les Russes prisonniers vivent encore. — Il retient le capitaine du
bâtiment.—La femme de ce dernier vient le voir.—

Départ pour le Kamtschatka.— M. Ricord y arrive
heureusement.

Ce fut le 11 juillet 1811, à onze heures du
soir, et dans le onzième mois de l'année, si,
conformément à l'ancien usage russe, on
la commence en septembre, qu'arriva le
triste événement dont il est impossible à ceux
qui ont servi sur la corvette la *Diane* de
perdre jamais le souvenir, et qui rappellera
toujours dans leur esprit des idées pénibles.
Le lecteur sait déjà combien le malheur du
capitaine Golovnin fut imprévu. Cet accident
affreux nous plongea dans des inquiétudes et
une irrésolution sans pareille; il anéantit l'espoir de revoir bientôt notre patrie, dont nous
nous étions flattés en quittant le Kamtschaka
pour aller effectuer la reconnoissance de l'archipel des Kouriles; car le sort nous ayant,
par ce coup fatal, enlevé notre chef, objet de
notre estime et de notre amour, ainsi que
nos compagnons avec qui nous servions depuis cinq ans, personne ne songea plus à retourner vers ses parens et ses amis. Tous, of-

officiers et matelots pleins de confiance en Dieu,
nous résolûmes unanimement de ne pas quitter
les côtes du Japon sans avoir essayé tous les
moyens possibles de délivrer nos compagnons
s'ils vivoient encore, et nous jurâmes de les
venger s'ils avoient été mis à mort ; suppo-
sition douloureuse à laquelle nous nous aban-
donnions quelquefois.

Nous avions suivi, avec nos lunettes, depuis
la corvette jusqu'aux portes de la ville, M. Golovnin et ceux qui l'accompagnoient. Nous
les avions vus conduits jusque-là par une
foule nombreuse , composée en partie d'officiers japonois, comme nous le firent supposer
leurs vêtemens remarquables par la bigarrure
des couleurs. Bien pénétré de tout ce que
m'avoit prescrit le capitaine, je ne soupçon-
nois nullement les Japonois d'une trahison ;
je me fiois tellement à leur bonne foi, que je
faisois des préparatifs pour recevoir, avec un
certain apparat, les hôtes que le capitaine ra-
meneroit avec lui. Sur ces entrefaites, nous
entendîmes tout-à-coup à terre des coups de
fusil et des cris affreux. Il étoit midi. Nous
aperçûmes un grand nombre d'hommes sortir
de la ville et courir au canot qui avoit porté
le capitaine à terre. Nous vîmes distinctement

Tom. II.   19

à l'aide des lunettes, la foule se presser sans ordre, puis s'emparer du mât, des voiles, du gouvernail et de tout ce qui se trouvoit dans le canot. Nous les vîmes entre autres prendre sur leurs bras un Kourile velu qui étoit un de nos rameurs, et le porter ainsi jusqu'à la porte de la ville qui se ferma dernière eux. Une tranquillité profonde succéda à ce tumulte; les murs du fort du côté de la mer furent tendus de toiles de coton rayées, de sorte que nous ne pûmes plus voir ce qui se passoit dans l'intérieur, et personne ne se montra en deçà de ce mur de séparation. Nous étions livrés aux tourmens de la plus affreuse incertitude sur le sort de nos compagnons. En se mettant à notre place, on sentira ce que nous éprouvions, bien mieux que je ne pourrois le décrire; et quiconque connoît l'histoire du Japon, sait ce que nous devions attendre du caractère vindicatif des habitans.

Je ne perdis pas une minute; j'ordonnai de lever l'ancre, et je m'approchai de la ville, supposant que, lorsque les Japonois verroient un bâtiment de guerre si près d'eux, ils renonceroient à leur projet, consentiroient peut-être à entrer en négociation, et même à nous rendre nos compatriotes; mais la profondeur de l'eau ayant tout-à-coup diminué jusqu'à deux brasses et demie, nous fûmes obligés de mouiller de nouveau à une distance considérable de la ville. Nos boulets pouvoient encore l'atteindre, sans cependant lui causer un grand dommage; enfin, tandis que nous mettions la corvette en état de combattre, les Japonois ouvrirent, sur la montagne, une batterie dont les boulets passoient au-delà du lieu où nous étions. L'honneur de ma patrie, celui de son pavillon, respecté par toutes les nations civilisées et insulté en ce moment, me firent prendre, dans ma juste indignation, le parti de canonner la ville. Nous tirâmes à peu près cent soixante-dix coups, et nous atteignîmes même les batteries; néanmoins nous ne tardâmes pas à nous apercevoir que nous ne produisions pas sur le fort l'effet que nous désirions, parce que, du côté de la mer, il est défendu par un mur en terre. Le feu de l'ennemi ne nous faisoit pas plus de tort. Je pensai donc qu'il étoit inutile de rester plus long-temps dans cette position; je fis cesser le feu et lever l'ancre. Les Japonois, devenus plus hardis, se mirent à tirer à coups perdus jusqu'à ce que nous nous fussions éloignés. N'ayant pas assez de monde pour tenter une

19*

descente, je ne pouvois entreprendre un coup
décisif capable de sauver nos compatriotes.
Tout notre monde, en y comprenant les officiers, ne se montoit qu'à cinquante-un hommes.
Nous avions perdu notre capitaine qui, parcourant avec nous toute l'étendue des mers,
avoit, sous les différens climats, veillé sur
nous avec une sollicitude vraiment pater-
nelle. La ruse avoit arraché du milieu de nous
de braves compagnons qui avoient peut-être
été assassinés de la manière la plus cruelle;
ces réflexions inspiroient à tout l'équipage le
ressentiment le plus vif. Tous vouloient punir la perfidie, tous étoient prêts à pénétrer
de force dans la ville, à délivrer nos compagnons ou à tirer une vengeance exemplaire
des Japonois, dussions-nous y sacrifier notre
vie. A la tête d'hommes animés de pareils sentimens, il n'étoit pas difficile de porter des
coups terribles à l'ennemi : mais la corvette
seroit restée sans défense; on auroit pu aisément y mettre le feu. Heureuse ou malheureuse, notre tentative n'auroit pas été connue
en Russie, et toutes les observations que nous
avions recueillies dans ce voyage sur les îles
Kouriles auroient été perdues. Nous mouillâmes donc assez loin de la ville pour que les

boulets du fort ne pussent plus nous atteindre, et nous résolûmes d'écrire à notre capitaine. Dans cette lettre, nous lui exprimions notre douleur de l'avoir perdu, et notre indignation de la conduite du commandant de Kounas-chir, si contraire au droit des gens. Nous lui annoncions que nous allions à l'instant partir pour Ochotsk, y raconter ce qui venoit d'arriver ; enfin nous lui disions que nous étions tous prêts à sacrifier notre vie pour sa délivrance. Tous les officiers signèrent cette lettre, qui fut mise dans le báril placé dans la rade. Dans la soirée, nous nous éloignâmes encore davantage de la côte, et toute la nuit nous nous tinmes prêts à repousser une attaque des ennemis.

Le lendemain matin nous vîmes, avec nos lunettes, que l'on emportoit de la ville, sur des chevaux, tout ce qui s'y trouvoit, probablement parce qu'on supposoit que nous essaierions d'y mettre le feu. A huit heures du matin, je pris, comme le plus ancien officier, le commandement de la corvette ; mais avec quel sentiment pénible ! Ensuite je demandai à chaque officier son opinion par écrit sur les meilleurs moyens de délivrer nos compatriotes. Ils pensèrent unanimement

qu'il falloit d'abord cesser les hostilités qui
ne pouvoient que faire empirer le sort des
prisonniers, et même leur coûter la vie,
s'ils n'avoient pas déjà péri ; ensuite aller à
Ochotsk, et attendre du gouvernement les
moyens les plus sûrs de procurer la liberté
de nos malheureux compagnons, ou de venger
leur mort.

Quand il fit jour, j'envoyai l'aide-sturmann
Sredmego, dans un canot, examiner si la
lettre placée la veille dans le baril en avoit
été ôtée. Avant d'arriver au but de sa course,
il entendit battre le tambour dans la ville; et,
de crainte d'être attaqué par des canots japonois, il rebroussa chemin. Nous aperçûmes
en effet un baïdar qui partit de terre, et qui,
à une petite distance, plaça sur l'eau un nouveau baril avec une banderole noire. Aussitôt
nous levâmes l'ancre pour nous rapprocher
de la ville, et envoyer un canot regarder si
le baril ne contenoit pas une lettre ou quelque
autre chose qui nous donnât des lumières
sur le sort de nos camarades. Bientôt nous
découvrîmes que le baril étoit attaché à une
corde, dont une extrémité alloit à terre, d'où
on la tiroit insensiblement, afin d'attirer
ainsi notre canot tout près du rivage, et de

s'en emparer. Nous mouillâmes de nouveau, tourmentés encore par la plus cruelle incertitude. L'esprit de vengeance naturel aux Asiatiques, a-t-il déjà, nous disions-nous, porté les Japonois à égorger nos compagnons? ou bien le gouvernement japonois, si vanté par sa sagesse, a-t-il dédaigné d'assouvir son ressentiment sur sept prisonniers? Que nous restoit-il à faire, sinon de montrer aux Japonois que nous ne doutions pas que nos infortunés compagnons ne fussent encore en vie, et que nous ne pensions pas que la nation japonoise pût, dans ce cas, agir différemment de ce que feroit un peuple civilisé. En conséquence je chargeai le midshipman Filatoff d'aller à un village situé sur un promontoire et abandonné par ses habitans; je fis faire des paquets contenant le linge, les rasoirs et des livres appartenans aux officiers, ainsi que les hardes des matelots; l'on mit sur chaque paquet une étiquette avec le nom du maître des effets; je dis à M. Filatoff de déposer ces paquets dans le village.

Le 14 juillet, nous partîmes, le cœur navré, de la baie que les officiers de la *Diane* nommèrent avec raison la baie de la Trahison, et nous fîmes route directement pour Ochotsk.

Durant toute la traversée, nous fûmes presque
constamment enveloppés de brumes épaisses,
seule incommodité que nous éprouvâmes,
car les vents continuèrent à être favorables
et modérés. Mais quelle violente tempête s'é-
levoit dans mon ame, tant que j'aperçus Kounaschir, en vue de laquelle les vents contraires nous retinrent quelques jours. Quelquefois un léger rayon d'espérance me forti-
fioit; je me flattois de n'être pas séparé pour
toujours de mes amis. Depuis le matin jusqu'au
soir, je tenois la lunette dirigée vers l'île fa-
tale, espérant que j'apercevrois sur un canot
quelqu'un d'entre eux qui auroit réussi à se
sauver. Mais quand nous entrâmes dans l'o-
céan oriental, où les brumes nous permettoient à peine de voir à quelques brasses
autour de nous, je fus en proie aux pensées
les plus affreuses, qui ne me laissèrent de
repos ni le jour ni la nuit. J'habitois la même
chambre que j'avois partagée pendant cinq ans
avec mon ami Golovnin, et dans laquelle
beaucoup de choses se trouvoient encore,
comme il les y avoit laissées. Tout m'y rappeloit vivement sa présence. Souvent les
officiers qui m'apportoient leurs rapports,
entraînés par l'habitude, m'appeloient Golov-

nin; et, chaque fois que cette erreur leur
échappoit, les larmes nous venoient aux
yeux. Combien de fois ne nous étions-nous
pas entretenus de la possibilité de rétablir la
bonne intelligence avec les Japonois, qui
n'avoit été troublée que par la conduite in-
sensée d'un homme téméraire! Combien nous
nous réjouissions, à l'idée de pouvoir être
par-là utiles à notre patrie! Hélas! à présent,
Golovnin avec deux officiers distingués et
quatre matelots nous étoient ravis par une
nation fameuse en Europe, par les cruelles
persécutions qu'elle exerce contre les chrétiens; leur sort étoit couvert d'un voile que
nous ne pouvions pénétrer.

Après seize jours d'une navigation heureuse, nous arrivâmes devant Ochotsk. L'é-
glise neuve fut le premier objet qui s'offrit à
nos regards. Depuis long-temps nous n'avions
pas eu la consolation d'en apercevoir une.
L'aspect d'un temple chrétien donne une
nouvelle vie à tous les navigateurs, et à plus
forte raison à ceux qui luttent contre l'infortune; il éveille chez eux l'idée d'un acccueil
amical de la part des habitans du pays où ils
vont aborder. La langue de terre, ou, pour
mieux dire, le banc de sable sur lequel

Ochotsk est bâtie, ne se voit, quand on vient
de la mer, que lorsque l'on a déjà découvert
toute la ville.

Pour ne pas perdre de temps, j'ordonnai
de tirer un coup de canon en hissant le pavillon ; et nous mîmes en travers en attendant
un pilote. Il ne tarda pas à en arriver un
que nous envoyoit M. Schakoff, lieutenant
de vaisseau et commandant du port ; il l'avoit
chargé de nous indiquer un bon mouillage.
Dès que je fus à terre, j'adressai à M. Minitsky,
capitaine de vaisseau et commandant de la
marine, un rapport concernant le malheur
arrivé à M. Golovnin, avec qui les liens de
l'amitié l'unissaient aussi, depuis que nous
avions servi ensemble sur la flotte angloise.
M. Minitsky prit une part très-vive à ce que
je lui racontai ; et, grâces à ses sages conseils
et à son activité dans tout ce qui dépendoit
de lui, je ressentis quelque consolation ; ce
qui me fut d'autant plus precieux, que l'autorité suprême auroit pu, sur mon simple
rapport, conclure aisément que je n'avois
pas essayé tous les moyens possibles de délivrer M. Golovnin.

Mon séjour à Ochotsk pendant l'hiver étant
absolument inutile pour le bien du service,

je partis en septembre pour Irkoutsk, avec
le consentement de M. Minitsky, bien décidé
à pousser jusqu'à Saint-Pétersbourg, afin
d'instruire le ministre de la marine de tout ce
qui s'étoit passé, et de prendre ses ordres
pour entreprendre une nouvelle expédition
au Japon, qui auroit pour but la délivrance
de nos compatriotes.

Durant la campagne qui nous avoit coûté
un si pénible sacrifice, nous nous étions toujours consolés par la pensée d'avoir rempli les
intentions du gouvernement, et recueilli des
observations nouvelles sur des parages éloignés; enfin, par l'espérance de nous reposer
dans le sein de nos familles : mais le sort cruel
de nos compagnons anéantissoit cet espoir.

Il falloit nécessairement que, dans l'hiver,
j'allasse à Saint-Pétersbourg, et que je revinsse
de cette capitale à Ochotsk. Je ne pouvois
donc pas attendre, pour partir, qu'il fût possible de voyager en traîneau. Je montai à
cheval; j'arrivai à Iakoutsk vers la fin de
septembre, et je mis en tout cinquante-six
jours à me rendre à Irkoutsk; la distance
d'Ochotsk à cette ville est de 3000 verstes
(800 lieues). Je dois avouer que ce voyage
par terre m'a plus fatigué que toutes mes

campagnes par mer. Pour un marin accoutumé à supporter le mouvement du roulis
d'un bâtiment, la secousse verticale qu'il
éprouve étant à cheval lui fait un mal extrême. J'ai quelquefois hasardé, pour gagner
du temps, de parcourir en vingt-quatre heures
deux grandes stations, chacune de quarante-
cinq verstes ; mais j'arrivois moulu, et j'avois
à peine la force de manger. Au reste, la route
d'automne d'Iakoutsk à Irkoutsk, que l'on
ne peut faire qu'à cheval, est très-dangereuse,
car elle consiste principalement en sentiers
sur des pentes escarpées, qui forment les
rives de la Léna. En plusieurs endroits, les
torrens qui se précipitent dans le fleuve,
sont couverts d'une glace glissante à laquelle
les habitans des cantons voisins donnent le
nom de *nakip* (1) ; et, comme en général les chevaux d'Iakoutsk ne sont pas ferrés, ils trébu-
chent souvent sur cette glace. Un jour que
je ne faisois pas attention à un nakip de ce
genre très-périlleux et que je cheminois assez
vîte, je tombai ; et, comme je ne pus débarrasser mon pied de l'étrier, je roulai avec

(1) Ce mot signifie proprement l'enveloppe pierreuse
des corps incrustés, ou ce qui se forme en stalactites.

mon cheval jusqu'au bas de la montagne. Je payai mon imprudence d'une entorse au pied, et néanmoins je remerciai Dieu de ne pas m'être rompu le cou. Je conseille à tous ceux qui doivent parcourir cette route gelée de ne pas trop se plonger dans leurs réflexions, car les chevaux de ce pays ont la mauvaise habitude de vouloir toujours gravir les pentes; et si, dans un endroit escarpé, ils rencontrent un nakip, malheur alors à l'homme livré à ses rêveries! sa tête court bien des risques dans la chute.

A Irkoutsk, je fus très-bien reçu par M. Teskin, gouverneur civil, chez qui je me présentai, à cause de l'absence du gouverneur général de la Sibérie. Le commandant d'O-chotsk avoit déjà fait passer mon rapport à M. Teskin, qui l'avoit, depuis long-temps, expédié à l'autorité supérieure, en y joignant la prière d'ordonner une autre expédition pour le Japon, afin de délivrer les Russes qui languissoient en captivité dans ce pays. Cette circonstance inattendue me causa le plaisir le plus vif, car ce n'étoit que pour obtenir cet objet que j'entreprenois le pénible voyage d'Ochotsk à Saint-Pétersbourg; je pris donc le parti, avec l'agrément du gouverneur, d'at-

tendre à Irkoutsk la décision de la capitale.
M. Teskin prit aussi la plus grande part au
malheur de M. Golovnin, et s'occupa avec
moi à tracer le plan de l'expédition, que nous
dépêchâmes sans délai à M. Pestel, gouverneur
général, pour qu'il l'examinât. Mais, dans
l'état critique où se trouvoient les affaires
politiques, le monarque ne put donner son
approbation, et je reçus l'ordre de retourner
à Ochotsk, de compléter les reconnoissances
qui n'étoient pas encore terminées, et d'aller
à Kounaschir prendre des renseignemens sur
le sort de nos compagnons.

Pendant l'hiver, le japonois Léonsaïmo
que le lecteur connoît déjà par la relation de
M. Golovnin, fut amené à Irkoutsk par l'ordre
exprès du gouverneur civil, et y fut très-bien
reçu. On prit toutes les peines possibles pour
le convaincre des intentions amicales de notre
gouvernement envers le Japon; comme il entendoit assez bien le russe, il parut persuadé
de ce qu'on lui disoit. Il nous assura que tous
les Russes qui se trouvoient au Japon étoient
encore en vie et que leur affaire se termine-
roit tranquillement. Je retournai à Ochotsk
avec ce Japonois; nous ne voyageâmes pourtant pas à cheval. J'allai très-commodément

en traîneau sur la surface gelée de la Léna
jusqu'à Iakoutsk, d'où nous partîmes dans
les derniers jours de mars. A cette époque, le
printemps se fait déjà sentir dans les pays fa-
vorisés de la nature; mais, dans les régions où
nous nous trouvions alors, l'hiver régnoit
encore avec tant de rigueur, que les morceaux
de glace, dont les pauvres se servent au lieu
de carreaux de vitre, n'avoient pas encore été
changés contre le talc, comme cela arrive à
l'époque des dégels. La route jusqu'à Ochotsk,
entièrement couverte de neige, étoit impraticable pour les chevaux. Nous n'avions, mon
Japonois ni moi, la patience d'attendre qu'elle
fût fondue; nous enfourchâmes donc des
rennes appartenantes à de braves Tongouses
qui furent nos guides. Je dois rendre cette justice au plus beau et au plus utile des animaux
destinés au service de l'homme des zones gla-
ciales, c'est qu'il offre une monture bien plus
commode que le cheval; en effet, son pas est
toujours égal, il ne secoue pas du tout, et il est
si doux que si l'on vient à tomber, il reste
comme cloué à la même place. C'est ce que
nous éprouvâmes fréquemment le premier
jour, accident qui fut occasionné, parce que les
selles dont on fait usage sont petites, incom-

modes et sujettes à tourner; elles n'ont pas
d'étrier; on les place entre les épaules, car le
dos de l'animal est trop foible pour supporter
un poids un peu lourd.

A mon arrivée à Ochotsk, je trouvai la
Diane déjà pourvue des choses les plus indispensables; mais il étoit impossible de se
procurer les objets nécessaires à son équipe-
ment, à cause des incommodités nombreuses
que le fleuve Ochota offre à plusieurs égards.
Malgré ces obstacles, je parvins, grâces à l'activité de M. Minitsky, à mettre la corvette
en aussi bon état qu'on eût pu le faire dans le
meilleur port de Russie. Je dois en témoigner
hautement ma reconnoissance à cet officier,
car il a par là beaucoup contribué au succès
de mon voyage. Il me donna aussi un détachement de soldats de marine d'Ochotsk,
composé d'un sous-officier et de dix hommes,
ce qui renforça mon équipage; et, afin de diminuer les dangers de la navigation que nous
allions entreprendre, il mit sous mes ordres
un brig, nommé le *Sotik*, qui fut commandé
par le lieutenant de vaisseau Filatoff, un de
mes officiers; le *Paul*, autre bâtiment de
transport, qui alloit chercher des approvi-
sionnemens au Kamtschatka, fut mis sous

les ordres du lieutenant de vaisseau Iakout-schkin, qui appartenoit aussi à mon état-major.

Le 18 juillet 1812, étant prêt à appareiller, j'embarquai sur la *Diane* six Japonois qui avoient fait naufrage sur les côtes du Kamts-chatka, et que je voulois ramener dans leur patrie. Leur accident étoit arrivé la même année que nos compagnons avoient été pris en trahison par les Japonois; comme si la providence eût voulu que sur l'équipage entier il ne se fût sauvé qu'un nombre d'homme égal à celui de nos compatriotes retenus en captivité. En jugeant des choses à la manière européenne, rien ne nous sembloit plus facile que de faire un échange d'homme pour homme; mais la suite montrera combien, sur ce point comme sur beaucoup d'autres, les lois japo-noises diffèrent des nôtres.

Le 22 juillet, à trois heures après midi, nous partîmes en compagnie du *Sotik*. Mon projet étoit d'aller à Kounaschir par la route la plus courte en passant, soit par le canal du Pic, soit par le détroit de Vries. Il ne nous arriva rien de remarquable durant cette tra-versée, sinon que nous courûmes un grand danger. Le 27 juillet, vers midi, l'atmosphère,

chargée de nuages, s'éclaircit tellement, que
uous pûmes très-bien déterminer notre position; nous étions à trente-sept milles au nord
de l'île St.-Jean ou Jonas, qui fut découverte
par Billings, en 1789, lorsqu'il alloit d'Ochotsk
au Kamtschatka, sur la corvette *Slava Rossia*
(la gloire de la Russie.) La position géogra-
phique de cette île a été fixée avec beaucoup
d'exactitude par M. Krusenstern, d'après des
observations astronomiques (1). Tous les lieux
dont cet habile navigateur a déterminé la situation, peuvent servir presque aussi bien
que l'observatoire de Greenwich à rectifier
les chronomètres. Nous n'avions donc aucun
doute sur notre vraie position relativement à
cette île, d'autant plus que ce même jour nous
avions pris hauteur avec assez d'exactitude.
Nous résolûmes, en conséquence, de diriger
notre route de manière à passer à dix milles
de l'île, et je fis signal au *Sotik* de se tenir à
un demi-mille de nous. Je me proposois, si
le temps le permettoit, de reconnoître l'île
St.-Jonas; car elle est très-rarement vue par

_____

(1) 56° 25' 30" de latitude nord, et 216° 44' 15" de
longitute occidentale de Greenwich.

E.

les navires de la compagnie d'Amérique, ou par les bâtimens de transport qui font la navigation entre Ochotsk et le Kamtschatka, parce qu'elle ne se trouve pas sur la route ordinaire de cette presqu'île à Ochotsk.

Le 28 juillet, à minuit, le vent fraîchit, et il s'éleva une brume épaisse; à deux heures, nous aperçûmes tout-à-coup un grand rocher à moins de cent pieds en avant de la corvette. Notre situation etoit extrêmemeñt critique. Au milieu de la mer, si près d'un écueil que nous nous attendions à chaque instant à voir notre bâtiment brisé en pièces, comment espérer qu'il y eût quelque possibilité de nous tirer de ce péril? La providence vint à noᴛre secours. Nous virâmes de bord et retardâmes la marche de la corvette; et s'il ne nous fut pas possible d'écarter entièrement le danger, nous pûmes au moins diminuer le mal qu'elle devoit éprouver en touchant sur l'écueil. L'avant ressentit une secousse légère; ensuite apercevant une passe dans le sud, nous nous y engageâmes, en filant devant le rocher que nous avions vu et d'autres que nous aperçûmes au milieu du brouillard. Sortis de ce passage étroit, nous reprîmes notre marche en suivant le courant et finîmes par nous

20 *

retrouver au milieu de roches, par une profondeur qui ne faisoit craindre aucun danger.
Alors nous forçâmes de voiles, et nous nous
éloignâmes de ces écueils. Nous fîmes connoître
au *Sotik*, par des signaux de brouillard, le
péril qui le menaçoit; il l'évita, étant sous le
vent à nous.

La brume s'étant dissipée à quatre heures,
nous vîmes pour la première fois la grandeur
du péril auquel nous avions échappé. On
distinguoit parfaitement l'île St.-Jonas, ainsi
que tous les écueils qui l'entourent. Elle a
environ un mille de tour, et ressemble moins
à une île ou à un îlot qu'à un rocher conique
escarpé, inabordable, qui s'élève du milieu
des eaux. Dans l'est, à peu de distance, se
trouvent quatre grandes roches; l'épaisseur
du brouillard nous avoit empêchés de remarquer entre lesquelles le courant nous avoit
fait passer. La seule vue de ces écueils nous
causa un effroi plus grand que celui dont
nous avions été saisis durant la nuit terrible
où nous y avions été engagés, parce qu'alors
il avoit fallu manœuvrer la corvette avec tant
de promptitude, que nous n'avions pas eu le
temps de songer à nous. Cependant, en rasant
ces écueils de si près que nous aurions pu les

atteindre d'un saut, la corvette avoit touché très-fort par trois fois. Ces chocs me glacèrent d'horreur. En même temps, le bruit des vagues qui se brisoient contre les rochers étouffoit entièrement nos voix, de sorte qu'il étoit impossible d'entendre un mot de commandement. Je crus que nous touchions à notre dernier moment, et je pensai qu'avec nous alloient aussi périr les six Japonois sur lesquels nous avions fondé l'espoir de la délivrance de nos compagnons. Quand le temps s'éclaircit, nous aperçûmes, à notre grande satisfaction, le *Sotik* à peu de distance de nous. Bientôt une brume épaisse couvrit de nouveau l'atmosphère, et ne nous permit de rien voir au-delà de quelques brasses.

Le reste de la traversée n'offrit aucun événement; et, le 12 août, à trois heures après-midi, nous eûmes connoissance de la pointe nord de l'île d'Itouroup (1); néanmoins les brumes et les vents contraires ne nous permirent de débouquer par le détroit de Vries que le 15, et les mêmes obstacles nous retinrent treize jours entre Itouroup, Tschikotan et

_____

(1) Il y a Ouroup dans la traduction allemande, ce qui est évidemment une faute.

Kounaschir. Ce ne fut que le 28 que nous pûmes entrer dans le port de cette dernière île auquel nous avions, l'année précédente, donné le nom de baie de la Trahison.

En passant à portée de canon des fortifications du fort, nous vîmes qu'on avoit établi une nouvelle batterie de quatorze canons, sur deux lignes l'une au-dessus de l'autre. Dès que nous eûmes paru à l'entrée de la baie, les Japonois se cachèrent; on ne tira pas sur nous, nous n'aperçûmes pas le moindre mouvement. Du côté de la mer, le fort étoit tendu de toiles rayées, qui ne nous laissoient découvrir que les toits des grandes casernes. Tous les canots étoient halés à terre. Cette réunion de circonstances nous fit supposer que les Japonois étoient revenus à de meilleures idées; nous mouillâmes donc à deux milles du fort. J'ai dit plus haut que le japonois Léonsaïmo que nous avions à bord entendoit un peu le russe. Six ans auparavant, Chvostoff l'avoit enlevé de l'île d'Itouroup. Nous écrivîmes, avec son aide, une lettre en japonois au commandant de l'île. C'étoit un extrait d'un mémoire rédigé par le gouverneur civil d'Irkoutsk. Ma missive exposoit les raisons qui

avoient fait expédier la *Diane* aux îles du
Japon ; et, après avoir raconté la trahison
dont M. Golovnin avoit été la victime, je
continuois ainsi : « Malgré cette action hos-
« tile et tout-à-fait inattendue, nous sommes
« obligés de nous conformer exactement aux
« ordres de notre souverain; nous ramenons
« donc tous les Japonois qui ont fait nau-
« frage sur les côtes du Kamtschatka ; ce qui
« prouve que nous n'avons pas la moindre
« intention d'agir en ennemis, et nous espé-
« rons avec confiance que l'on nous rendra
« les prisonniers, puisqu'ils sont innocens
« et n'ont fait de mal à personne. Si, contre
« toute espérance, il n'en étoit pas ainsi,
« soit parce qu'il faut peut-être attendre la
« décision du gouvernement japonois, soit
« par d'autres raisons, nous reviendrons
« l'année prochaine, et nous ferons la même
« demande. »

Léonsaïmo, sur qui nous avions fondé tout
notre espoir, nous dévoila son caractère
fourbe, en traduisant cet écrit. Quelques
jours avant notre arrivée à Kounaschir, je
l'avois prié de s'occuper de cette traduction ;
mais il prétextoit toujours que la lettre étoit
trop longue, et qu'il ne savoit pas traduire.

« Moi, me dit-il dans son mauvais langage,
« traduire ce que vous me dites, et écrire
« des lettres courtes ; chez nous, lettre ne
« peut être longue ; nous, pas aimer les com-
« plimens ; nous, ne nous occuper que de
« l'affaire ; chez nous, les Chinois écrire
« comme ça ; tout-à-fait perdu l'esprit. »
Après cette morale japonoise, je fus obligé
de le laisser faire à sa volonté. Le jour que
nous arrivâmes à Kounaschir, je le fis venir
dans la chambre, et je lui demandai la lettre.
Il me remit une demi-feuille de papier écrite
tout à l'entour. Comme, dans cette langue à
peu près hiéroglyphique, un seul caractère
exprime quelquefois une phrase entière,
cette feuille devoit contenir une relation détaillée de tout ce que ce Japonois avoit jugé
important de communiquer à son gouverne-
nement ; il pouvoit y avoir par conséquent
beaucoup de choses à notre désavantage ; je
dis donc à Léonsaïmo que la lettre me sembloit beaucoup trop longue pour ce que j'a-
vois dessein de mander, et qu'il y avoit sans
doute beaucoup ajouté du sien. Je l'engageai
à m'expliquer cela en russe aussi bien qu'il
le pourroit. Il n'eut pas du tout l'air offensé
de cette demande, et me répondit que cette

feuille contenoit trois lettres : une courte,
relative à notre affaire ; une autre, renfermant
la relation du naufrage des Japonois ; une
troisième, le récit des malheurs qu'il avoit
éprouvés en Russie. Je répliquai qu'il étoit
urgent d'envoyer notre lettre à terre ; que,
quant aux deux autres, leur expédition pouvoit être remise à une autre occasion ; qu'au
reste, s'il désiroit qu'elles partissent en même
temps que la nôtre, il n'avoit qu'à m'en
donner une copie. Aussitôt, sans élever la
moindre objection, il copia la lettre courte,
mais refusa pour les autres, disant qu'elles
étoient trop difficiles. — « Comment donc
« sont-elles si difficiles, lui dis-je, puisque
« tu les as écrites toi-même ? » — « Je les
« anéantirai plutôt, reprit-il de mauvaise
« humeur. » — En même temps il prend un
canif, coupe la partie du papier sur laquelle
ces deux écrits se trouvoient, la met dans sa
bouche, commence à la mâcher en me lançant
des regards étincelans de malice et de ressentiment ; en quelques secondes il l'eût avalée
en ma présence. Le contenu de ce papier resta
pour nous un secret. C'étoit pourtant à un si
méchant homme que nous étions obligés de
nous fier. Maintenant il m'importoit de sa-

voir s'il avoit réellement rendu compte de
notre affaire dans le morceau de papier qui
restoit. Durant le voyage, je m'étois fréquemment entretenu avec lui sur différens objets
concernant le Japon, et j'avois écrit plusieurs
mots russes traduits en japonois. Je lui avois
fait prononcer beaucoup de noms de famille
russes, et, entre autres, celui de mon malheureux ami Vassili – Mikaïlowitch Golovnin ,
toujours présent à ma mémoire. Je priai
donc Léonsaïmo de me montrer l'endroit de
la lettre où ce nom se trouvoit. Il acquiesça
à ma demande ; je comparai le passage avec
les caractères écrits précédemment, et j'acquis
la conviction qu'il y étoit effectivement question de Golovnin. Je chargeai ensuite un de
nos Japonois de remettre en personne la
lettre au commandant de l'île ; nous débar-
quâmes cet homme vis-à-vis de notre mouillage. Il fut entouré à l'instant par des Kouriles velus, qui, probablement cachés dans
l'herbe extrêmement touffue, avoient observé
tous nos mouvemens. Il les suivit au fort ; et,
à peine s'étoit-il approché de la porte, que les
batteries commencèrent à tirer à boulets sur la
baie ; c'étoit la première fois qu'elles faisoient
feu depuis notre arrivée. Je demandai à

Léonsaïmo. pourquoi elles tiroient, puisque
l'on voyoit bien qu'un seul homme venant directement de la corvette marchoit
hardiment vers la ville. — « C'est ainsi au
« Japon, répondit-il, telle est la loi. Ne pas
« faire mourir les hommes, mais tirer. » —
Cette conduite inattendue de la part des Japonois, anéantit en moi l'espérance consolante
de pouvoir entrer en négociation avec eux.
Quand nous nous étions d'abord approchés
de leur fort, ils n'avoient pas tiré; actuellement c'étoit de cette manière qu'ils accueil-
loient notre parlementaire, cela n'annonçoit
malheureusement rien de favorable. Sur la
corvette il ne se fit pas le moindre mouvement; le canot qui avoit porté le Japonois à
terre, étoit déjà revenu le long du bord. A
la porte de la ville, le Japonois fut entouré
d'une foule nombreuse; nous le perdîmes
bientôt de vue. Trois jours entiers, nous
attendîmes vainement son retour.

Durant tout ce temps, nous ne fûmes occupés, depuis le matin jusqu'au soir, qu'à regarder le rivage avec nos lunettes d'approche;
les plus petites choses, depuis le lieu où nous
avions déposé le Japonois jusqu'à la ville,
n'échappoient pas à nos observations. Déçus

par notre imagination, il nous sembloit quelquefois voir du mouvement; aussitôt on s'é-
crioit avec ravissement: voilà notre Japonois
qui revient. Assez souvent cette erreur duroit
long-temps, surtout au lever du soleil, et par
les temps de brume quand la réfraction des
rayons grossissoit considérablement les objets; alors nous prenions fréquemment un
corbeau avec ses ailes étendues, pour un Japonois enveloppé de ses larges vêtemens assez
semblables à une robe de chambre. Léonsaïmo
lui-même ne quitta pas la lunette pendant
plusieurs heures de suite, et parut très-affecté
de ce que personne ne paroissoit. Le fort étoit
pour nous comme un tombeau fermé.

A l'approche de la nuit, nous mettions
toujours la corvette en état d'être prête à combattre. Le silence profond qui accompagnoit
l'obscurité n'étoit interrompu que par la ré-
pétition des signaux de nos sentinelles, qui,
retentissant dans toute la baie, apprenoient à
nos ennemis que nous ne dormions pas.
Comme nous avions besoin d'eau, j'ordonnai
d'envoyer à terre un canot avec des hommes
armés pour remplir les barriques; on trans-
porta aussi sur l'île un second Japonois chargé,
de même que le premier, d'annoncer au

commandant les motifs de l'arrivée des bâtimens russes sur cette côte. Je souhaitois que
Léonsaïmo joignît à ce message une lettre
très-courte; mais il le refusa, en disant : « on
« n'a pas fait de réponse à la première lettre,
« je crains d'enfreindre nos lois en écrivant
« encore une fois. » Il me conseilla, au contraire, d'écrire en russe une note que le Japonois qui alloit se rendre à terre pourroit
remettre. Je me rendis à cet avis. Quelques
heures après, ce Japonois revint; il me raconta qu'il avoit été présenté au gouverneur
et lui avoit voulu délivrer mon papier, mais
que cet officier ne l'avoit pas voulu recevoir;
alors le Japonois lui dit que les Russes avoient
mis du monde à terre pour remplir leurs
barriques d'eau : « Eh bien, reprit le gouver-
« neur, qu'ils prennent de l'eau; et toi re-
« tourne à l'endroit d'où tu viens. » Il ne
proféra pas une parole de plus et s'éloigna. Le
Japonois étoit bien resté quelque temps au
milieu des Kouriles velus; mais n'entendant
pas leur langue, il n'avoit pu rien apprendre.
Il me raconta que les Japonois s'étoient tenus
éloignés et n'avoient pas osé s'approcher de
lui, et qu'enfin les Kouriles l'avoient presque
conduit par force hors du fort. Ce brave

homme m'avoua qu'il avoit souhaité rester à
terre et qu'il avoit prié le commandant, les
larmes aux yeux, de lui accorder au moins
une nuit; celui-ci avoit rejeté sa demande
avec colère. Nous conclûmes de ce récit que
notre premier messager n'avoit pas été mieux
accueilli, et que, de crainte d'éprouver, de
notre part, une mauvaise réception s'il ne
nous apportoit aucune nouvelle de nos compatriotes, il s'étoit caché dans les montagnes,
ou bien s'en étoit allé dans un autre endroit
de l'île.

Je voulois faire ma provision d'eau dans
un jour; c'est pourquoi j'envoyai, à quatre
heures après midi, mesautres barriques vides
à terre. Les Japonois qui épioient tous nos
mouvemens, commencèrent à tirer à toute
volée lorsque nos canots étoient déjà le long
du rivage. Afin d'éviter tout prétexte d'hostilités, je leur fis aussitôt signal de revenir.
Quand les Japonois virent cette manœuvre,
ils cessèrent de tirer. Durant les sept jours
que nous passâmes dans la baie de la Trahison,
nous ne reconnûmes que trop clairement
qu'ils avoient pour nous la défiance la plus
décidée, et que le commandant, soit de son
propre mouvement, soit par ordre de son

gouvernement, refusoit absolument d'avoir aucune communication avec nous. Comment donc nous y prendre pour obtenir quelque lumière sur le sort de nos compagnons? Nous nous rappelâmes que l'année dernière nous avions porté dans un village abandonné les effets de ces infortunés, et nous voulûmes savoir s'ils en avoient été enlevés. J'ordonnai donc à M. Filatoff, commandant du brig, de mettre à la voile et d'aller avec des gens armés fouiller le village. Le brig ne fut pas plus tôt le long de terre, que les batteries se mirent à tirer, mais ce fut sans effet à cause du grand éloignement. A son retour, M. Filatoff me dit qu'il n'avoit rien trouvé dans la maison où les effets avoient été déposés. Cette circonstance nous sembla d'un bon augure, et l'idée que nos compagnons vivoient encore nous fit un bien grand plaisir.

Le lendemain, je renvoyai le Japonois à terre pour exposer au commandant les motifs qui avoient fait débarquer le brig. J'ajoutai à ce message une courte lettre en japonois que j'eus beaucoup de peine à engager Léonsaïmo à écrire. Je priois le commandant de vouloir bien venir conférer avec moi; mon dessein étoit aussi d'expliquer les raisons du

débarquement du brig; l'inflexible Léonsaïmo
ne voulut pas y consentir. Le Japonois revint le lendemain matin : « Le commandant,
« me dit-il, a reçu la lettre, mais n'a pas
« voulu répondre par écrit; il s'est borné à
« me dire : c'est bon; que le capitaine russe
« vienne conférer dans la ville. » C'étoit re-
fuser implicitement; car il eût été bien im-
prudent, de ma part, de consentir à cette
proposition. Quant aux motifs de notre débarquement, le commandant avoit répondu :
« Quels effets? ils ont été rapportés dans le
« temps. » Cette réponse ambiguë détruisit
l'espérance que nous avions conçue, que nos
compagnons vivoient encore. Au reste, mon
Japonois n'avoit pas encore osé passer la nuit
dans la ville; il étoit resté au milieu de l'herbe,
vis-à-vis de la corvette.

Il me parut inutile de parlementer davantage par l'entreprise de Japonois qui n'entendoient pas le russe. Nous ne recevions pas
de réponse par écrit à nos différentes lettres;
il ne nous restoit donc d'autre parti à prendre
que de quitter l'île avec l'affreuse incertitude
du sort de nos compagnons. Léonsaïmo, il
est vrai, comprenoit le russe, mais je ne
voulois l'envoyer au commandant que dans

un cas de nécessité absolue, craignant que si
on le retenoit dans l'île, ou que s'il prenoit le
parti de ne pas revenir, nous ne fussions
privés de notre unique interprète. J'eus donc
auparavant recours à un autre moyen. Je
pensai que, sans offenser l'équité ni manquer
à nos intentions pacifiques envers les Japonois, nous pouvions surprendre à l'impro-
viste un des navires japonois qui vont et
viennent dans la baie, et, sans employer les
armes, saisir un homme d'une certaine considération qui pourroit nous donner des
nouvelles sûres de nos compatriotes; alors
nous serions à même de sortir de notre position actuelle qui nous étoit à charge par notre
inactivité forcée, et peut-être éviterions-nous
une visite future à Kounaschir; car tout ce
qui s'étoit passé ne nous donnoit pas lieu
d'espérer qu'elle eût un meilleur succès que
notre expédition actuelle. Par malheur, il ne
parut pas un seul navire dans la baie pendant
trois jours; nous crûmes que l'automne avoit
déjà fait cesser la navigation. Toute notre
espérance reposoit donc sur Léonsaïmo. Afin
de connoître ses intentions avant de l'envoyer
à terre, je lui dis d'écrire à sa famille, parce
que le lendemain nous remettrions en mer.

Il changea de visage à l'instant, et, avec une
contrainte marquée, me remercia de l'avis et
me dit: « C'est bon, j'écrirai seulement que
« l'on ne m'attende plus chez moi; puis il
continua ainsi avec la plus grande émotion:
« Moi vouloir me tuer, ne plus aller à la
« mer, dois mourir chez les Russes. » Un
homme, dans cette disposition d'esprit, ne
pouvoit plus nous être d'aucune utilité. Il
nous sembloit très-naturel qu'après avoir
passé en Russie six années qui avoient dû
être pour lui six années de souffrances, il
éprouvât des sensations si violentes; mais en
même temps je devois craindre que, dans un
accès de désespoir, il n'attentât à ses jours. Je
me décidai donc à le mettre à terre, pour
qu'il allât communiquer encore une fois nos
désirs au commandant, et l'engager à avoir une
conférence avec moi. Quand je lui fis part de
ma résolution, il jura qu'il reviendroit sans
faute, quelle que fût la nouvelle qu'il eût à m'apporter, pourvu qu'on ne le retînt pas de force.
Comme il étoit possible que ce cas eût lieu,
j'eus recours à la précaution suivante : J'envoyai avec Léonsaïmo un autre Japonois qui
avoit déjà été à terre, et je remis à Léonsaïmo
trois billets. Sur l'un étoient écrits ces mots:

le capitaine Golovnin et les autres sont à Kounaschir; sur le second, ils ont été conduits à Matsmaï, à Nangasaki ou à Iédo; sur le troisième, ils sont morts. Dans le cas où l'on ne permettroit pas à Léonsaïmo de revenir, il devoit remettre un de ces billets au Japonois, sauf à y ajouter ou en effacer quelque chose, suivant ce qu'il auroit appris.

Le 4 septembre, nous mîmes les deux Japonois à terre. Dès le lendemain, nous les vîmes sortir tous deux de la ville, ce qui nous combla de joie. Nous envoyâmes aussitôt le canot à leur rencontre, en nous livrant aux plus douces espérances. Comme nous suivions des yeux les deux Japonois, nous vîmes le compagnon de Léonsaïmo le quitter et se cacher dans les broussailles. Ce dernier arriva seul; je lui demandai ce que son camarade étoit devenu, il me répondit qu'il n'en savoit rien. Nous l'entourions, impatiens d'entendre ce qu'il alloit nous raconter; il me pria de descendre dans la chambre: là, en présence de M. Roudakoff, il m'apprit qu'il avoit eu bien de la peine à arriver jusqu'au commandant. Celui-ci, sans lui laisser le temps de parler, lui demanda pourquoi le capitaine n'étoit pas venu à terre: « Je n'en sais rien, »

21 *

avoit répondu Léonsaïmo, « mais l'on m'a
« envoyé ici pour m'informer de vous du sort
« de Golovnin et des autres prisonniers. »
Flottant entre la crainte et l'espérance, nous
attendions la réponse du commandant ; mais
Léonsaïmo se mit à me demander si je le mal-
traiterois dans le cas où il me diroit la vérité.
Quand je l'eus parfaitement rassuré sur ce
point, il prononça ces paroles terribles : « Ils
« sont tous morts. » Cette nouvelle nous plongea tous dans la douleur la plus profonde, et
nous ne pouvions plus regarder tranquillement le rivage sur lequel le sang de nos amis
avoit coulé. Mes supérieurs ne m'avoient pas
prescrit ce que je devois faire dans un cas semblable ; je pensai donc que j'étois autorisé à
employer toutes nos forces pour tirer vengeance des assassins, bien convaincu de l'intention de notre gouvernement de ne pas
laisser le crime des Japonois impuni. Mais,
pour en venir à cette extrémité, j'avois besoin
d'un témoignage plus authentique que la
simple parole de Léonsaïmo. Je lui dis en
conséquence d'aller encore une fois à terre,
et de demander au commandant une attestation par écrit de ce qu'il venoit de me
dire. Je lui promis en même temps, ainsi

qu'aux autres Japonois, de les mettre en liberté, dans le cas où nous déciderions à agir hostilement. Cependant je donnai ordre aux deux bâtimens de se tenir prêts à attaquer le fort japonois.

Léonsaïmo voulut retourner à terre ce jour même; il partit et ne revint pas. Le lendemain, il ne se montra pas davantage; il nous sembla qu'il seroit peu sûr de l'attendre plus long-temps. Cependant son absence nous faisoit encore douter de l'affreuse nouvelle; c'est pourquoi je me déterminai à ne pas sortir de la baie jusqu'à ce que j'eusse pu m'emparer d'un Japonois ou d'un navire, par qui je pusse apprendre la verité.

Dans la matinée du 6 septembre, nous aperçûmes un baïdar japonois; je dépêchai aussitôt à sa poursuite le lieutenant Roudakoff avec deux canots, et je mis sous ses ordres deux autres officiers, MM. Sredmégo et Savelieff, qui s'étoient offerts volontairement pour cette expédition. Notre détachement eut bientôt atteint le baïdar, et l'enleva tout près du rivage. Les hommes qui le montoient s'enfuirent. M. Savelieff ne ramena que deux Japonois et un Kourile velu qu'il avoit découverts dans les broussailles; nous ne

pûmes rien apprendre de ces pauvres gens.
Quand je leur adressai la parole, ils tombèrent à genoux, et à toutes mes questions
ils ne répondirent que par ce monosyllabe
qu'ils prononçoient en sifflant : « *Què! què!* »
— Nous employâmes vainement les bonnes
façons pour leur faire dire autre chose. Bon
dieu! me disois-je! à quel moyen extraordinaire faudra-t-il donc recourir pour obtenir
une explication de ce peuple singulier.

Le lendemain matin, nous découvrîmes
un gros navire japonois venant de la mer, et
faisant route pour la baie. Je chargeai encore
M. Roudakoff d'aller à sa rencontre, lui re-
commandant expressément de ne pas faire
usage des armes, de ne s'emparer de ce bâtiment qu'en inspirant de la frayeur à ceux
qui le montoient, et de m'amener celui qui
le conduisoit. Quelque temps après, nous
aperçûmes que nos gens s'étoient rendus maîtres de ce navire sans beaucoup de résistance,
et qu'ils le conduisoient à la remorque vers
la corvette. Bientôt M. Filatoff vint me faire
le rapport suivant : « Nos canots, en s'approchant du bâtiment japonois, aperçurent à
bord beaucoup de gens armés; comme au
signal qu'on lui fit il n'amenoit pas ses voiles,

nous fûmes obligés de tirer quelques coups
en l'air. Aussitôt les Japonois amenèrent les
voiles ; se trouvant près du rivage, quelques-
uns se jettèrent à l'eau pour se sauver à la
nage. Ceux qui tombèrent le plus près de
nos canots furent recueillis, les autres ga-
gnèrent la terre ou se noyèrent. Il y avoit
en tout soixante hommes à bord du navire.»

Un instant après on fit monter le propriétaire de ce bâtiment à bord de la corvette. La richesse et la couleur jaune de son
vêtement, le sabre qu'il portoit, d'autres
marques encore, prouvoient que c'étoit un
personnage de conséquence. Je le pris aussitôt
par la main, et je le menai dans la chambre.
Il me salua à la manière de son pays, avec
beaucoup de soumission. Je l'engageai à ne
rien craindre ; il s'assit tranquillement sur
une chaise. Je lui fis des questions, en me
servant des expressions que Léonsaïmo m'a-
voit enseignées. Il m'apprit qu'il s'appeloit
Tacataï-Caki, et que sa qualité étoit celle de
sindofnamotsch, ou capitaine et propriétaire
de plusieurs navires ; ajoutant qu'il en avoit
dix. Il venoit d'Itouroup avec son bâtiment,
et alloit à Chakodade, port de l'île de Matsmaï.
Sa cargaison consistoit en poissons secs. Les

vents contraires l'avoient forcé d'entrer dans
la baie de Kounaschir. Afin de le mettre au
fait de tout ce qui nous concernoit, je lui
donnai à lire la lettre écrite par Léonsaïmo
au gouverneur de l'île. Quand il eut fini la
lecture, il s'écria : « Le capitaine Moor et
« cinq autres Russes se trouvent actuelle-
« ment dans la ville de Matsmaï. » Il me raconta ensuite dans quel mois ils avoient été
conduits de l'île de Kounaschir dans celle où
ils étoient maintenant; par quelles villes on
les avoit fait passer, et combien de temps ils
étoient restés dans chaque endroit; enfin, il
dépeignit très-bien la taille et tout l'extérieur
de M. Moor. Bref, une seule circonstance
dans son récit nous empêcha de nous livrer
entièrement à la joie; il ne disoit pas un mot
de M. Golovnin, notre capitaine. Nous trouvions très-naturel que, dans sa position, il
s'efforçât de nous persuader que nos compatriotes vivoient encore, et nous pensions
néanmoins qu'il disoit la vérité; car, comment
eût-il pu, dans une minute, inventer tant
d'événemens singuliers? D'un autre côté, le
rapport de Léonsaïmo restoit pour nous une
énigme inexplicable. Qu'est-ce qui avoit pu
le déterminer à nous faire un mensonge si

horrible? Peut-être n'avoit-il parlé ainsi que pour se venger des violences commises par Chvostoff sur les côtes du Japon, ou bien craignoit-il qu'en nous apprenant que nos compatriotes vivoient encore, nous ne le retinssions sur la corvette; mais il pouvoit, dans ce cas, nous dépêcher un des trois billets, et rester à terre. Peut-être aussi le commandant de l'île, mu par la méchanceté, lui avoit-il réellement fait la réponse qu'il nous avoit rendue, afin de se débarrasser de nous; et Léonsaïmo, cédant à ses craintes, étoit resté à terre.

Quoiqu'il ne résultât de tous ces raisonnemens rien de sûr, il étoit cependant vraisemblable que nos compagnons vivoient encore; j'abandonnai donc bien volontiers toute idée de vengeance; mais il étoit plus difficile de calmer la fermentation occasionnée dans mon équipage par la fâcheuse nouvelle. Quelques-uns de mes gens dirent à l'officier de garde, qu'ils reconnoissoient le propriétaire du bâtiment japonois, pour le même officier qui étoit à l'île d'Itouroup, lorsque nous avions eu la première entrevue avec les Japonois l'été précédent. MM. Moor et Novisky s'y étoient trouvés; ce dernier assura aussi qu'il y avoit une ressemblance extrême entre notre prisonnier et l'officier d'Itouroup, et se souvint parfaitement que celui-ci avoit écrit le nom de M. Moor. « Par conséquent, dirent « les gens de mon équipage, qui s'étoit rassemblé sur le pont par mon ordre, il n'est « pas surprenant que ce Japonois connoisse « M. Moor, et qu'il ne sache rien de notre « bon capitaine. Certainement tous nos compatriotes sont morts ; ainsi nous sommes « prêts à répandre notre sang, aussitôt que « vous nous ordonnerez de les venger. » — Quoique ces sentimens me fissent le plus grand plaisir, je représentai à ces braves gens que, suivant toutes les apparences, nos compatriotes vivoient encore ; que nous n'en devions pas encore perdre l'espérance, et que, si malheureusement elle n'étoit pas fondée, notre gouvernement nous fourniroit, sans nul doute, l'occasion de déployer notre zèle. De ce moment j'abandonnai toute idée de démonstrations hostiles, et je résolus d'emmener au Kamtschatka le japonois Tacataï-Caki, que la providence sembloit m'avoir envoyé ; espérant que, pendant l'hiver, je pourrois m'instruire tant du sort de nos compagnons, que des intentions du gouver-

nement japonois. Il me parut que Caki n'appartenoit pas à la classe des Japonois que
nous avions eus précédemment à bord ; qu'il
étoit d'un rang plus élevé, et que par conséquent il devoit bien connoître tout ce qui se
passoit dans sa patrie. Nous apprîmes par la
suite que c'étoit un négociant riche et très-
considéré ; comme capitaine de son bâtiment,
il jouissoit de quelques prérogatives égales à
celle des personnes attachées au service de
l'état ; ainsi nous le traitions de natschalnik
(chef, commandant).

Lorsque nous lui annonçâmes qu'il devoit
se tenir prêt à nous suivre en Russie, en lui
exposant les motifs qui m'obligeoient à agir
de la sorte, il me comprit parfaitement ; mais
lorsque je dis que M. Golovnin, M. Moor et
nos autres compatriotes avoient été égorgés,
ainsi que le commandant de l'île l'avoit lui-
même déclaré, il m'interrompit plusieurs fois
en s'écriant : « Ce n'est pas vrai, le capitaine
« Moor et cinq autres Russes sont vivans à
« Matsmaï, s'y portent bien, sont bien soi-
« gnés, et ont la liberté de se promener dans
« la ville, accompagnés seulement de deux
« officiers. » — En entendant que nous l'em-
menerions avec nous, il répondit avec une

tranquillité admirable : « c'est bon, je suis
« prêt. » Il me pria seulement de ne pas
être séparé de moi quand nous serions en
Russie, ce que je lui promis ; ajoutant que,
l'année suivante, je le ramenerois dans sa patrie. Alors il se résigna complétement à son
sort.

Les quatre Japonois que nous avions ramenés de Russie n'entendoient pas un mot
de notre langue ; ils ne pouvoient par conséquent nous être d'aucune utilité ; en outre ils
étoient rongés du scorbut, et seroient sans
doute morts au Kamtschatka s'ils y avoient
passé un hiver de plus. Je pensai donc qu'il
étoit juste de les mettre en liberté, ainsi que
leurs camarades qui avoient déjà été envoyés
à terre ; je leur fournis tout ce dont ils avoient
besoin, et je les fis déposer sur l'île. Tout me
fait espérer que, par un sentiment de gratitude, ils auront propagé parmi leurs compatriotes une bonne opinion des Russes. Je me
décidai, en les renvoyant, à les remplacer par
quatre hommes du bâtiment dont nous venions de nous rendre maîtres, qui seroient
employés au service de leur patron, et je
laissai à celui-ci le soin de les choisir. Mais il
me pria instamment de ne pas prendre de

matelots sur mon bord, parce qu'ils étoient stupides, avoient une frayeur extraordinaire des Russes, et pourroient mourir de chagrin. Les supplications de Tacataï-Caki ébranlèrent un peu l'opinion où j'étois que mes compatriotes vécussent encore; je lui déclarai donc très-positivement que je prendrois avec moi quatre de ses gens. Alors il me demanda la permission d'aller avec moi sur son bâtiment. Quand nous y fûmes, il rassembla tout son monde dans la chambre, s'assit les jambes croisées sur un long coussin étendu sur une natte simple et très-propre, et m'invita à m'asseoir près de lui. Tous les matelots s'agenouillèrent devant nous. Tacataï-Caki leur adressa un long discours pour leur annoncer que quelques-uns d'entre eux devoient l'accompagner en Russie.

Alors commença une scène extrêmement touchante. Plusieurs matelots s'approchèrent de leur chef, la tête baissée, et lui dirent quelques mots avec beaucoup de feu; la plupart avoient les larmes aux yeux. Lui-même dont l'ame avoit jusqu'alors conservé sa force et sa tranquillité, se mit à pleurer. J'hésitai un instant à effectuer ma résolution; la nécessité seule m'y fit persister, afin d'apprendre

par la suite, de chacun de ceux que j'aurois
avec moi, si nos compatriotes étoient vérita-
blement encore en vie et s'ils demeuroient à
Matsmaï. Je n'eus, au reste, à ma grande satisfaction, nullement à me repentir d'avoir réa-
lisé mon dessein; car le natschalnik, ainsi
que je l'appellerai par la suite, accoutumé par
son état à une certaine manière de vivre, et à
la mollesse du luxe asiatique, auroit été fort
mal à son aise et privé de beaucoup de choses
s'il n'avoit pas eu ses Japonois autour de lui;
il y en avoit deux qui, à tour de rôle, ne le
quittoient jamais. Je l'invitai ensuite, comme
il savoit les motifs qui me déterminoient à
l'emmener en Russie et la nouvelle que, peu
de jours avant son arrivée, Léonsaïmo m'avoit
annoncée au nom du commandant de l'île, à
envoyer à ce dernier un rapport détaillé de
toute l'affaire. Tacataï-Caki écrivit aussitôt
une longue lettre dans laquelle il raconta
toutes les circonstances qui nous intéressoient, et y ajouta le nom du bâtiment,
l'époque de notre campagne à Kounaschir,
le lieu où étoit Léonsaïmo et autres particularités que je lui appris.

Ce Japonois et les matelots se conduisirent
à bord de notre corvette, comme s'ils se

fussent trouvés à bord d'un bâtiment qui
leur appartînt; de notre côté, nous ne négligeâmes rien pour les convaincre que nous
regardions les Japonois, non comme nos ennemis, mais comme une nation amie avec
laquelle le simple hasard avoit interrompu
la bonne intelligence qui devoit régner mutuellement. Le même jour, je fis inviter à
venir à bord de la corvette une jeune Japonoise, la compagne inséparable de Tacataï-
Caki dans ses voyages de Chakodade, lieu
de sa demeure ordinaire, à Itouroup. Elle
avoit la plus grande curiosité de voir notre
bâtiment et les étrangers qui, suivant ses
expressions, s'étoient montrés des ennemis
si polis, par leur conduite amicale envers
ses compatriotes. Une dame japonoise n'étoit
pas non plus pour nous un objet moins
curieux. Nous nous aperçûmes, quand elle
mit le pied à bord de la corvette, qu'elle
avoit l'air craintif et embarrassé. Je priai
aussitôt Tacataï-Caki de la conduire dans
la chambre, et je la pris par l'autre main;
elle voulut, à la porte, suivant la coutume
de son pays, ôter ses sandales de paille;
comme il n'y avoit dans la chambre ni tapis
ni nattes, je lui fis entendre par signes

qu'elle pouvoit, dans cette occasion, se dispenser de cette politesse recherchée. Entrée dans la chambre, elle porta ses deux mains à la tête, la paume en dehors, et nous salua profondément. Je la menai à une chaise, et Caki lui dit de s'y asseoir. Par bonheur pour cette étrangère, il se trouvoit sur la *Diane* une jeune femme assez jolie, épouse de notre plus jeune chirurgien. Dès que la Japonoise l'aperçut, elle en parut bien contente; elle reprit sa gaieté, et fit à l'instant connoissance avec elle. La Russe chercha à amuser l'étrangère avec les objets qui, dans l'univers entier, attirent les regards des femmes; elle lui montra ses ajustemens et ses parures. Nous vîmes clairement que la dame japonoise pouvoit passer pour une personne à la mode; elle considéra avec une extrême curiosité les belles choses qu'on étaloit devant elle, en essaya quelques-unes, et témoigna son admiration par un doux sourire. Mais la blancheur du teint de la Russe fut évidemment ce qui lui fit le plus de plaisir. Elle passa ses mains sur le visage de cette jeune femme, comme si elle eût soupçonné qu'il fût couvert de fard, et ensuite se mit à rire en répétant souvent cette exclamation : *djooï, djooï* (bon, bon).

M'apercevant que la dame japonoise se plaisoit à sa nouvelle parure, je lui présentai un
miroir pour qu'elle pût voir comment elle lui
alloit : la Russe étoit derrière elle, comme à
dessein, pour montrer la différence de leurs
teints. La première repoussa le miroir avec
une ingénuité charmante, en s'écriant : *varii,
varii* (vilain, vilain). Elle étoit d'ailleurs
très-jolie, son visage brun et alongé avoit
des traits réguliers ; sa bouche petite étoit
ornée de dents éclatantes du vernis qui les
noircissoit ; ses sourcils déliés, noirs, et
comme tracés au pinceau, se dessinoient en
arcs au-dessus de deux yeux de la même couleur, brillans et presque à fleur de tête.
Ses cheveux noirs formoient comme un tur-
ban autour de sa tête, et n'avoient d'autre or-
nement que quelques petits peignes d'écaille.
Elle étoit de taille moyenne, mince et bien
prise. Son habillement consistoit en six robes
de soie fine, amples, ouatées, et semblables
à nos robes de chambre. Chacune étoit serrée
par un cordon particulier au-dessous de
la ceinture ; toutes étoient de couleurs différentes, et celle de dessus noire. Sa voix étoit
douce et un peu traînante. Tout cela joint
à une physionomie expressive produisoit

une impression agréable. Je ne pense pas
qu'elle eût plus de dix-huit ans. Nous la régalâmes de notre meilleur thé et de pain
d'épice. Elle mangea et but avec plaisir.
Quand elle partit, nous lui fîmes quelques
présens dont elle parut bien contente. Je dis
à la jeune Russe de l'embrasser; dès que la
Japonoise s'aperçut du désir de celle-ci, elle
la prévint et l'embrassa en souriant. Elle retourna à terre avec le baïdar qui porta la
lettre de Caki.

J'étois intimément persuadé qu'enfin le
commandant de l'île alloit faire une réponse
par écrit, sinon à moi, du moins à Tacataï-
Caki, et j'espérois déjà que peut - être il
m'enverroit comme interprète Léonsaïmo,
qu'il avoit retenu jusque-là, Caki ayant expressément fait mention de lui. J'étois loin
de compte : le lendemain, au lieu de m'envoyer une réponse, on tira du fort quatre
coups de canon à boulets sur nos canots qui
alloient faire de l'eau. Nous fûmes donc obligés de nous en tenir à l'idée que le commandant avoit reçu la défense positive d'avoir
aucune communication avec nous. Je mé-
prisai ses coups de canon qui n'avoient
produit qu'un vain bruit, et je me proposai

quand nous serions au Kamtschatka, d'interroger à fond mon prisonnier sur tout ce que
je désirois savoir, afin de ne pas nuire à l'affaire principale par une démarche précipitée.

Le temps continuoit à être beau; j'ordonnai de lever l'ancre. Tacataï-Caki me pria
de permettre auparavant à ses matelots de
venir visiter ma corvette; ils furent admis
par détachemens; à l'aspect de tant de choses
nouvelles, ils montrèrent la plus grande curiosité de connoître l'usage de chacune. Notre
grément surtout les surprit beaucoup; ils ne
revenoient pas de la hardiesse de grimper
jusqu'aux hunes, et encore moins de la témérité d'aller plus haut. Je les fis aussi conduire
dans la chambre où ils donnèrent les mêmes
marques de respect que si j'y avois été présent. On leur versa de l'eau-de-vie de Russie
dans des gobelets d'argent, ce qui les rendit
plus hardis et plus bruyans. Ils commencèrent alors à s'entendre avec nos matelots,
et trouvèrent fort à leur goût les vêtemens
de drap, les boutons polis, et les cravates
de couleur, qu'ils échangèrent contre des
bagatelles de leur pays. Tacataï-Caki ayant
aperçu sur le gaillard d'avant quelques barriques vides, me proposa de les faire remplir

sur son bâtiment ; j'y consentis : aussitôt ses matelots emportèrent toutes nos pièces vides, et les rapportèrent pleines d'eau fraîche. C'étoit un coup d'œil satisfaisant de voir tous ces hommes que nous regardions peu de temps auparavant comme nos ennemis, être maintenant de si bon accord avec nous. Quand ces bons Japonois nous eurent dit adieu, ils retournèrent en chantant à leur navire.

Le soir nous mîmes en mer ; à l'instant toutes les batteries tirèrent sur nous à boulet. Les Japonois croyoient vraisemblablement que nous voulions nous approcher de leur fort, et que nous tramions quelque mauvais dessein contre eux. Le grand éloignement qui nous séparoit d'eux, ne put que nous faire rire de pitié de les voir tirer inutilement. Notre hôte même se mit à rire, en disant : « Kounaschir mauvais endroit pour les Russes, Nangasaki meilleur. » Le vent contraire nous força à rester mouillés le lendemain dans la baie, à cinq milles au moins du fort. Durant tout ce temps nous regardâmes assidûment avec les lunettes d'approche si le baïdar que nous avions expédié à terre ne reviendroit pas. « Non, non, nous dit Caki, le baïdar ne sera relâché que lors-

que la corvette russe se sera entièrement
éloignée de l'île. Le 11 septembre, nous partîmes en louvoyant et fîmes route pour le
Kamtschatka. Nous essuyâmes, dans cette
traversée, des coups de vent fréquens et
violens qui, à cette époque, sont très-dange-
reux dans ces parages, ainsi que dans tous
ceux qui se trouvent sous la même latitude.
Nous fûmes pendant douze heures exposés à
un péril imminent ; la main de la providence
put seule nous en tirer. Le même jour, vers
midi, le vent se mit à souffler avec force;
bientôt ce fut une tempête épouvantable.
Nous avions alors sous le vent les îles basses
situées entre Matsmaï et Tschikotan. La corvette parut bien supporter la grande voile;
nous avancions avec rapidité : cependant le
courant nous entraînoit visiblement vers ces
îlots. Nous n'espérions pas pouvoir mouiller
à cause de la violence des lames; nous aban-
donnant donc au vent du large, nous passâmes
entre Kounaschir et Tschikotan; mais nous
courûmes grand risque de faire côte. Chaque
minute, la sonde nous annonçoit que nous
nous approchions davantage des îles redou-
tables. A quatre heures, la profondeur diminua de dix-huit brasses à treize; nous por-

tâmes de côté vers une île. Dans cette position désespérée, nous résolûmes d'avoir recours à un moyen extrême pour échapper à notre perte : nous jetâmes l'ancre, elle ne tint pas fond ; la profondeur de l'eau diminua jusqu'à deux brasses, fond de sable et de cailloux. Nous jetâmes une seconde ancre ; cependant la corvette étoit entièrement sur le côté, par la violence du vent, et l'ancre traînoit sur le fond. A l'instant nous amenâmes les mâts de hune et les vergues. Par le plus grand bonheur, l'ancre tint bon, et le bâtiment se releva. Ce fut ainsi que la main puissante de Dieu nous sauva pour la seconde fois de notre perte, qui sembloit inévitable.

Tacataï-Caki partageoit ma chambre, ce qui me fournit la meilleure occasion de lui faire bien comprendre mes idées. Long-temps j'essayai sans succès d'apprendre quelque chose sur le capitaine Golovnin. Chaque fois il écoutoit avec la plus grande attention ce que je lui disois de son grade et de son nom de famille, et répétoit toujours : « Je ne sais rien de lui. » N'ignorant pas combien les noms de famille russes semblent étranges à une oreille japonnoise, je m'efforçois de prononcer le nom de Golovnin de toutes les

manières possibles; enfin, à ma joie inexprimable, je l'entendis avec ravissement répéter : « Covorin ! j'ai entendu parler de lui,
« il est aussi à Matsmaï. Les Japonois le re-
« gardent comme un *damnio* russe (c'est-à-dire
« un officier du premier rang.)» Alors Caki
se mit à me raconter tout ce qu'il avoit appris
des gens qui avoient vu le capitaine : il est
grand, il a bonne tournure, il n'est pas si vif
que Moor, il n'aime pas à fumer du tabac,
quoiqu'on lui en ait donné de la meilleure
qualité. Moor, au contraire, aime passablement la pipe, et entend assez bien notre
langue. Ces particularités détaillées et précises
dissipèrent les doutes qui affligeoient encore
notre esprit, et nous remerciâmes la Providence de nous avoir envoyé dans ce Japonois
un messager consolateur.

J'étois doublement satisfait de n'avoir pas
ajouté foi aux discours de Léonsaïmo et de
n'avoir pas commis d'hostilités. J'appris de
mon prisonnier qu'il alloit tous les ans à
Itouroup, pour y porter diverses marchandises de Niphon et en rapporter du poisson
sec; ainsi je fus très-surpris de ce qu'il ne
connoissoit pas Léonsaïmo. Supposant que
je ne prononçois pas bien le nom de ce Ja-

ponois, je le lui montrai sur mon livre de notes, où ce dernier l'avoit écrit avec le nom de Matsmaï, son lieu de naissance. Caki, après l'avoir lu, me dit qu'il n'y avoit pas eu de commerçant de ce nom à Itouroup, et qu'il en étoit bien sûr; car il connoissoit tous ceux qui étoient dans cette île, ou bien y avoient été, et il se mit à me les nommer. Alors je lui répétai les noms que Léonsaïmo s'étoit donnés et qui étoient: Nagatschéma, Tomogero, Corodsi. A ce dernier, Caki s'écria d'un air surpris et en riant: «Corodsiaï, ah! je le connois. Il s'est fait passer en Russie pour un « Oyagoda».—« Oui, repartis-je, et pour un « homme riche. » « Il n'a jamais eu en sa pos- « session même un méchant baïdar », re- prit Caki., « il étoit banine (inspecteur des « pêcheries); on l'employoit au travail des bu- « reaux, parce qu'il écrivoit bien. Il n'est pas « de Matsmaï, il est natif de la principauté de « Nambou, et a épousé la fille d'un Kourile « velu.» — Caki prononça ces derniers mots d'un air de mépris, et fit de la main un mou- vement vers son cou pour indiquer que si l'on savoit au Japon quel rang Léonsaïmo s'étoit donné mal à propos, il lui en coûteroit la tête.

Cette découverte inattendue me fit croire que les Japonois que j'avois expédiés au commandant de l'île de Kounaschir, avoient pu agir avec perfidie par un effet des suggestions artificieuses que le désir de la vengeance lui avoit dictées. Au reste, il étoit évident que j'avois à tort attribué à la peur la disparition du Japonois qui avoit porté ma lettre, et l'éloignement de Léonsaïmo qui l'accompagnoit au fort. D'après ce que me dit Caki, les lois japonoises défendent aux sujets de l'empire qui sont restés plus d'un an dans les pays étrangers de retourner, sous aucun prétexte, dans le sein de leur famille en revenant dans leur patrie. Ils sont envoyés à Iédo pour que leur conduite y soit examinée, et ils y passent ordinairement le reste de leur vie sans espérance de revoir jamais leurs proches. Les Japonois en question n'étoient restés qu'un an au Kamtschatka, et cette seule raison expliquoit pourquoi ils n'avoient pas reparu. Après avoir quitté les côtes orageuses du Japon, nous nous trouvâmes, par le travers des Kouriles, en face du canal de la Boussole, ainsi nommé par le célèbre La Pérouse. Le temps étoit assez clair pour nous permettre de faire quelques

observations astronomiques. Nous passâmes
exprès par ce large détroit pour entrer dans
la mer d'Ochotsk, et nous reconnûmes la
partie occidentale de quelques îles situées
dans le nord. Ensuite nous repassâmes dans
l'océan oriental par un nouveau détroit entre
Roïkokè et Matoua : comme il n'étoit encore
nommé sur aucune carte, nous lui donnâmes
le nom de Golovnin, en l'honneur de notre
malheureux capitaine, qui avoit contribué si
glorieusement au but de notre campagne dans
ces mers.

Le 22 septembre, nous aperçûmes les
cimes des volcans brûlans du Kamtschatka,
qui étoient déjà couvertes de neige. La ver-
dure tapissoit encore les vallées, et la température étoit assez chaude. Caki avoua que,
dans ses voyages à Itouroup et à Ouroup
dans cette saison, il avoit aperçu bien plus
de neige sur les côtes, et avoit trouvé le froid
plus sensible. Nous nous approchions de la
baie d'Avatscha avec bon vent, et en nous
flattant de l'espérance d'entrer le lendemain
dans le port de Saint-Pierre et Saint-Paul;
tout-à-coup le vent changea, et nous repoussa au large. En nous approchant pour la
troisième fois de la baie avec beaucoup de

peine, nous fûmes sur le point de faire naufrage par une nuit extrêmement obscure.
Enfin, le 3 octobre, nous mouillâmes dans le
port, où se trouvoient trois bâtimens : un, qui
apportoit des provisions d'Ochotsk; les deux
autres, portant le pavillon des Etats-Unis
d'Amérique, appartenoient à M. Dobell, ci-
toyen de cette république. Ils avoient pris
leur chargement en partie à Canton, en partie
à Manille. Dobell, qui commandoit lui-même
un de ces navires, avoit formé le plan d'éta-
blir, entre ces pays et la Chine, ainsi que
d'autres contrées voisines, et abondantes en
productions diverses, un commerce qui eût
été bien avantageux aux premiers, où l'on
désiroit depuis long-temps qu'il pût avoir
lieu.

Mon premier soin fut de débarquer notre
bon japonois. Il avoit l'air triste et abattu, ce
que j'attribuois aux fatigues du voyage; mais
son chagrin avoit un tout autre motif. Des
officiers et plusieurs de nos amis vinrent à
bord pour nous féliciter sur notre retour;
alors Caki commença à s'inquiéter sur son
sort. Il crut, en se rappelant les lois de sa
patrie, qu'on lui feroit subir au Kamtschatka
une détention aussi rigoureuse que celle à

laquelle nos compatriotes étoient soumis au Japon ; aussi l'on peut juger de sa surprise, quand il vit que je lui fis partager non seulement la maison, mais aussi la chambre que j'habitois.

Après avoir célébré à bord, le 12 octobre, une fête d'actions de grâces d'avoir échappé trois fois à des périls imminens, nous allâmes tous à terre, et ainsi se termina notre première campagne aux côtes du Japon. Elle eut pour résultat l'assurance que nos compatriotes vivoient encore; et cette persuasion qui nous remplit tous de joie, fut la plus belle récompense des maux que nous avions endurés.

CHAPITRE II.

Bonnes qualités de Caki, le prisonnier japonois emmené par M. Ricord.—Il fait entrevoir des moyens de rapprochement. — M. Ricord les communique au commandant d'Ochotsk. — Caki conçoit du chagrin. M. Ricord lui promet de le ramener au printemps à Kounaschir.—Départ d'Avatcha.—Arrivée à la baie de la Tahison. — Envoi de deux matelots japonois à terre.— Singulière conversation de M. Ricord avec Caki.—Héroïsme japonois.—Caki débarque.—Il rapporte de bonnes nouvelles.—Il fait de fréquentes visites à bord de la corvette.—Il apporte une lettre de M. Golovnin. — Joie de l'équipage. — Arrivée d'un bâtiment impérial japonois.—Un matelot russe prisonnier vient à bord de la corvette.—Communication du gouvernement japonois à M. Ricord.—Le matelot russe remet une lettre de M. Golovnin. — Caki et le matelot retournent à terre.—M. Ricord part pour aller chercher, à Ochotsk, les pièces que les Japonois exigent.

TACATAï-CAKI qui, depuis vingt ans, visitoit tous les ports du Japon, faisoit un commerce étendu, et avoit recueilli de nom-

breuses observations sur la navigation, ne
pouvoit pas être un homme inconnu à son
gouvernement. Ses manières distinguées
prouvoient qu'il appartenoit à la classe des
gens bien élevés. Comme j'étois la cause du
sort contraire qu'il éprouvoit, j'éprouvois une
certaine consolation en voyant qu'il n'étoit
nullement abattu. Au contraire, il montroit
une grande tranquillité d'esprit, et nourrissoit
l'idée vraiment patriotique de pouvoir certifier, à son retour dans son pays, que le
gouvernement russe n'entretenoit aucun projet hostile contre le Japon ; et il assuroit, sur
sa tête, qu'une ambassade de notre nation à
Nangasaki procureroit certainement la liberté
de nos compatriotes. Quel contre-temps, de
ce que possédant au milieu de nous un
homme si éclairé, et qui nous étoit vraiment
attaché, je n'eusse pas auprès de moi l'interprète japonois d'Irkoutsk ; et de plus, il étoit
impossible qu'il arrivât au Kamtschatka avant
l'année suivante. Heureusement que, grâce au
désir mutuel de nous entendre, Caki apprit le
russe pendant l'hiver, et nous pûmes converser
sans difficulté, même sur des sujets abstraits.
Je lui racontai toutes les démarches inconsi-
dérées qui avoient occasionné la mauvaise

humeur des Japonois, notre ambassade à
Nangasaki dont l'issue avoit été si peu avantageuse, etc. Il me dit que, lorsque l'on avoit
appris l'arrivée des bâtimens russes à Nangasaki, tous les Japonois avoient désiré ardem-
ment de voir leur pays lier des relations de
commerce avec la Russie; et que certaines
circonstances (il les qualifia de rupture violente), qui avoient eu pour résultat le renvoi
de l'ambassadeur, avoient causé à l'universa-
lité des habitans un mécontentement extrême
contre le gouvernement. Après nous avoir
communiqué des détails sur sa patrie, et exprimé le vœu de voir le commerce ouvert
entre elle et la Russie, il répétoit souvent :
« Je reconnois le doigt de Dieu dans mon
« infortune; il m'a choisi pour son instru-
« ment. Je n'avois pas des raisons bien puis-
« santes pour entrer dans la baie de Kou-
« naschir, le hasard m'y amena; je n'étois pas
« allé dans cette île depuis cinq ans. L'acci-
« dent qui m'est arrivé vous a empêchés de
« tenter une attaque contre notre établisse-
« ment; j'ai par là sauvé la vie de quelques
« douzaines de Russes, et de deux à trois
« cents Japonois. Cette pensée me rend de
« nouvelles forces, et j'espère, malgré ma

« foible santé, pouvoir supporter la tempé-
« rature rigoureuse du Kamtschatka. » Cette
réflexion et la sensibilité que lui montroient
tous les Russes, produisirent une impression
si heureuse sur le cœur de cet homme res-
pectable, que jour et nuit il ne pensoit qu'au
moyen de présenter à ses compatriotes un
portrait fidèle de la nation qui l'avoit fait prisonnier, portrait que ne lui avoit jusqu'alors
offert aucun des Japonois qui avoient été en
Russie. Doué de plus d'esprit et de jugement,
mieux élevé et plus instruit que ceux qui,
avant lui, avoient vu la Russie, il apercevoit
clairement que le bien de sa patrie, dont il
ne parloit jamais sans attendrissement, exigeoit que les différends qui s'étoient élevés
entre les deux pays, fussent arrangés à
l'amiable, notre gouvernement n'ayant eu
aucune part à la cause de ces malentendus.
Il prévoyoit que le Japon souffriroit le plus
de la continuation de la mésintelligence. C'est
ce qui l'engageoit à nous expliquer, aussi bien
qu'il lui étoit possible, la conduite singulière
et incompréhensible des Japonois, ainsi que
leurs lois et leurs usages qui pouvoient facilement induire les étrangers à porter des ju-
gemens erronés. Il nous assura que ses com-

patriotes, en agissant hostilement envers nous,
n'avoient nullement eu l'intention de commencer une querelle complétement inutile
avec un grand empire voisin ; les dégâts commis par quelques Russes avoient seuls pro-
voqué la conduite des Japonois, parce qu'ils
se persuadoient que la Russie vouloit les
traiter en ennemis; opinion dont ils auroient
bientôt reconnu la fausseté, si, comme les
autres puissances, ils avoient eu des relations
suivies avec leurs voisins. Comme leurs lois
s'opposoient à cet état de choses, ils n'avoient
pas pu savoir si les dévastateurs insensés
avoient agi de leur chef ou par les ordres du
gouvernement. En conséquence, il avoit été
ordonné de prendre dans tout l'empire une
attitude guerrière, qui n'avoit néanmoins
pour motif que le désir d'obtenir une explication de la Russie sur les violences commises.—« Je suis sûr, continua-t-il, qu'une
« simple déclaration du gouverneur d'Ir-
« koutsk, attestant que le gouvernement
« russe n'a eu aucune part à la conduite de
« Chvostoff, suffira pour effectuer la déli-
« vrance de vos compagnons. » Ce que nous
disoit le brave Caki n'étoit pas un vain discours, imaginé seulement pour recouvrer sa

liberté ; l'expérience nous a plus tard prouvé la vérité de ce qu'il avançoit ; il a été l'instrument du rapprochement des deux puissances, de la délivrance de nos compatriotes ; et, pour l'avenir, il le sera de la fixation de quelques points qui, quoique peu importans en eux-mêmes, ne sont pas moins en opposition avec les lois de l'empire japonois.

Je mandai tous ces détails au commandant d'Ochotsk, et je le priai en même temps de me procurer une lettre officielle du gouverneur d'Irkoutsk pour le gouverneur de Matsmaï ; je comptois aller moi-même à Ochotsk prendre cet écrit, que Tacataï-Caki promit de remettre en personne au gouverneur de Matsmaï. Nous nous étions engagés à conduire d'abord Caki à Kounaschir, où il devoit nous donner une réponse décisive et des renseignemens sur le sort de nos compagnons. Tel étoit le plan de notre prochaine campagne.

Caki se trouva très-bien jusqu'au milieu de l'hiver ; alors la mort de deux de ses matelots lui causa une révolution fâcheuse : il devint morne et chagrin, commença à se plaindre de sa santé débile, et dit au chirurgien qu'il avoit le scorbut aux jambes et

qu'il en mourroit. Son mal réel étoit la nos-
talgie, ou la maladie du pays, et la crainte
que l'on ne le retînt à Ochotsk, où il devoit
m'accompagner. Il me fit part de ce soupçon.
Comme la réussite de tous nos projets dépendoit de son retour dans sa patrie, je résolus
de l'y ramener d'abord, sans attendre la réponse d'Irkoutsk. Lorsque je lui annonçai
cette détermination, il appela les deux matelots qui lui restoient, leur communiqua
cette bonne nouvelle, puis me pria de le
laisser seul un instant avec ses gens. J'allai
dans une autre chambre, m'imaginant qu'il
vouloit prier sans témoin. Bientôt je le vis
sortir, vêtu de ses habits de cérémonie, le
sabre au côté, et les matelots marchant derrière lui. Il m'adressa un discours de remercîment. J'étois surpris, attendri; je lui promis
encore une fois de remplir ma promesse.

En avril, lorsque nous commencions à
nous préparer à notre départ, je reçus une
lettre du gouverneur d'Irkoutsk, qui me
chargeoit, en ma qualité de commandant du
Kamtschatka, d'y mettre à exécution les
nouveaux arrangemens ordonnés par l'empereur, et, dans le cas où je retournerois au
Japon, de laisser M. Roudakoff pour me sup-

23 *

pléer. Je remplaçai cet officier à bord de la
corvette par M. Filatoff, qui avoit commandé
le brig *le Sotik*. Je dois dire, en passant, que,
durant la tourmente que nous essuyâmes l'automne dernier près de Kounaschir, nous
avions été séparés du brig, qui ensuite fit naufrage sur les côtes du Kamtschatka. L'équipage et une partie de la cargaison furent
sauvés par l'activité de M. Filatoff.

Le 6 mai, nous nous frayâmes un chemin
au travers de la glace, et nous conduisîmes
la *Diane* sur la rade d'Avatcha, d'où nous
sortîmes le 23. Après une traversée heureuse
de vingt jours, nous mouillâmes dans la baie
de la Trahison, à la même distance du fort
japonois que l'année précédente. D'après le
conseil de Caki, ses deux matelots eurent
ordre de se préparer à aller à terre. Le fort
étoit, comme les années précédentes, tendu
d'étoffes rayées. On ne tira pas; nous n'aperçûmes pas à terre une seule créature vivante.
Les matelots, avant leur départ, vinrent me
trouver dans la chambre, me remercier et
recevoir les commissions de leur natschal-
-nik pour Kounaschir. A cette occasion, je
demandai à Caki s'il avoit chargé ses matelots
d'apporter des nouvelles détaillées de nos

camarades, et s'il garantissoit leur retour.
« Non », répliqua-t-il. — Je fis un signe de
surprise.— « Nos lois ne te sont-elles pas con-
« nues », ajouta Caki. — « Je ne les connois
« pas toutes », lui dis-je ; « mais s'il en est
« ainsi », continuai-je, en me tournant vers
les matelots, « dites de ma part au comman-
« dant de Kounaschir que s'il vous retient de
« force, et que s'il ne me fait parvenir au-
« cune nouvelle, j'emmenerai avec moi votre
« natschalnik à Ochotsk, et que de ce port
« on expédiera, dans le courant de l'année,
« plusieurs bâtimens de guerre pour exiger
« à main armée la liberté des prisonniers.
« Je ne donne que trois jours de délai pour
« avoir une réponse. »

A ces mots, Tacataï-Caki changea de visage ;
il me dit néanmoins avec assez de tranquillité : « Commandant du bâtiment impérial,
« (c'étoit ainsi qu'il m'appeloit dans les occa-
« sions importantes), tu te mets en colère:
« Ton message au commandant de Kouna-
« schir renferme beaucoup de choses, mais
« bien peu d'après nos lois. Vainement tu
« menaces de me transporter à Ochotsk. Si mes
« matelots sont retenus à terre, deux mate-
« lots ni deux mille matelots ne pourront

« pas me remplacer. C'est pourquoi je te dis
« d'avance qu'il n'est pas en ton pouvoir de
« m'emmener à Ochotsk. Mais il sera plus
« tard question de ceci. Maintenant je te de-
« mande si tu ne veux envoyer mes mate-
« lots à terre qu'à cette condition ? »—« Oui »,
lui répondis-je, « en ma qualité de comman-
« dant d'un vaisseau de guerre, je ne puis
« pas agir autrement. » — « C'est bon », re-
« prit-il ; « alors permets-moi de donner à
« mes matelots mes dernières instructions,
« qui sont indispensables pour qu'ils sachent
« ce qu'ils auront à dire verbalement au
« commandant de Kounaschir : car, à présent,
« je ne les chargerai ni de la lettre que je
« t'avois promise ni de rien d'écrit ». — Durant cet entretien il étoit resté assis sur ses
talons, à la manière japonoise ; alors il se
leva, prit un air très-grave, et continua ainsi :
« Tu sais assez de japonois pour comprendre
« tout ce que je dirai à mes matelots, en me
« servant des expressions les plus simples.
« Je ne veux pas que tu aies le droit de soup-
« çonner que je trame quelque projet si-
« nistre. » Ses matelots se mirent à genoux,
s'approchèrent de lui la tête baissée, et
écoutèrent attentivement ses paroles. Il

commença par les instruire des formalités
qu'ils auroient à observer quand ils arriveroient auprès du commandant de Kounaschir;
ensuite il leur raconta, dans le plus grand
détail, quel jour ils avoient été conduits sur
la corvette russe, comment ils y avoient été
retenus, ainsi qu'au Kamtschatka; il ajouta
qu'ils avoient, dans ce pays, habité la même
maison que moi, et que l'on y avoit eu bien
soin d'eux; que les deux autres Japonois et
le Kourile velu étoient morts, malgré toutes
les soins du médecin. « C'est à cause de ma
« santé, ajouta-t-il, que la corvette s'est hâ-
« tée de revenir directement au Japon. »
Après être entré dans les plus petits détails
sur tous ces points, il leur fit le plus grand
éloge de ma personne, leur rappelant les
marques d'attention que je lui avois données
à bord et à terre, et l'empressement que
j'avois apporté, autant que je le pouvois, à
satisfaire tous ses désirs. Ensuite il garda un
profond silence et se mit à prier. Puis il remit
au matelot qu'il affectionnoit le plus son portrait pour qu'il le rendît à sa femme, et son
grand sabre, qu'il appeloit le sabre paternel,
pour qu'il le laissât entre les mains de son fils
unique, son héritier. Ces dispositions finies,

il me pria d'un air calme, et même gai, de
lui verser un peu d'eau-de-vie pour régaler
encore une fois ses matelots avant de se
séparer d'eux. Il but avec eux, après quoi il
les accompagna sur le pont, sans les charger
d'aucune autre commission. Nous mîmes les
hommes à terre, et ils allèrent sans obstacle
au fort.

Toute la conduite de Caki avec ses matelots avant de se séparer d'eux, et surtout ces
mots expressifs « Il ne sera pas en ton pou-
« voir de m'emmener à Ochotsk », me causoient les plus vives inquiétudes. Le retour
des matelots me paroissoit très-incertain. Je
pouvois retenir leur malheureux maître
comme ôtage, mais il n'étoit pas en ma puissance de l'empêcher de se porter à quelque
action désespérée que son discours me faisoit pressentir; le mettre à terre me paroissoit
aussi une mesure hasardée; néanmoins, tout
bien considéré, ce dernier parti me sembla
le plus avantageux pour nos compatriotes
prisonniers. Dans le cas où Caki ne reviendroit pas, je résolus d'aller directement au
fort. Je savois assez de japonois pour me
faire comprendre sans difficulté; je pensai
que si nos compagnons vivoient encore, cette

démarche n'empireroit pas leur sort, et
que s'ils étoient morts, toute l'affaire et mes
anxiétés seroient terminées. Je communiquai
mes idées à mon plus ancien officier; car il
étoit nécessaire, pour le service, que de temps
en temps je le misse au fait de différens points
dés instructions qui n'avoient pas été remplis.
Son avis me confirma dans mon opinion.
Alors je dis à Caki : « Tu peux aller à terre
« quand tu voudras, je m'en repose entière-
« ment sur ta générosité. Si tu ne reviens pas,
« il m'en coûtera la vie. » — « Je t'entends,
« répliqua-t-il, tu n'oses pas retourner à
« Ochotsk sans une attestation par écrit
« concernant le sort de tes compatriotes.
« Quant à moi, il est impossible que j'entache
« mon honneur en rien, même au prix de
« ma vie. Je te remercie de ta confiance.
« J'avois résolu précédemment de ne pas
« aller à terre le même jour que mes mate-
« lots ; d'après nos mœurs, cela ne me conve-
« noit pas. Si cela t'arrange, fais-moi mettre
« à terre demain matin. » — « Je t'y conduirai
« moi-même, répondis-je. » — « A présent,
« s'écria-t-il d'un air ravi de satisfaction,
« nous voici redevenus amis. Eh bien, je
« vais t'expliquer ce que signifioit l'envoi de

« mon portrait et du sabre paternel. Mais je
« dois auparavant t'avouer avec la même
« franchise dont, pendant trois cents jours, j'ai,
« en toutes choses, usé envers toi comme ton
« ami, que ton message au commandant de
« Kounaschir m'a sensiblement affecté. Ta
« menace que, dans le courant de l'année, des
« bâtimens de guerre viendroient à Kounas-
« chir, ne me regardoit pas ; mais quand tu
« as menacé de me ramener à Ochotsk, alors
« j'ai vu que tu me regardois comme un
« gueux de l'espèce de Corodsi : réellement
« j'avois peine à me persuader qu'un propos
« aussi offensant pour mon honneur eût pu
« sortir de ta bouche. J'étois surpris de ce
« que, durant trois cents jours, tu ne m'avois
« dit aucune parole désagréable ; tandis que,
« par un effet de mon caráctère bouillant,
« j'étois plusieurs fois entré dans des colères
« violentes ; néanmoins, dans cette occasion
« importante, la colère l'a emporté sur ta
« raison, et dans une minute tu me con-
« damnes à devenir meurtrier et suicide !
« Notre honneur national ne permet pas à
« un homme de ma qualité de rester pri-
« sonnier dans un pays étranger. Tu as voulu
« me faire prisonnier ; je suis allé volontaire-

« ment avec toi au Kamtschatka, comme
« notre gouvernement le sait, car j'ai instruit
« le commandant de Kounaschir des raisons
« qui t'ont porté à t'emparer de mon bâti-
« ment. Les matelots seuls ont été emmenés
« par toi, contre leur volonté. Tu étois le
« plus fort, je me trouvois dans tes mains,
« ma vie n'étoit pourtant pas en ton pouvoir.
« Maintenant je vais te découvrir mon des-
« sein secret. Dans le cas où tu aurois persisté
« dans ton projet, j'étois décidé à me tuer.
« Pour preuve de ce que je te dis, j'ai coupé
« les cheveux du sommet de ma tête (en
« même temps il me montra l'endroit qui
« étoit nu). J'ai mis ces cheveux dans la
« même bourse qui renfermoit mon portrait.
« Cela signifie, dans nos usages, que celui
« qui a ainsi envoyé ses cheveux, est mort
« avec honneur, c'est-à-dire s'est ouvert le
« ventre. Ses cheveux sont alors enterrés
« avec les mêmes cérémonies qui auroient
« accompagné l'inhumation de son corps. Tu
« me nommes ton ami; ainsi je ne te cache
« rien. Mon animosité alloit si loin, que je vou-
« lois te tuer, ainsi que ton plus ancien offi-
« cier, afin d'avoir la consolation de l'an-
« noncer ensuite à ton équipage. »

Voilà, suivant les idées reçues en Europe, un sentiment de l'honneur prodigieusement chatouilleux et exalté; mais les Japonois regardent comme des actions héroïques les excès auxquels il entraîne. La mémoire d'un homme qui s'est conduit de cette manière est honorée, et sa gloire rejaillit sur sa famille. Si un Japonois agit différemment, ses enfans sont expulsés du lieu de leur naissance. C'étoit cependant un homme imbu d'idées aussi terribles, qui avoit demeuré dans un même appartement avec moi, et près de qui j'avois tranquillement reposé. Dans le trouble extrême que me causa la découverte du danger auquel j'étois échappé, je demandai à Tacataï-Caki pourquoi il n'avoit pas voulu étendre sa vengeance plus loin, puisqu'il auroit été en son pouvoir de se défaire de tous les Russes qui étoient à bord, en mettant le feu à la sainte-barbe. — « Eh « quoi, reprit-il, y auroit-il en cela quelque « hardiesse? Il n'y a que les lâches qui « exercent leur vengeance dans l'ombre. « Crois-tu donc que je t'aurois égorgé pen- « dant ton sommeil? moi qui t'honore comme « un valeureux natschalnik? Non, je t'aurois « attaqué ouvertement. »

Homme singulier; je ne pus, après tous
ces aveux, que l'estimer davantage.

Pleinement réconcilié avec lui, je le con-
duisis à terre le lendemain. En nous approchant du rivage, nous aperçûmes deux Japonois sortant du fort; à notre joie extrême,
nous les reconnûmes bientôt pour les matelots de Caki. Après être débarqués, nous les
attendîmes sur les bords d'un ruisseau qui
couloit vis-à-vis le mouillage de la corvette. Ils nous dirent que le commandant de
Kounaschir les avoit bien reçus et consentoit
à ce que mon équipage vînt à terre remplir
d'eau les barriques, à condition que nous ne
passerions pas le ruisseau du côté du fort. Ils
ajoutèrent que trois magistrats d'un rang distingué alloient arriver à Kounaschir pour
traiter avec nous. Ils les nommèrent, et Tacataï reconnut les deux plus anciens pour
ses bons amis. Les matelots ne savoient rien
de plus, sinon que le commandant avoit
exprimé le souhait de s'entretenir avec leur
maître aussitôt qu'il seroit possible. Il avoit
examiné quelques bagatelles dont je leur
avois fait présent, et leur avoit défendu d'en
rien garder; de sorte qu'ils rapportoient tout
dans un paquet. Je pensai que cette conduite

dénotoit des intentions évidemment hostiles; mais Caki me tranquillisa en me disant : « Nos lois défendent d'accepter aucun pré- « sent d'un étranger. »

Ensuite un matelot me remit une caisse de papiers envoyés par le gouverneur de Mats- maï. Ravi de l'espoir d'y trouver des lettres de nos compagnons, je voulois l'ouvrir à l'instant ; Caki me retint :—« Modère ta curio- « sité, me dit-il, cette caisse doit contenir des « papiers importans expédiés par ma cour « à ton gouvernement. »—Après ce discours sensé, il me prit la caisse des mains ; con- formément à l'usage de son pays, il témoigna son profond respect en élevant par trois fois cette caisse au-dessus de sa tête, et me parla ainsi : tout nous est favorable « je dis nous ; car, « d'après mes sentimens, je suis à demi-russe. « Tu feras très-bien de me permettre de rap- « porter la caisse au commandant. Demain « sans faute je te la rendrai ; ainsi le veulent « nos usages. »

J'hésitai un instant, je ne tardai cependant pas à me remettre ; et, sans laisser paroître la moindre irrésolution, je résolus de suivre le conseil de Caki. Je déchirai mon mouchoir en deux, je lui en donnai la moitié, en lui

disant: « Je reconnoîtrai comme mon ami
« celui qui, dans un, deux ou au plus trois
« jours, me rapportera la moitié de mon
« mouchoir.»—La mort seule, répliqua-t-il
« d'une voix ferme, pourra m'empêcher de
« satisfaire à ce que tu demandes. Dès demain
« je reviendrai à bord de la corvette. Per-
« mets à mes matelots de me suivre. »—Je me
rendis à ses désirs. Nous nous séparâmes.
Je retournai à bord, et j'ordonnai que pendant la nuit on se tînt prêt à combattre.

Le lendemain, l'officier de quart vint m'annoncer qu'il avoit vu deux hommes sortir
du fort, et que l'un d'eux agitoit en l'air
quelque chose de blanc. C'étoit Caki avec
un de ses matelots : je lui dépêchai aussitôt
un canot. Il nous apporta une nouvelle bien
agréable : d'après les lettres de Matsmaï,
tous nos compatriotes se portoient bien, à
l'exception de M. Chlebnikoff qui étoit dangereusement malade, n'avoit rien pris depuis
six jours, et ne vouloit pas suivre les avis des
médecins japonois ; cependant il se trouvoit un peu mieux. Ensuite Caki vint avec
moi dans la chambre, et me délivra la lettre
officielle du gouverneur de Matsmaï au commandant de Kounaschir ; elle avoit été

envoyée dans la caisse dont il a été question précédemment, étoit écrite en japonois avec une traduction russe. J'en donnai à Caki un reçu en forme qu'il devoit rapporter à Kounaschir ; et, d'après son conseil, je déclarai que j'étois prêt à partir pour Chakodade, si l'on vouloit m'accorder la faculté d'y entamer avec deux Japonois les premières négociations. Caki prit sur lui d'exposer au commandant le contenu de cet écrit. Le soir, nous le ramenâmes à terre.

Le lendemain, il revint malgré la pluie. Il me raconta que le commandant avoit trouvé ma demande très-raisonnable, n'avoit pu néanmoins rien décider à cet égard, et avoit en conséquence envoyé ma lettre à Matsmaï, par un exprès, de même que celle que je lui avois écrite le premier jour de mon arrivée. Caki me dit qu'à Matsmaï il se trouvoit des interprètes russes, et m'assura que l'exprès seroit de retour dans vingt jours. Ces circonstances de bon augure me decidérent à attendre la réponse du gouverneur de Matsmaï, qui étoit pour nous de la plus haute importance. Pour mettre le temps à profit, j'eus envie de faire une reconnoissance exacte de la baie de la Trahison ; il falloit pour cela

que mes canots pussent la parcourir dans
tous les sens. J'en demandai la permission au
commandant de Kounaschir : il me la refusa
très-poliment, en alléguant que ses instructions
s'y opposoient; ajoutant que, sous quelque prétexte que ce pût être, nous ne devions aller
qu'au ruisseau où nous emplissions nos barriques, et aux conditions convenues. Il fallut
du moins nous contenter de ce que le refus
étoit tourné avec politesse. Cependant Caki ne
manquoit pas de venir tous les trois jours
nous donner des nouvelles. Ses matelots
nous apportoient quelquefois en son nom
des poissons que je partageois toujours également entre mon équipage. Il avoit sévèrement défendu à ses gens de rien recevoir
comme paiement, et nous prioit d'excuser
sur la mauvaise pêche la petitesse du don.
En effet, pendant tout le temps que nous
fûmes là, nous ne reçûmes que dix-sept
poissons. La première visite qu'il nous fit,
et c'etoit un vrai jour de fête pour nous
quand il venoit nous voir, eut lieu le 14
juillet. Je lui dis en confidence qu'ayant lu
plusieurs fois la lettre de Matsmaï avec beaucoup d'attention, j'étois extrêmement surpris de n'y pas trouver la moindre mention

de l'événement qui l'avoit rendu notre prisonnier, et qui étoit pourtant d'une certaine importance. D'abord il en parut de
même étonné, et laissa plusieurs fois échapper cette exclamation très-expressive en japonois : Fissingui ! Mais, après avoir mûrement
réfléchi : « Non, me dit-il, il n'y a là rien
« de surprenant. D'après nos lois, vous aviez
« le droit d'agir hostilement, puisque l'on
« vous avoit annoncé que vos compatriotes
« étoient morts. Quand même vous m'auriez
« égorgé moi et tous les hommes de mon
« équipage, mon gouvernement qui, dans les
« conjonctures présentes, penche pour un
« arrangement amical, n'eût pas dit un mot
« à ce sujet. J'ai appris, en effet, que Gorodsi
« ne vous a pas trompés; il vous a rendu
« fidèlement la réponse du commandant de
« Kounaschir. Enflammé de colère et d'impa-
« tience de venger les hostilités commises par
« Chvostoff, il brûloit du désir de se mesurer
« avec vous, et attendoit avec anxiété l'instant
« où vous attaqueriez le fort. La garnison,
« forte de plus de trois cents hommes, avoit
« juré de mourir les armes à la main. Aussi
« avoient-ils tous, suivant l'usage des guer-
« riers, enterré la boucle de cheveux qu'ils

« s'étoient coupée eux-mêmes, l'avoient
« enveloppée dans un morceau de papier sur
« lequel étoit écrit le nom du militaire
« à qui elle appartenoit, ensuite toutes
« avoient été serrées dans une caisse qui, à
« votre premier mouvement hostile, auroit
« été expediée à Matsmaï. Connoissant votre
« valeur, je pense que l'effusion de sang
« auroit été terrible. La supériorité de votre
« artillerie pouvoit vous donner la victoire,
« mais seulement pour un temps bien court.
« Bien peu d'entre vous auroient échappé à la
« mort; car les Japonois qui savent, par la con-
« duite des gens de Chvostoff, que les Russes
« sont adonnés à l'ivrognerie, étoient déter-
« minés à empoisonner toutes les boissons
« fortes. »

Tacataï-Caki ajouta que le commandant
étoit bien fâché de n'avoir rien de bon à
manger à nous envoyer. Quoique ce ne fût
pas encore la saison de la pêche, il avoit fait
partir deux baïdars pour essayer de prendre
du poisson. Caki nous promit de nous apporter lui-même les premiers produits de la
capture. Nous le conjurâmes de ne pas se
donner tant de peine. « Ce n'est pas trop
« pour des amis, reprit-il; ne leur doit-on

24 *

« pas les prémices? » Nous le mîmes à terre près du ruisseau, d'où il lui restoit encore plus de deux verstes à parcourir jusqu'au fort.

Le mauvais temps nous empêcha de le revoir le lendemain. Le 16, il revint, de si bonne heure que la sentinelle ne l'aperçut que lorsqu'il étoit déjà sur le bord du ruisseau à attendre notre canot, ce qui me contraria beaucoup. Quand il arriva, je lui en fis des excuses, et j'ajoutai que nous ne nous attendions pas à ce qu'il nous sacrifiât ainsi son sommeil. Il m'avoua franchement qu'il avoit été sensible au retard qu'il avoit éprouvé. « Du moment où je suis sorti du fort, con- « tinua-t-il, je n'ai pas cessé d'agiter le mou- « choir blanc; si le canot eût différé un « moment de plus à paroître, je m'en serois « retourné. » Pour calmer ce vieillard si bon et si susceptible, je fus obligé de répri- mander la sentinelle devant lui. « Tu es « étonné, reprit-il, de ce que je viens de si « bonne heure; eh bien, le commandant me « dissuadoit de partir sitôt, mais il faut tenir « sa parole. Hier fut pour moi un jour désa- « gréable. Il étoit trop tard pour venir vous « trouver, quand les pêcheurs arrivèrent.

« Je n'ai pas pu dormir tranquillement,
« parce que je n'avois pas rempli ma pro-
« messe. Dès qu'il a fait jour, je me suis
« levé; j'ai pris à la hâte une tasse de thé,
« et je suis allé au fort avec tout le produit
« de la pêche d'hier; comme tu le vois, il
« ne consiste qu'en quatorze poissons. Au-
« jourd'hui j'aurai le plaisir de manger avec
« toi les premiers poissons frais; je n'en ai
« pas encore goûté à terre. » Quelle bonté
d'ame ! Je ne pus pas trouver d'expression
assez forte pour le remercier convenablement : je me contentai de lui dire : « Tu es
« mon ami, et les amis s'entendent. »

Le dîner fut prêt de meilleure heure qu'à
l'ordinaire, parce que Caki parloit souvent de
son grand appétit. Il se mit à table avec nous.
Le poisson, apprêté avec du gruau commun
du Japon, fut notre seul plat. Caki mangea
prodigieusement. Depuis long-temps je n'avois
pas goûté d'un poisson qui me parût d'aussi
bon goût; c'étoit un mets assaisonné par
l'amitié. A la fin du repas, nous bûmes à la
santé de Caki, et, le soir, nous le ramenâmes
à terre.

Le 18, il revint; et, en causant familièrement avec nous, il nous dit qu'il s'ennuyoit

à terre; qu'il avoit été mal nourri et mal logé chez le commissaire des marchands qui avoient affermé l'île; que, s'étant querellé avec cet homme, il avoit demandé au commandant des Kouriles trente de ses gens et du bois, afin de se construire une maisonnette en planches, et finit par nous assurer d'un air de triomphe, qu'il y vivoit tranquille avec ses deux matelots. Il parloit avec mépris du commissaire et de la compagnie des marchands, et termina son discours par ce proverbe japonois : « Beaucoup d'orgueil et pas d'argent ! »

Le 20, l'on m'annonça que Taïscho arrivoit; c'est ainsi que mes matelots appeloient Tacataï - Caki : taïscho, en japonois, signifie commandant. Caki m'avoit toujours donné ce nom; par politesse, je le lui rendois, et depuis il lui étoit resté. Supposant cette fois que sa visite répétée avant le délai accoutumé avoit l'ennui pour motif, je ne lui en témoignai pas de surprise, et je le menai tout de suite dans la chambre. Il s'assit auprès de moi, d'un air assez indifférent, tira un papier de son sein, et me dit : « Cette « lettre ouverte arrive à l'instant de Mats- « maï ; il paroît que l'adresse est en russe. »

M. Filatoff, qui étoit avec nous, jeta les
yeux sur le papier, et s'écria avec transport :
« C'est l'écriture de Vassili Mikaïlowitsch. »
Saisi de joie, je pris, sans rien dire, la lettre
des mains de Tacataï-Caki; je reconnus la
main de M. Golovnin; et, jugeant d'après la
grandeur du papier, je supposai que j'y trou-
verais une relation détaillée de ce qui lui
étoit arrivé depuis deux ans qu'il étoit en
captivité; mais, en ouvrant la lettre, je n'y
trouvai que ces lignes :

« Nous tous officiers, matelots, et Alexis
« le Kourile, nous sommes en vie et demeu-
« rons à Matsmaï. Ce 10 mai 1813.

« Vassili Golovnin.

« Feodor Moor. »

Cette lettre faisoit entièrement disparoître
les doutes que nous pouvions encore avoir
sur le sort de notre capitaine et de ses compagnons d'infortune. J'allai aussitôt sur le
pont, et j'en donnai lecture à tout l'équipage
rassemblé. Plusieurs personnes qui connoissoient l'écriture du capitaine lurent la lettre
et remercièrent Caki par des acclamations de
joie. J'ordonnai une distribution d'eau-de-vie;

l'on bût de grand cœur à la santé de nos amis
que nous avions crus morts, et pour qui, l'année précédente, nous avions tous été près de
sacrifier notre vie dans ce même lieu.

Caki me fit part ensuite d'une nouvelle
bien agréable qui lui étoit aussi parvenue.
Il avoit reçu de son fils de Chakodade une
lettre, que le commandant de Kounaschir lui
avoit remise d'une manière un peu singulière. D'après les lois du Japon, quiconque
revient des pays étrangers ne peut avoir
aucune espèce d'entretien ni de relation avec
personne. Le commandant fit donc appeler
Caki, comme s'il eût voulu simplement le
charger de nous remettre la lettre de M. Golovnin; il ne dit pas un mot de celle du fils
de Caki; mais, en se promenant dans la chambre, il eut l'air de tirer par hasard ce papier
de sa poche, et le laissa tomber comme inutile, puis tourna le dos pour laisser le temps
à Caki de voir ce que c'étoit. Caki, homme
intelligent, comprit à l'instant cette pantomime, et ne causa pas le moindre embarras
au commandant; car il ramassa la lettre dans
un clin d'œil, et la mit dans sa poche. Son
fils lui annonçoit que son commerce avoit
merveilleusement prospéré; que des navires

nouvellement construits avoient accru le
nombre de ceux qu'il possédoit déjà. Sa
mère, ainsi que la jeune épouse de Caki, sur
l'existence de laquelle celui-ci avoit conçu
des craintes étant au Kamtschatka, jouissoient
toutes deux d'une bonne santé ; mais la
dernière, accablée du malheur qu'il avoit
éprouvé, avoit fait le vœu de parcourir tout
le Japon en pélerinage, et de visiter les sanc-
tuaires les plus fameux. Elle étoit occupée à
cette pieuse tournée. Un ami intime de Caki,
homme très - riche, n'avoit pas plus tôt été
instruit de son accident, qu'il avoit partagé
son bien aux pauvres, et s'étoit retiré dans
des montagnes écartées où il vivoit en ermite.
Quels exemples chez une nation que les européens regardent comme artificieuse, mé-
chante, vindicative, et comme étrangère aux
doux sentimens de l'amitié ! On conviendra
pourtant que là aussi il se trouve des hommes
qui font honneur à l'humanité, et qu'il y
existe une vertu nationale que nous ne de-
vrions pas rougir d'imiter. « Que tu es riche,
« dis-je à Caki, d'avoir un tel ami ! » « Oui,
« reprit-il, je suis bien riche, car j'en ai
« deux. » — « Deux amis ! me dis-je tout

« bas; c'est beaucoup. » Cette idée sembloit
surtout lui faire plaisir.

Son fils lui annonçoit de plus, que ses
amis avoient, pendant plusieurs jours de suite,
fait célébrer dans les temples des fêtes d'action
de grâces pour son heureux retour; ajoutant
qu'il étoit l'objet des conversations de tout le
Japon, et que l'on pensoit généralement que,
puisque Dieu lui avoit conservé la vie en Russie, c'étoit vraisemblablement pour qu'il re-
vînt, et que son retour produisît des change-
mens heureux pour l'empire. Son fils avoit eu
tant de confiance dans cette idée, qu'il avoit
à l'avance expédié sa lettre à Kounaschir, afin
que Caki, en y arrivant, fût instruit de toutes
les nouvelles consolantes qu'elle contenoit.

Ce jour fut un des plus heureux de ma
vie. Tacataï-Caki, en nous quittant, me témoigna le désir que l'équipage criât *hourrah;*
ce qui eut lieu avec la plus vive allégresse.

Le 26, il nous annonça que le courrier
étoit de retour de Matsmaï, et que le premier adjoint ou conseiller du gouverneur,
chargé de répondre à notre lettre, viendroit
à Kounaschir sur un bâtiment impérial, et
amèneroit avec lui le kourile Alexis et un

des prisonniers russes. Caki pensoit que ce
dernier seroit un matelot et non pas un officier, tandis que nous nous étions imaginé le
contraire. En calculant l'époque de son départ de Matsmaï, le bâtiment pouvoit arriver
ce jour même ou le lendemain. Effectivement,
quelques heures après, nous l'aperçûmes qui
se dirigeoit vers la baie. Tacataï-Caki le regardoit comme un bâtiment impérial, parce
que sur ses voiles étoit peinte une boule
rouge. L'arrière étoit entièrement drapé en
rouge, les bords étoient tendus d'étoffes
rayées. Au-dessus du gouvernail flottoient
trois pavillons, chacun d'une couleur différente. Quatre longues piques y étoient aussi
fichées; elles portoient des banderoles noires
à l'extrémité. Le nombre de ces piques in-
dique le rang du personnage devant qui on
les porte. Des baïdars, ornés de pavillons,
partirent du fort pour venir au-devant du
bâtiment impérial; chacun amenoit un canot,
et ceux-ci, réunis, remorquèrent le bâtiment
jusqu'au fort. Comme il faisoit déjà obscur,
nous ne pûmes voir avec quelles cérémonies
on y reçut le magistrat délégué du gouverneur de Matsmaï. Caki promit de venir le

lendemain nous instruire du motif de sa
venue.

Le 27, nous le vîmes qui s'avançoit le
long du rivage avec une autre personne.
Nous le reconnûmes tout de suite au mouchoir blanc qui flottoit à son sabre. Nous ne
restâmes pas non plus bien long-temps dans
l'incertitude sur celui qui l'accompagnoit ;
car, lorsqu'ils marchoient tous deux à côté
l'un de l'autre, le Japonois, qui étoit de petite
taille, disparoissoit de temps en temps, quoiqu'il fût gros, derrière l'autre individu. « C'est
un de nos compatriotes », s'écria-t-on de
toutes parts sur la corvette !

Il ne m'est pas possible de décrire la scène
extrêmement touchante qui eut lieu quand
mes matelots revirent leur camarade sortant
de captivité. Une partie de l'équipage étoit
occupée, à terre, à remplir les barriques. Le
prisonnier, en s'approchant avec Caki, n'eut
pas plus tôt aperçu, au-delà du ruisseau, des
Russes parmi lesquels il supposoit que devoient se trouver plusieurs de ses camarades, qu'en trois enjambées il fut sur le bord
du ruisseau, et laissa le Japonois au moins à
neuf pas en arrière. Surpris à sa vue, mes

matelots oublièrent qu'il leur étoit défendu
de franchir le ruisseau, le traversèrent à gué,
et sautèrent au cou du nouvel arrivé. L'officier qui commandoit le détachement envoyé
à terre, me raconta qu'il ne l'avoit pas reconnu d'abord, tant il l'avoit trouvé maigri.
Tous les matelots s'écrièrent : c'est Simanoff!
Celui-ci jeta son chapeau, s'inclina, et ne
put proférer une parole; des larmes abondantes couloient de ses yeux. Cette scène
touchante se renouvela quand il vint à bord
de la corvette. Je le saluai le premier, et lui
demandai si tous nos compatriotes à Matsmaï
se portoient bien. « Grâces à Dieu, répondit
« Simanoff, ils vivent, quoiqu'ils ne se por-
« tent pas très-bien; le sturmann, surtout,
« est dangereusement malade. » Je modérai
le désir que j'avois de lui adresser de nouvelles questions, voyant avec quelle impatience l'équipage l'attendoit pour l'embrasser.

J'allai avec Caki dans la chambre; il m'annonça que Tacahassy-Sampeï, premier conseiller du gouverneur de Matsmaï, étoit arrivé
la veille, et l'avoit chargé de me communiquer différens points importans. Là-dessus il
tira son porte-feuille, et lut ce qui suit :

« Tacahassy-Sampeï assure le comman-

« dant du Kamtschatka de son respect, et
« l'informe qu'en conséquence de la lettre
« qu'il a écrite à Matsmaï, l'obounio Sama a
« chargé Tacahassy-Sampeï d'aller à Kou-
« naschir pour témoigner, comme il con-
« vient, sa haute considération à un officier
« d'un rang si élevé, et lui communiquer les
« points à régler préalablement pour parve-
« nir à la délivrance des Russes prisonniers.
« Takahassy-Sampeï est extrêmement fâché
« de ce que les lois du Japon ne lui permet-
« tent pas de s'entretenir personnellement
« avec le commandant du Kamtschatka. Il
« prend beaucoup de part à toutes les fatigues
« que les officiers et l'équipage du vaisseau
« de guerre russe ont endurées pendant leurs
« deux traversées pour venir à Kounaschir,
« et regrette infiniment les actes d'hostilité
« qui ont eu lieu ; il a, avec la permission de
« l'obounio de Matsmaï, amené un des pri-
« sonniers russes. Il est licite à celui-ci d'al-
« ler tous les jours à bord du bâtiment russe,
« afin de convaincre ses compatriotes de tout
« ce qu'il est bon qu'ils sachent ; tous les
« soirs il est tenu de retourner au fort. Ta-
« cahassy-Sampeï prie le commandant du
« Kamtschatka d'avoir une confiance entière

« dans Tacataï-Caki, choisi pour négocier
« avec lui, parce qu'il a dit qu'il pouvoit
« librement s'entretenir avec lui. »

Ensuite venoient les points officiels.

« 1.º Vous devez, conformément à vos
lettres écrites officiellement, apporter au
gouvernement japonois une attestation si-
gnée par deux commandans russes, et munie
de leurs sceaux, certifiant que Chvostoff avoit,
sans la volonté et la connoissance du gouvernement russe, commis des actes condam-
nables dans l'île des Kouriles velus et dans
Saghalien. »

« 2.º Il est notoire que, dans tous nos éta-
blissemens, Chvostoff a troublé le repos des
habitans, et s'est arrogé le droit d'emporter à
Ochotsk les denrées et les marchandises qui
appartenoient à des particuliers ; en un mot,
tout ce qu'il a trouvé. Il y avoit aussi de nos
munitions de guerre, consistant en équipe-
mens, flèches, fusils et quelques canons.
Quant aux premiers objets enlevés par
Chvostoff, le gouvernement japonois pense
que, par un effet du laps de temps, il n'est
plus possible d'en faire aucun usage ; mais les
derniers ne sont pas sujets à se gâter, par
conséquent ils doivent être restitués au gou-

vernement japonois; car il pourroit arriver,
par la suite des temps, qu'ils seroient re-
gardés comme des trophées que l'on nous
auroit pris dans la guerre. Comme ils ne se
détériorent pas par l'usage que l'on en fait,
il est possible aussi qu'ils ne se trouvent plus
à Ochotsk. On pourroit, à la vérité, les y
rapporter des différens endroits où ils se
trouvent; néanmoins, à cause de la grande
distance des lieux, cela occasionneroit beaucoup de peine; ainsi, vu l'urgence des circonstances, le gouvernement japonois se contentera de recevoir du commandant d'Ochotsk
une attestation spéciale, certifiant que de tous
les objets enlevés des îles Kouriles et de Saghalien par Chvostoff, il ne se trouve plus
rien à Ochotsk malgré les recherches les plus
exactes. »

(On peut remarquer avec quelle finesse et
quelle politesse le gouvernement japonois
donne à entendre qu'il a appris par Léonsaïmo ce que l'on a fait du butin enlevé par
Chvostoff : j'ai simplement exposé le sens
de la réclamation ; en japonois, elle étoit sans
doute exprimée avec infiniment plus de
finesse.)

« 3.º Quant aux actes d'hostilité commis

l'année dernière, et dont le commandant du Kamtschatka fait mention dans sa lettre, le gouvernement japonois considérant les circonstances de cette époque, declare que, d'après les lois de l'empire, il regarde comme légitime la conduite tenue alors par le commandant d'un bâtiment de guerre russe, et voilà pourquoi il n'en a pas fait mention dans ses lettres officielles. Mais ledit gouvernement n'a pas été instruit que Tacataï-Caki, commandant d'un bâtiment japonois, ait été mené au Kamtschatka contre sa volonté ; car, dans la dépêche que le féamotsch Tacataï-Caki a écrite dans le temps, il étoit dit qu'il alloit au Kamtschatka d'après son propre désir, et que quatre de ses matelots , ainsi qu'un Kourile velu, avoient seuls été contraints à faire ce voyage.»

« 4.° Afin de terminer entièrement cette affaire , Tacahassy-Sampeï espère que le bâtiment russe reviendra d'Ochotsk dans le courant de l'année avec les attestations demandées , et se rendra à Chakodade où le soussigné, avec le commandant Coodsimo-Kiogoro attendra le commandant du Kamtschatka, afin de recevoir de lui les attestations, et, conformément aux usages voulus

par les lois de l'empire, s'entendre personnellement avec lui, et effectuer en même
temps la promesse concernant la délivrance
des prisonniers russes ; il ajoute le vœu que
le bâtiment de guerre russe, après une navigation heureuse, revienne bientôt et arrive
à Chakodade.»

Là se terminoit la mission de Caki ; quant
à moi, plein d'impatience de parler à Simanoff, je le fis appeler dans une chambre
séparée. Lorsqu'il vit que nous étions seuls,
il défit la doublure de son vêtement, en tira
une feuille de papier japonois très-fin entièrement couverte d'écriture, et très-artiste-
ment enveloppée, et me dit : « C'est une
« lettre que Vassili Mikaïlovitsch vous a
« écrite. J'ai réussi à la dérober à la subti-
« lité des Japonois. Elle contient la relation
« de nos souffrances et de bons avis sur la
« manière de vous conduire.» Je pris la
lettre qui me sembla douée de la vie : je
la parcourus plusieurs fois de l'œil ; mais,
soit crainte d'y apprendre quelque chose de
fâcheux, soit excès de joie de recevoir ce
message inattendu, mon émotion étoit si
vive, que je ne pus rien distinguer. J'y trouvai joints deux à trois petits morceaux char-

gés d'écriture de la main de M. Chlebnikoff,
et dont les caractères étoient d'une finesse
prodigieuse. Après m'être remis de mon sai-
sissement, je lus ces lettres. Quel plaisir
j'éprouvai en voyant que mes infortunés
compagnons nourrisoient quelque espoir de
retourner dans notre patrie. Voici la lettre
de M. Golovnin :

« Mon cher ami ! il me semble que les
« Japonois commencent à être persuadés de
« la vérité de nos déclarations, des inten-
« tions pacifiques de notre gouvernement,
« et de la réalité du fait que Chvostoff a agi
« de son autorité privée ; en effet, ils deman-
« dent qu'un délégué quelconque de notre
« gouvernement en donne une attestation
« formelle munie du sceau de la couronne.
« J'espère que cette nation, éclairée sur les
« dispositions favorables de la Russie, liera
« des relations de commerce avec nous;
« car elle commence à connoître les fripon-
« neries des Hollandois. Nous avons parlé
« de la lettre interceptée par les Anglois, et
« dans laquelle les interprètes hollandois se
« vantoient d'avoir réussi à brouiller Résa-
« noff avec les Japonois. Néanmoins mettez
« la plus grande circonspection dans vos rap-

25 *

« ports avec ceux-ci, ne leur parlez qu'à bord
« de vos canots , et tenez-vous hors de
« portée du canon des forts. Ne vous forma-
« lisez pas de la lenteur de cette nation. Nous
« savons par expérience que des affaires de
« très-peu d'importance qui , en Europe,
« seroient terminées en un jour ou deux,
« traînent ici des mois entiers. En général
« je vous conseille de bien observer ces
« quatres points principaux : prudence,
« patience, politesse, franchise. De votre
« conduite réservée et réfléchie dépend non-
« seulement notre délivrance, mais aussi
« l'avantage de notre patrie. J'espère que, par
« suite de notre malheur actuel , la Russie
« regagnera ce qu'elle a perdu par la démence
« d'un seul individu. Vous connoîtrez
« mon opinion sur ce sujet avec plus de
« détail et d'exactitude en interrogeant le
« matelot que j'ai instruit à cet effet. Il ne
« convenoit pas de le charger de papiers; c'est
« aussi pourquoi je n'ai pas écrit au ministre.
« Sachez seulement que si l'honneur de
« notre souverain et l'avantage de notre
« pays l'exigent, je ne fais pas plus de cas de
« ma vie que d'un copek. Ainsi, dans des
« circonstances de ce genre, ne comptez

« ma vie pour rien. Il faut bien finir par
« mourir, soit maintenant, soit dans vingt
« ans, ou dans trente ans. Il me paroît d'ail-
« leurs très-indifférent de recevoir la mort
« dans un combat ou de la main des méchans.
« Être englouti dans la mer, ou expirer
« tranquillement dans un lit, la mort est la
« même, elle ne diffère que par la manière
« dont on finit. Je t'en prie, mon cher ami,
« écris pour moi à mes frères et à mes amis.
« Peut-être le destin a-t-il décidé que je les
« verrai encore, peut-être a-t-il voulu le
« contraire. Dans le dernier cas, dis-leur
« de ne pas me plaindre, et que je leur sou-
« haite du bonheur et de la santé. Je t'en
« prie encore : au nom de Dieu, ne permets à
« personne de m'écrire, ni de m'envoyer
« quoi que ce soit, afin que je ne sois pas
« tourmenté ici de questions et de traduc-
« tions : seul tu m'écriras, et en quelques
« lignes tu me feras connoître ta résolution.
« Je te charge de compter cinq cents roubles,
« sur ma succession, au matelot que je t'ai
« envoyé. Assure les officiers nos compagnons
« de mon attachement et de mon estime ; salue
« de ma part tout l'équipage. J'éprouve le
« sentiment de la plus vive gratitude, en

« songeant à toutes les peines que vous vous
« donnez tous pour obtenir notre délivrance.
« Adieu, mon cher ami ; adieu, mes chers
« amis. Cette lettre est peut-être la dernière
« que j'écrirai. Portez-vous bien, vivez con-
« tens, soyez heureux. Ce 10 avril 1813.
« De Chakokade, où je suis tenu en capti-
« vité par les Japonois. Votre devoué,

« VASSILI GOLOVNIN. »

On voit, par cette lettre, que le capitaine
me conseilloit de ne pas trop me fier à la
loyauté douteuse des Japonois, et de consulter Simanoff sur la conduite que j'avois à
tenir si l'affaire prenoit une tournure favorable, parce qu'il l'avoit instruit de sa façon
de penser ; mais ce dernier étoit tellement
étourdi, et hors de lui de se voir inopinément hors de la prison, et au milieu de ses
camarades, qu'il avoit presque toujours l'air à
moitié fou. J'eus beau m'y prendre de toutes
les manières pour connoître les instructions
dont on l'avoit chargé, je n'en eus pas d'autre
réponse que celle-ci : « Que me demandez-
« vous ? tout se trouve dans la lettre. » —
Il pleuroit comme un enfant, et répétoit sans
cesse : « Je suis tout seul hors de la prison des

« Japonois; les six autres y sont encore enfer-
« més. Je crains que, si je ne retourne pas
« bien vîte, ces maudits Japonois ne les
« traitent bien mal.» Voilà tout ce que je
pus tirer de ce messager, brave homme, mais
bien borné. Le capitaine s'étoit imaginé, en
écrivant sa lettre, que le matelot qu'on nous
expédieroit, obtiendroit sa liberté, et retour-
neroit avec nous dans sa patrie, puisqu'il faisoit une disposition en sa faveur; cette attention fournit une nouvelle preuve du caractère excellent de notre digne chef.

Persuadé que je pouvois me reposer sur
la loyauté de Caki comme sur un roc iné-
branlable, je pensai qu'un excès de prudence
étoit inutile; ainsi la lettre de mon capitaine
ne servit qu'à m'instruire complétement de
ce que le gouvernement japonois désiroit du
nôtre, et c'étoit pour nous le point le plus
essentiel.

Après avoir épuisé notre curiosité par mille
questions sur la situation présente de nos infortunés compagnons, nous ramenâmes, dans
la soirée, notre ami Caki à terre, ainsi que Simanoff. Je chargeai le premier de répondre à
Tacahassy-Sampeï, que le lendemain, si le vent
le permettoit, je mettrois à la voile pour

Ochotsk, et que je m'empresserois de revenir
à Chakodade avant la fin de l'année, avec
toutes les pièces qu'il demandoit ; je le priai
aussi d'exprimer à ce magistrat notre reconnoissance cordiale pour ses intentions amicales, et surtout pour avoir permis à un de
nos matelots prisonniers de venir nous voir.

Le 29 juin, nous prîmes définitivement
congé de Tacataï-Caki. A cette occasion, il fit
présent à mon équipage de trois cents poissons. J'étois réellement fâché de ce qu'il ne
vouloit rien accepter en don, excepté un peu
de sucre, de thé et d'eau-de-vie de France.
Il laissa même à mon bord ses effets qui
étoient assez précieux, en me disant que
nous nous reverrions à Chakodade. « Là,
« dit-il, je pourrai recevoir sans obstacle les
« dons de ton amitié ; ici je serois tenu, d'a-
« près nos lois, de rendre un compte détaillé
« de chaque bagatelle. » — « Reprends du
« moins ce qui t'appartient, répondis-je ; tu
« sais à quels dangers un voyage par mer est
« exposé. » — « Quoi ! reprit-il, protégé vi-
« siblement par le ciel, peux-tu craindre un
« malheur ? Ziseï, ziseï taïscho, (c'est-à-dire,
« timide, timide commandant). Il reste en-
« core beaucoup de temps pour faire une

« traversée heureuse ; ainsi, hommes savans
« qui savez contempler le ciel, ne vous dé-
« couragez pas. Ton air ne me plaît pas, je
« vois que mes vieilles nippes te donnent de
« l'inquiétude ; je voulois te demander la
« permission de les partager à tes matelots ;
« mais te voyant soucieux, vraisemblable-
« ment parce que tu ne crois pas terminer
« ton affaire cette année, j'en dois conclure
« que tes matelots dont plusieurs se défient
« encore de moi, s'imagineront que je leur
« fais don de mes effets, parce que je pense
« bien que je ne les reverrai plus ; il vaut
« donc mieux que tout cela reste sous ta
« garde jusqu'à ton retour à Chakodade. Ten
« Taïscho. » (Ten signifie aie confiance en
Dieu.

Le clairvoyant et reconnoissant Caki ne se
trompoit pas dans ses conjectures. Du reste,
que le lecteur juge lui-même, si je n'avois
pas sujet d'être inquiet. Dès qu'il nous eût
quittés, je levai l'ancre, malgré le vent contraire, et je gagnai le large. Bientôt le vent
devint favorable; et, après quinze jours d'une
navigation heureuse, j'arrivai à Ochotsk.

J'adressai aussitôt au commandant un rapport de tout ce qui nous étoit arrivé ; il me

délivra le certificat demandé par le gouvernement japonois, ainsi qu'une lettre confiden-
tielle et amicale du gouverneur d'Irkoutsk
au bounio de Matsmaï, dans laquelle l'affaire
étoit traitée à fond. Kisseleff, l'interprète japonois, envoyé d'Irkoutsk exprès pour nous,
s'embarqua. Nous restâmes dix-huit jours à
Ochotsk, à nous approvisionner de tout ce
dont nous avions besoin, et à réparer la corvette qui avoit éprouvé des avaries considérables. Le 11 août, nous étions prêts à partir
pour notre troisième voyage au Japon, pleins
d'espérance qu'avec l'aide de Dieu nous réus-
sirions à terminer la bonne œuvre que nous
avions commencée. Nous célébrâmes préalablement un service solennel, accompagné de
la bénédiction de l'eau et d'une salve de toute
notre artillerie, à l'honneur de notre souverain. Ce prince bienfaisant et magnanime,
occupé alors des affaires les plus importantes
de l'Europe, n'avoit cependant pas oublié un
petit nombre de ses sujets plongés dans l'infortune : il avoit ordonné que, dans le port
d'Ochotsk, éloigné de 10,000 verstes de la
capitale, on préparât une expédition pour
effectuer la délivrance du capitaine Golovnin.

Au nombre des personnes qui vinrent nous

voir ce jour-là, se trouvèrent comme précur-
seurs du succès de notre entreprise, M. Minitsky, commandant du port, et son aimable épouse
Eugénie Nicolanovna. L'intérêt qu'elle prenoit à notre sort, lui avoit inspiré la hardiesse
de ne pas redouter le mouvement de la mer
constamment agitée sur cette rade ouverte,
où, un an auparavant, à la même époque,
son mari avoit été près de périr, en allant à
bord d'un bâtiment. Elle fut la première et
dernière dame russe qui honora la *Diane* de
sa visite; ainsi elle a des droits à notre reconnoissance solennelle, et je saisis cette occasion de la lui témoigner bien cordialement
au nom de mes officiers et au mien. Durant
le service divin, la corvette rouloit avec tant
de violence, qu'à l'exception de notre jeune
héroïne, toutes les personnes venues de terre
pour nous voir éprouvèrent le mal de mer.
Madame Minitsky joignit ses prières ferventes
aux nôtres pour la délivrance de nos compagnons.

CHAPITRE III ET DERNIER.

M. Ricord arrive dans la baie des Volcans.—Un pilote
japonois vient à bord de la *Diane*.—Lettre de M. Golovnin. — Takataï-Caki conduit la corvette dans le
port de Chakodade.—Précautions des Japonois envers
les bâtimens étrangers. — Description du port de
Chakodade. — Curiosité des Japonois pour voir la
Diane.—M. Ricord remet une partie de ses dépêches
à Caki et annonce qu'il ira à terre. — Discussion sur
le cérémonial à observer.—Entrevue avec les deux
premiers conseillers du gouverneur de Matsmaï.—
M. Ricord retourne à terre et s'entretient avec son
capitaine.—Caki présente son fils aux Russes.—Il fait
ses générosités à l'équipage.—M. Golovnin est remis
à M. Ricord et revient à bord de la corvette.—Joie de
l'équipage.—Foule de curieux.—Les Russes font leurs
adieux et partent. — Arrivée au Kamtschatka.—La
Diane déclarée hors de service. — Regrets sur la fin
déplorable de M. Moor.

Les vents du sud qui régnoient le long de
la presqu'île de Saghalien et qui nous étoient
contraires, ne nous permirent d'arriver aux
côtes de Matsmaï qu'en vingt jours. Le 10 sep-

tembre, nous entrâmes dans la baie des Volcans, où se trouve Edomo, port très-sûr que
j'avois choisi pour y mouiller. En approchant
du cap qui ferme la baie, nous vîmes des
maisons et des hommes. Encore six heures
de bon vent, et nous aurions abordé au port;
mais sur mer, comme on le sait, il est impossible de jurer de rien. A l'approche de la
nuit, le vent contraire se renforça, et finit
par se changer en une tourmente qui, le lendemain matin, nous éloigna de nouveau de la
côte. On étoit alors dans l'équinoxe, époque
à laquelle les coups de vent soufflent avec
plus de violence dans tous les parages du
monde, et surtout dans ceux où nous nous
trouvions. Nous commencions à douter s'il
nous seroit possible de rester, durant cet
automne, le long des côtes du Japon. Je résolus, si je ne pouvois en venir à bout, de ne
pas retourner au Kamtschatka, où la longueur
de l'hiver m'auroit fait perdre trop de temps,
et d'aller me reposer pendant trois mois aux
îles Sandwich pour revenir aux côtes nord
du Japon, au mois d'avril, saison où la navigation seroit rouverte dans ces mers. Je fis
part de ce dessein à mes officiers; mais je remis l'exécution au premier octobre. Il fallut

en conséquence diminuer la ration d'eau de chaque homme, mesure qui n'occasionna pas le moindre murmure dans l'équipage. Heureusement pour nous, le mauvais temps ne dura que douze jours. Des vents variables et plus doux ne tardèrent pas, comme il arrive toujours aux marins, à nous faire oublier les maux que nous avions soufferts.

Notre satisfaction fut troublée néanmoins par un événement affligeant. Un de nos matelots les plus actifs et les plus expérimentés, étant occupé à serrer une voile durant la tourmente, reçut un coup d'une manœuvre; on le descendit sur le pont pour lui donner les secours de l'art; ils furent inutiles, il avoit déjà rendu le dernier soupir. Dans un cas semblable, le chirurgien auroit dû grimper au mât; par malheur, le nôtre, qui avoit servi dans l'armée de terre, n'étoit pas accoutumé à ces courses verticales; c'étoit d'ailleurs un homme zélé et habile. En partant de Cronstadt, nous en avions un autre qui, par raison de santé, nous avoit quittés pour retourner à Saint-Pétersbourg.

Dans la position critique où nous nous trouvions, nous ressentîmes doublement la perte de ce brave homme. Quand, suivant l'usage, nous lançâmes son corps à la mer après avoir accompli les cérémonies religieuses, et que je vis l'équipage fondre en larmes, je ne pus pas non plus retenir les miennes, témoignage involontaire de l'exactitude et du zèle qu'il avoit mis dans son service, pendant six ans que nous avions navigué ensemble au milieu de périls sans cesse renaissans. Bien peu de personnes se font une idée de l'attachement étroit qui lie entre eux un petit nombre d'hommes séparés si long-temps de leurs parens et de leurs amis.

Le 22, en entrant dans la baie des Volcans, à neuf heures du matin, nous vîmes trois baïdars qui s'avançoient vers la corvette. J'envoyai à leur rencontre un canot commandé par M. Filatoff, qui bientôt revint avec eux. Ces baïdars amenoient dix-huit Japonois; sur notre invitation, ils montèrent sans crainte à bord de la *Diane*. Nous leur demandâmes où il y avoit un port; ils répondirent que celui de Sangaro se trouvoit à deux verstes dans le sud, près du cap, et que l'on pouvoit y mouiller par vingt brasses de fond. Ces gens étoient venus purement par curiosité pour voir le bâtiment étranger. Comme nous désirions aller dans le port d'Edomo, visité en 1796 par le capitaine Broughton, nous priâmes ces Japonois de nous y conduire. Probablement ils n'en avoient pas la permission, car ils nous quittèrent. Nous espérions, à l'aide de la description donnée par Broughton (1), pouvoir trouver le port sans le secours de ces gens; et nous fîmes route, par vent d'est, pour y arriver. Vers midi, nous aperçûmes un village assez grand, et, sur les hauteurs, des batteries tendues d'étoffes rayées. Un baïdar portant treize Kouriles velus, à qui les Japonois donnent le nom d'Aïnos, partit du village, et vint à la corvette. Il y avoit à bord un Japonois, nommé Léso, un de ceux qui avoient été menés au Kamtschatka avec Tacataï-Caki, et que nous avions mis à terre à Kounaschir. Il me dit qu'en conséquence de l'arrangement convenu dans la rade de cette île, il avoit été envoyé par le gouverneur de Matsmaï pour nous servir de pilote, et nous conduire à Chakodade. Il me demanda si je n'avois pas besoin de quelque chose, ajoutant que les

(1) *Voyez* Voyage de Broughton, T. I, p. 140.

autorités du lieu où nous étions avoient ordre de nous fournir tout ce qu'il nous faudroit. Comme nous manquions d'eau , je profitai de l'offre qu'on nous faisoit pour envoyer à terre cinquante barriques vides, et je mouillai par onze brasses, fond de vase.

Le lendemain, le même baïdar revint d'Edomo , nous apportant nos barriques pleines, et, en outre, du poisson frais et des raves dont le commandant nous faisoit. cadeau. Nous lui en fîmes faire nos remercîmens, et nous envoyâmes encore vingt barriques qui furent rapportées le soir. Nous profitâmes du beau temps pour réparer notre grément, qui avoit beaucoup souffert de la tempête, et pour tout mettre en ordre. Le lendemain, on remplit encore des barriques; et nous reçûmes de nouveau une si grande quantité de poissons et de raves, que tout l'équipage en eut suffisamment. Toutes nos instances pour engager les Japonois à accepter le paiement de ce qu'ils nous fournissoient , furent inutiles.

Le 26, dans la matinée, le baïdar nous apporta une lettre écrite de Chakodadè par M. Golovnin, pour nous annoncer que, lorsque nous paroîtrions devant ce port, on ar--

boreroit un pavillon blanc sur la montagne
voisine, et que l'on nous enverroit Tacataï-
Caki. On n'avoit pas pu le faire partir en
même temps que la lettre, parce que l'on
n'avoit pas la permission du gouverneur de
Matsmaï. A sa place, on nous avoit expédié
Léso, matelot expérimenté, en qui nous devions avoir toute confiance, parce qu'il étoit
bon pilote. Cette lettre répondoit à une autre
que j'avois écrite le premier jour de notre
arrivée aux autorités japonoises, et dans laquelle j'avois témoigné quelques doutes sur
leur sincérité, parce qu'au lieu de m'envoyer Tacataï-Caki, comme on me l'avoit
promis, ou du moins quelque autre personne
de considération, l'on ne m'avoit dépêché
qu'un simple matelot. Sur la lettre de mon
capitaine, je consentis à prendre Léso pour
pilote.

Ayant rempli sans aucune peine toutes
mes barriques vides, et m'étant pourvu de
ce dont j'avois besoin, je partis à dix heures
de la baie des Volcans. Le lendemain, à huit
heures du soir, nous aperçûmes des feux sur le
cap qui étoit devant nous, et en plusieurs endroits de la côte de Matsmaï; il y en avoit un surtout qui étoit très-grand et très-clair. Bientôt

arriva un baïdar portant le pavillon blanc et deux lanternes allumées. A bord se trouvoit notre ami Tacataï-Caki. La joie de se revoir fut égale des deux côtés. Ses vœux et les nôtres alloient bientôt être remplis. Il venoit par ordre du gouverneur de Matsmaï pour nous conduire dans le port de Chakodade, et étoit accompagné d'un officier de ce port, chargé de l'aider. D'après le conseil de ces deux Japonois, nous jetâmes l'ancre, à neuf heures du soir, dans un lieu que les Japonois nomment Iamasi-Tomouri, et qui est le mouillage ordinaire des bâtimens auxquels le vent d'est ne permet pas d'entrer dans le port. Après avoir terminé les travaux les plus essentiels, nous nous hâtâmes, avec autant d'impatience que de plaisir, de nous entretenir avec Caki; nous pûmes bien mieux jouir qu'auparavant de sa conversation, ayant avec nous l'interprète Kisseleff.

Notre première question fut relative à nos compatriotes. Caki répondit qu'ils se trou-voient à Chakodade, et que Cattori-Bingono-Cami étoit arrivé dans cette ville pour finir les négociations, et nous remettre les pri-sonniers. Nous parlâmes long-temps. Entre autres nouvelles, nous lui donnâmes celle

de la défaite totale des François, et de leur
retraite hors de Russie; il y prit beaucoup
de part. En nous quittant, il nous promit de
revenir le lendemain pour conduire la corvette dans le port. Il y eut toute la nuit des
feux allumés en plusieurs endroits de la côte;
un vaisseau de garde vint se placer près de
nous, et ne nous quitta pas tout le temps de
notre séjour.

Le 28 septembre, Caki arriva de bonne
heure. Après avoir louvoyé pendant quelques heures dans la baie, nous mouillâmes
dans un endroit que notre ami nous indiqua,
et qui n'étoit pas à une portée de canon de
la ville. Caki m'instruisit alors des dispositions des lois de son pays concernant les bâtimens européens. Il nous étoit défendu
d'aller en canot dans le port : jour et nuit,
durant notre séjour, un vaisseau japonois
avoit ordre de se tenir près de notre corvette;
on devoit nous apporter, sur des bâtimens du
gouvernement, toutes les choses dont nous
aurions besoin; il étoit défendu à qui que ce
fût de venir à bord de la *Diane.*

Le soir, Caki retourna à terre rendre
compte de la mission dont il avoit été
chargé.

La ville de Chakodade, qui, pour la grandeur, est la seconde de l'île d'Iesso ou Matsmaï, est située à sa partie méridionale, sur le penchant d'une montagne haute et arrondie au sommet, placée sur une presqu'île baignée au sud par le détroit de Sangar, au nord et à l'ouest par l'entrée d'une baie qui est très-commode, et peut recevoir une flotte considérable. A l'est, cette péninsule est jointe au reste de l'île par un isthme étroit, de sorte que l'on voit à la fois la mer au large, et la terre qui est peu élevée. Au nord de la baie, s'ouvre une vallée qui a de quinze à vingt milles d'étendue, et que de hautes montagnes entourent de trois côtés. Au milieu de la vallée est situé Onno, village dont les habitans s'occupent généralement de l'agriculture; dans les autres lieux bâtis près de la mer, la pêche est la principale branche d'industrie. Je tiens ces détails de nos compagnons qui avoient traversé le pays; cette vallée leur avoit paru mieux cultivée qu'aucune autre des parties de l'île qu'ils avoient vues. La montagne, au pied de laquelle la ville est placée, peut servir de reconnoissance aux bâtimens qui entrent dans la baie, tant parce qu'elle se fait remarquer de loin

par sa forme arrondie, que parce qu'elle est
séparée des autres par un intervalle assez
considérable. A l'ouest, elle est composée de
masses de rochers énormes, au milieu desquels se trouve une caverne que l'on peut
apercevoir de la mer. Au sud et à l'ouest de
la presqu'île, la mer est très-profonde le long
de la côte; il n'y a ni banc ni rocher sous
l'eau, de sorte que l'on peut s'approcher de
terre sans aucun danger; mais au nord, il y
a des bancs de sable qui ne permettent
qu'aux petits navires de venir près de la
ville. Du cap qui s'élève au-dessus de la
ville, part un récif de hauteur inégale, et
qui occupe presque un tiers de la largeur
de la baie. Au nord et à l'ouest de celle-ci, la
profondeur de l'eau diminue peu à peu en
allant vers la côte.

En nous approchant de terre, nous ne
vîmes pas toute la ville tendue d'étoffes,
comme cela avoit eu lieu à Kounaschir. On n'en
apercevoit qu'en quelques endroits de la montagne, et dans son voisinage. A l'aide de nos
lunettes, nous comptâmes six de ces tentures,
qui probablement cachoient des redoutes ou
des forts. Nos compatriotes, qui avoient passé
par là en venant de Matsmaï à Chakodade;

avoient pu les remarquer. Il y avoit en outre
cinq redoutes nouvellement élevées sur la
plage, et munies de garnisons suffisantes ; elles
étoient à peu de distance l'une de l'autre, et à
mille et quinze cents pieds du bord de la mer.

A peine fûmes-nous dans la rade, qu'une
multitude de canots de toutes les grandeurs,
et remplis de curieux de tout âge et de tout
sexe, entoura la corvette. Un bâtiment européen étoit pour les Japonois une rareté remarquable ; car, à ma connoissance, il n'est
arrivé en ce port que le bâtiment de transport la *Catherine*, venu d'Ochotsk il y a
vingt-deux ans, sous le commandement du
sturmann Lovsof, quand il amena Laxmann.
Beaucoup d'habitans n'avoient donc jamais
vu de vaisseau européen, et une corvette
étoit encore une plus grande nouveauté. Aussi
chacun s'empressoit-il à l'envi de s'approcher
de la *Diane*, et souvent l'ardeur des curieux
occasionnoit des querelles entre eux. D'un
autre côté, les Dosini, ou soldats japonois, qui
se trouvoient à bord du vaisseau de garde
mouillé près de nous, crioient sans cesse à la
foule de se tenir plus loin ; mais la curiosité
des spectateurs étoit si forte, que les cris des
soldats, très-respectés d'ailleurs par le peuple,

se perdoient dans le vacarme ; ils se voyoient
donc obligés de faire usage de leurs baguettes
de fer qu'ils ont coutume de porter à leur
ceinture , attachées à de longs cordons de
soie. Ils n'épargnoient ni le rang ni le sexe ;
l'âge seul, qui obtient ici des égards dans tous
les rangs, étoit ménagé. Ainsi quiconque
essayoit d'enfreindre la défense, étoit frappé
sans miséricorde, ce qui nous débarrassa d'un
tracas terrible; car si tout ce monde fût venu
à notre bord, il nous eût à peine resté assez
de place pour notre manœuvre. Il eût fallu
employer la force pour nous délivrer de ces
importuns; et, dans la situation actuelle des
affaires qui commençoient à prendre une
tournure si heureuse, nous n'eussions re-
couru à ce moyen qu'avec bien de la répugnance. Réprimée par la garde, la multitude
étoit obligée de se tenir dans les limites qui
lui étoient fixées; aucun canot n'osoit les
franchir. Ils couvroient une vaste portion de
la baie; et, quand les plus avancés avoient
satisfait leur curiosité, ils quittoient leur
place, qui étoit aussitôt occupée par d'autres.
A la nuit tous retournèrent à terre ; les seuls
canots expédiés par le gouvernement à la
corvette pouvoient alors s'en approcher; mais

il falloit que préalablement ils se fissent reconnoître par le vaisseau de garde.

Le lendemain matin nous vîmes un canot,
portant pavillon blanc, sortir de la ville. Je
dois dire, en passant, que la corvette avoit
constamment le pavillon blanc flottant au
mât de misaine, avec le pavillon des bâtimens de guerre. Tacataï-Caki et le matelot
qui nous avoit servi de pilote vinrent à bord;
ils nous apportoient un présent de poisson,
d'herbes potagères et de melons d'eau. Le
matelot étoit chargé d'un paquet dans lequel
j'aperçus un vêtement. Caki me demanda
la permission d'aller s'habiller dans son ancienne chambre, ajoutant que le gouverneur
de Matsmaï, satisfait des services qu'il avoit
rendus à Kounaschir, l'avoit nommé négo-
ciateur dans cette occasion importante, et lui
avoit, en conséquence, d'après les lois japonoises, accordé des priviléges : « Or, conti-
« nua-t-il, pour remplir le devoir flatteur
« qui m'est imposé, je dois paroître, aux né-
« gociations, revêtu du costume de cérémo-
« nie particulier à mes fonctions. » Il alla
s'habiller ; de mon côté, je mis mon grand
uniforme, et je ceignis mon épée. Après des
complimens et des félicitations, Caki m'an-

nonça, par l'organe de Kisseleff notre interprète, qu'il parloit non pas au nom du gouverneur, mais au nom de ses deux premiers
conseillers, qui me faisoient prier de lui remettre les pièces officielles arrivées d'Ochotsk.
Je répondis que je m'étois proposé de les leur
délivrer moi-même, mais que pour ne pas
perdre de temps, je consentais à les lui confier. Pour rendre cet acte plus solennel, tous
les officiers, en grand uniforme, se réunirent
dans la chambre, et ce fut en leur présence
qu'avec toute la dignité convenable je remis
aux mains de Caki la lettre officielle du commandant du port d'Ochotsk, enveloppée dans
du drap bleu. Je lui déclarai en même
temps que j'avois une autre lettre officielle
et très-importante de S. E. Monseigneur le
gouverneur d'Irkoutsk à sa grandeur Monseigneur le gouverneur de Matsmaï; mais
que je devois la rendre moi-même, soit au
gouverneur en personne, soit du moins à un
des principaux magistrats qu'il m'enverroit à
cet effet. Tacataï-Caki me pria instamment de
le charger aussi de cette lettre, ce qui lui
feroit un honneur infini dans tout le Japon,
quand on sauroit qu'il avoit été jugé digne
de remettre aux mains de l'obounio une

dépêche de sa grandeur le gouverneur russe.
Je refusai bien décidément de condescendre
aux désirs de Caki, et je lui dis que, malgré
la haute estime que j'avois pour lui comme
mon ami, je ne pouvois pourtant pas manquer
aux égards et au respect que je devois au
gouverneur russe, ni tromper la confiance
qu'il avoit eue en moi. Je fixai le bord de la
mer pour le lieu de mon entrevue avec les
autorités japonoises; car il n'étoit pas possible
qu'elle eût lieu à bord des canots. Suivant
ce que me dit Caki, toutes les personnes qui
se trouvoient dans les rues tombent à genoux
quand les deux premiers magistrats y pa-
roissent dans leurs norimons; or, comment
supposer que leur fierté leur permît d'avoir
une entrevue en canot sans aucune espèce
de cérémonie, avec le commandant d'un bâtiment étranger ? En outre, j'avois une lettre
de créance du gouverneur; j'étois plénipo-
tentiaire d'après la volonté de l'empereur,
je représentois un ambassadeur; c'est pourquoi, si les Japonois avoient osé commettre
une perfidie quelconque, j'étois sûr que ma
demarche seroit considérée par mon gouvernement non comme une imprudence contraire au bon sens, mais comme la seule ma-

nière de remplir convenablement ma mission,
qui étoit une affaire nationale , et je devois
prendre ce parti avec d'autant moins de scrupule , qu'au Japon aussi la qualité d'ambassadeur est extrêmement respectée.

Caki me pria de ne plus penser à sa demande indiscrète , alla à terre , revint le
lendemain, se vêtit de nouveau de sa robe de
cérémonie, et, parlant au nom des premiers
magistrats, commença par me demander si
l'équipage de la corvette russe ou la corvette
elle-même n'avoit pas besoin de quelque
chose; le long voyage qu'elle avoit fait dans
une saison si avancée, pouvant rendre un
radoub nécessaire. Je remerciai et j'assurai
qu'à l'exception d'eau et de légumes frais,
nous n'avions besoin de rien ; qu'en outre,
l'état de la corvette n'exigeoit pas un radoub.
Ensuite Caki me raconta qu'il avoit délivré,
avec les cérémonies requises, la lettre officielle que je lui avois confiée; qu'elle avoit
été trouvée complétement satisfaisante, et
que ma proposition d'une entrevue pour remettre la lettre du gouverneur d'Irkoutsk
avoit été accueillie avec grand plaisir. « L'on
« m'a envoyé aujourd'hui pour régler le cé-
« rémonial de cette entrevue, et d'abord ce

« qui concerne la garde d'honneur. »—«J'au-
« rai avec moi, lui répondis-je, dix hommes
« armés de fusils. Deux officiers porteront
« devant moi, l'un le pavillon de guerre russe,
« l'autre le pavillon parlementaire blanc ;
« deux officiers et l'interprète m'accompa-
« gneront. Je consens à aller à terre dans la
« chaloupe de parade du gouverneur. Après
« les saluts mutuels qui, de ma part, auront
« lieu à l'européenne, on placera une chaise
« pour moi, et d'autres derrière moi pour
« mes officiers. En commençant à porter la
« parole, que cela ait lieu de la part des Ja-
« ponois ou de la mienne, je me leverai en
« signe spécial d'égard pour les magistrats,
« et je me rassiérai aussitôt après. »—«Tout
« cela, reprit Caki, ne fera pas la moindre
« difficulté, à l'exception des fusils ; car
« il n'y a pas chez nous d'exemple que des
« ambassadeurs étrangers, venus dans notre
« pays, pour des motifs quelconques, aient,
« dans les entrevues solennelles, eu avec
« eux une escorte pourvue d'armes à feu.
« Contentez-vous de l'honneur accordé aux
« autres ambassadeurs européens à Nanga-
« saki ; vos gardes conserveront leur sabre,
« laissez les fusils de côté. On a déjà dévié des

« lois sur un point essentiel, pour la pre-
« mière fois, il est vrai, en laissant votre
« bâtiment entrer dans le port, avec son
« artillerie, ses armes et ses poudres; on ne
« vous a donc pas ravi les moyens d'agir hos-
« tilement si vous le vouliez. »

Persuadé que réellement on nous avoit
accordé des avantages, dont, suivant ce que
je savois par les relations des voyageurs, aucun
bâtiment européen n'avoit joui, j'étois prêt à
céder sur l'article des fusils; je priai seulement
Caki de considérer qu'une garde sans fusils
n'est pas une garde militaire, et qu'ainsi elle
ne pourroit convenir à mon grade de commandant d'un vaisseau de guerre russe. « Chez
« nous, lui dis-je, les militaires ont seuls
« le droit de porter le fusil, comme chez
« vous deux sabres ; ainsi nos fusils ne signi-
« fient pas plus que vos deux sabres. Au
« reste, si l'on vous fait des objections sur ce
« point, n'insistez-pas ; j'irai à l'entrevue,
« pourvu que l'on accorde tout le reste. »
Caki, après avoir pris note de tout sur son
porte-feuille, nous quitta. Le lendemain, il
arriva, le visage riant, et me dit que l'on avoit
consenti à tout ce que j'avois demandé, même
à ce qui concernoit les fusils. — « Les princi-

« paux magistrats, dit-il, ont d'abord réfléchi
« profondément, sans me dire un mot; je
« leur ai alors exposé toutes vos raisons, ils
« se sont rendus. Maintenant je suis chargé
« de vous annoncer officiellement que les
« deux principaux magistrats vous atten-
« dront demain à terre, dans la maison des-
« tinée pour l'entrevue, et recevront de vous
« la lettre du gouverneur d'Irkoutsk. A
« midi, la chaloupe de parade du gouver-
« neur vous transportera à terre. Il n'y a
« plus qu'un point à régler. Vous ne pouvez
« pas entrer en bottes dans la salle d'audience,
« dont le plancher est couvert de riches tapis,
« sur lequel les deux grands magistrats sont
« assis sur leurs genoux. Paroître dans ce
« lieu en bottes seroit absolument contraire
« à nos usages, et une grossièreté choquante;
« il faudra ôter vos bottes dans l'antichambre
« et n'entrer qu'avec vos bas. »

Cette demande singulière et si opposée à
toutes les idées européennes me causa quelque embarras; car, dans les négociations
sur le cérémonial, je n'avois pas du tout regardé comme nécessaire de faire mention des
bottes. Les Japonois, de leur côté, avoient
jugé inutile d'en parler, et leur demande

actùelle, comme je l'ai appris ensuite de
M. Golovnin, n'avoit pour motif que l'usage
de la politesse la plus commune. Je répondis
à Caki avec quelque chaleur : « Il m'est im-
« possible, vêtu de mon grand uniforme, et
« l'épée au côté, de n'avoir que des bas aux
« jambes. Je sais bien que chez vous c'est
« l'usage, en entrant même dans une chambre
« ordinaire, d'ôter auparavant vos chaus-
« sures; mais toi qui es un homme instruit,
« tu sais combien vos usages diffèrent de
« ceux des Européens. Vous autres, par
« exemple, grands et petits, vous ne portez
« pas de culotte; vous suppléez à ce manque
« de décence, par des vêtemens très-amples,
« qui ressemblent à nos robes de chambre,
« habillement dont nous ne nous servons
« que dans nos chambres à coucher. Vous
« n'entrez pas dans une maison étrangère
« avec les pieds couverts; chez nous ce se-
« roit non seulement une grossièreté, mais
« même une honte de se montrer pieds nus;
« car cela n'appartient qu'aux criminels dans
« les fers. Comment donc peux-tu proposer à
« un homme de mon rang de paroître les
« pieds nus ? »

Tacataï-Caki ne sut que me répondre,

ayant regardé comme de nulle importance
pour nous ce point qui, dans nos mœurs, en
avoit tant. Après un moment de réflexion, je
lui dis que j'étois disposé, pour que rien ne
s'opposât à l'entrevue si désirée, à donner une
marque de complaisance. « Chez nous, ajou-
« tai-je, quand nous voulons témoigner du
« respect aux grands personnages, nous chan-
« geons, dans leur antichambre, nos bottes
« contre des souliers. » — « C'est assez, s'é-
« cria Caki transporté de joie; des deux côtés
« la politesse ne sera pas blessée. Je compare
« vos souliers au demi-bas japonois; je dirai
« que vous consentez à ôter vos bottes, et à
« entrer dans la salle d'audience en bas de
« cuir. » — Il alla aussitôt à terre, et, à ma
grande surprise, revint dans la soirée m'annoncer que les magistrats étoient parfaitement satisfaits de ma condescendance relativement à la chaussure; que d'ailleurs si je le
désirois, je pourrois paroître en bottes, mais
que, dans ce cas, ils ne pourroient me recevoir assis à genoux; qu'ils seroient obligés
de s'asseoir à l'européenne sur des chaises
préparées à cet effet; ce qui, au Japon, est considéré comme une sorte de manque d'égards,
et même comme une grossièreté.

Ensuite il me remit un dessin de la maison disposée pour l'entrevue. Les soldats japonois étoient représentés assis en dehors à genoux; dans la première pièce se tiendroient les fonctionnaires publics des classes inférieures. C'est là que je devois ôter mes bottes, mettre mes souliers, et ensuite passer devant une file de ces fonctionnaires à genoux. Sur un côté de la salle d'audience étoient marquées les places des deux principaux magistrats, à gauche celle des interprètes, à droite celle d'un académicien qui étoit venu exprès pour faire des observations sur le bâtiment de guerre russe, et recueillir des Européens diverses connoissances. Dans le milieu de la salle, vis-à-vis des principaux magistrats, étoit ma place, et derrière moi celle de mes officiers. Les gardes, portant les fusils et les drapeaux, devoient se ranger en ligne devant la porte ouverte de la maison.

Après avoir concerté avec nous tout ce qui étoit relatif à notre réception, Caki nous quitta, en nous promettant que, le lendemain, à midi, si le temps le permettoit, il viendroit me prendre dans la chaloupe de parade.

Je pensai alors à Kisseleff, notre interprète, que je devois mener à terre avec moi. Je con-

noissois la sévérité des lois japonoises contre
les sujets de l'empire qui embrassent la religion chrétienne et entrent au service des
étrangers. Quoique Kiseleff, par dévoûment
pour la Russie, eût signé la lettre qu'il avoit
traduite, comme Russe né d'une Japonoise,
néanmoins sa connoissance profonde de la
langue japonoise devoit le trahir à l'instant,
et les suites de cette découverte pouvoient
être très-fâcheuses pour lui. Je lui demandai
en particulier s'il vouloit s'exposer à ce danger. « Qu'ai-je à craindre, » me répondit-il?
« S'ils vous arrêtent, ils nous arrêteront tous;
« Ils ne me prendront pas tout seul. Je ne
« suis plus Japonois. Emmenez - moi avec
« vous, je vous en prie, afin que je puisse
« m'acquitter de mon devoir. La négociation
« sera d'une grande importance. Ici, sur la
« corvette, je n'ai pas pu vous être très-
« utile. Pourquoi-donc aurois-je soutenu les
« fatigues d'une longue et pénible traversée,
« si maintenant je devois rester à bord ? »
Je consentis avec plaisir à l'emmener, ainsi
que deux officiers, qui m'avoient témoigné le
plus vif désir de m'accompagner.

Le lendemain, un peu avant midi, la chaloupe de parade, ornée de plusieurs pavillons,

27 *

arriva le long de la corvette. Tacataï-Caki, en grand costume, m'annonça qu'au moment où l'on hisseroit un pavillon sur la maison destinée à l'entrevue, nous partirions. A midi précis, le pavillon flotta, et nous entrâmes dans la chaloupe. Elle étoit menée par seize rameurs japonois choisis, dont le plus grand nombre, suivant ce que me dit Caki, consistoit en riches commerçans, qui avoient profité de cette occasion pour satisfaire leur curiosité. Leur manière de ramer diffère de celle des Européens, en ce qu'ils ne poussent pas l'aviron en avant, mais lui impriment, en quelque sorte, un mouvement de rotation; et néanmoins l'embarcation marche avec autant de rapidité que conduite à notre façon. Nous avions placé notre pavillon de guerre sur le gouvernail au milieu des pavillons japonois; le pavillon parlementaire flottoit à l'avant. Nous parcourûmes l'intervalle de la corvette à terre, au milieu de plusieurs centaines de canots remplis de curieux. La maison destinée à l'entrevue étoit tout près du rivage, à côté d'un débarcadaire en pierre. Nous aperçûmes les soldats japonois assis à genoux devant la maison.

Tacataï-Caki débarqua le premier, entra

dans la maison pour annoncer notre arrivée
aux deux principaux magistrats, et revint
nous dire que l'on nous attendoit en grande
cérémonie. Il me parut aussi peu à propos
que nécessaire de demander pourquoi aucun
fonctionnaire public ne venoit à ma rencontre.
Je fis débarquer le sous-officier qui portoit le
drapeau blanc, ensuite les dix hommes de
garde, avec leurs armes ; puis un second sous-
officier, avec le pavillon de guerre russe. Je
venois ensuite, et derrière moi marchoient
mes officiers. Ma garde se rangea en ligne
devant la porte ouverte, et, quand je passai,
me rendit les honneurs militaires. Entré
dans la première salle, je me fis mettre mes
souliers par un Japonois qui portoit une
chaise derrière moi ; puis je m'avançai avec mes
officiers dans la salle d'audience. Elle étoit
remplie de fonctionnaires publics de différens grades, revêtus de leurs habits de guerre,
et portant leurs deux sabres. Je fus frappé du silence profond qui régnoit dans cette assemblée.
Dès que j'aperçus les deux principaux magistrats assis à genoux, l'un à côté de l'autre, je
fis trois pas en avant, et je les saluai. Ils me
répondirent par une inclination de la tête ; je
saluai à droite et à gauche, puis je me mis à

la place où l'on avoit posé ma chaise. Le silence
dura encore une minute. Je le rompis le premier, en disant, par l'organe de Kisseleff, que
je me persuadois que j'étois dans une maison
d'amis. Les deux principaux magistrats, au
lieu de me répondre, se mirent à sourire; et
le plus âgé, qui avoit été à Kounaschir,
commença l'entretien en se tournant vers
un Japonois qui vint s'asseoir à sa gauche
la tête baissée; mais il lui parla si bas, que
Kisseleff n'entendit pas un mot. Le Japonois
reprit sa place; et, à ma surprise extrême,
après m'avoir salué respectueusement, il
m'adressa la parole en russe assez intelligiblement. C'étoit, ainsi que je l'appris ensuite, l'interprète Mouracami Teské, à qui M. Golovnin
avoit enseigné notre langue. Les Russes, me
dit-il, ont il y a long-temps répandu de
grandes alarmes sur les côtes du Japon; à
présent tout est heureusement arrangé. Le
certificat du natschalnik d'Ochotsk donne
pleine et entière satisfaction. Je lui répondis
directement que, dans l'heureux arrangement,
la délivrance de nos prisonniers étoit sans
doute comprise, et que par-là toutes les
traverses que nous avions éprouvées se chan-
geroient pour nous en un jour d'allégress e

Après que nous nous fûmes encore réciproquement adressé des civilités, je parlai de la lettre du gouverneur d'Irkoutsk. Elle me fut présentée par M. Savelieff placé près de moi. Elle étoit dans une boîte recouverte de drap-écarlate. Je la pris, je lus l'adresse à haute voix, et je rendis la lettre à M. Savelieff, qui la remit avec la boîte à l'interprète ; celui-ci l'éleva au-dessus de sa tête, et la donna au plus jeune des deux principaux magistrats ; ce dernier l'éleva jusqu'à sa poitrine, et la donna à son doyen, qui annonça qu'il la mettroit sans délai dans la main du bounio; ajoutant que, vu l'importance de l'affaire, il faudroit deux jours pour préparer la réponse. Les présens remis par M. Savelieff à l'interprète furent simplement placés devant les deux principaux magistrats, qui me prièrent de vouloir bien accepter une petite collation dans la maison ; ensuite ils se levèrent, s'inclinèrent vers moi, et s'en allèrent avec les présens.

Alors Teské s'approcha familièrement de nous, témoigna beaucoup de plaisir de nous voir, m'appela par mon nom russe, et me dit : « Dieu soit loué ! je puis donc vous féli-« citer sur l'heureuse issue de votre affaire.

« Le capitaine Golovnin et le reste de vos
« compatriotes ne tarderont pas à vous re-
« joindre à bord de votre corvette. Nos lois
« s'opposent à ce que vous leur parliez ac-
« tuellement. Ils sont tous en bonne santé.»
L'académicien et un autre Japonois vinrent
aussi nous faire leurs complimens de félicitation, ainsi que notre brave ami Tacataï-
Caki, que j'avois aperçu se tenant debout
à une extrémité de la salle durant toute la
cérémonie. On nous servit, dans de la vaisselle de laque, du thé et toutes sortes de
friandises. Par distinction, j'avois auprès de
moi un employé d'un grade inférieur qui
recevoit tout ce qui m'étoit destiné, et me le
présentoit. Après être restés là deux heures,
nous sortîmes et retournâmes avec Caki à
bord de la *Diane*. J'avois recommandé à
M. Filatoff, aussitôt que nous nous rembar-
querions, de pavoiser la corvette avec tous
les pavillons, mais de ne pas tirer, parce que
je savois que cette dernière partie de nos
signes de réjouissance n'est pas du goût des
Japonois. Ils disent que les européens ont
une coutume bien bizarre, qui est de témoigner leur respect à quelqu'un par des coups
de canon, instrument destiné à donner la

mort. Cependant, chez eux, le prince de San-
daïsk est salué par des salves d'artillerie
chaque fois qu'il sort de son territoire ou
qu'il y rentre. La vue des nombreux pavillons et des flammes qui flottoient de tous
côtés sur la corvette, fit le plus grand plaisir
aux spectateurs japonois réunis sur les canots
qui couvroient la rade. Ainsi se termina, à
la satisfaction mutuelle des deux partis, notre
première entrevue avec les autorités japonoises; en cette occasion, le pavillon impérial russe, qui flottoit pour la première fois
sur le sol du peuple fier avec lequel un peuple étranger négocioit, reçut les honneurs
qui lui étoient dus. La garde qui m'accompagnoit, composée d'hommes choisis sur tout
mon équipage, avoit juré qu'en cas de trahison elle defendroit son pavillon sacré au
péril de la vie.

Nous devons reconnoître, avec le sentiment
de la plus vive gratitude, que Tacataï-Caki,
par ses lumières, son intelligence, et la noblesse de son caractère, nous rendit les plus
grands services dans cette circonstance. Deux
jours entiers se passèrent sans que les deux
grands magistrats me fissent rien parvenir;
mais Caki vint nous voir deux fois par jour,

et nous amena, avec le consentement des autorités, quelques curieux de ses amis; nous
en fûmes bien aises, parce que cela nous fournit l'occasion de lui prouver que nous savions
apprécier les grandes obligations que nous lui
avions. Nous offrîmes des présens à ces Japonois, qui ne voulurent absolument accepter
que des bagatelles, et encore avec la permission de Caki.

Le troisième jour, Caki arriva de bonne
heure, suivant sa coutume; son visage rayon-
noit de joie; il venoit m'annoncer que l'on m'accordoit la permission d'avoir une entrevue
avec M. Golovnin et les autres Russes. Quelle
heureuse nouvelle ! car jusqu'alors, quoique
nous eussions eu la faculté d'écrire à notre capitaine, nous ne recevions en réponse que des
billets très-courts, ou, à proprement parler,
des accusés de réception de nos lettres; ce
qui prouvoit évidemment que les Japonois
lisoient ce qu'il écrivoit, et il falloit, en conséquence, apporter à cette correspondance la
plus grande circonspection. Dans la soirée,
Caki nous apporta une preuve irrécusable
qu'il avoit vu nos compatriotes; c'étoit un
billet de M. Golovnin, qui exprimoit son contentement d'avoir fait la connoissance de ce

digne Japonois. Le lendemain, Caki vint
mettre le comble à ma joie, en me disant que,
le jour suivant, je me rencontrerois, avec
M. Golovnin et deux de ses matelots, dans la
même maison où j'avois eu mon audience solennelle. Teské l'interprète, l'academicien,
l'interprète hollandois, et quelques fonctionnaires publics de grade inférieur devoient
assister à notre entrevue. La chaloupe du
gouverneur devoit venir me prendre, et j'a-
vois la liberté d'emmener le même nombre
d'hommes armés que la première fois. Je répondis, sur ce dernier article, que, comme il
ne s'agissoit que d'une entrevue particulière,
les deux pavillons resterbient arborés sur la
chaloupe, quand j'irois à terre, et que je ne
me ferois accompagner que de mes officiers,
de l'écrivain de la corvette, et de cinq matelots sans fusil, pour qu'ils eussent le plaisir
de revoir deux de leurs camarades. Le lendemain, à dix heures, Caki vint me prendre, et
j'entrai dans la chaloupe du gouverneur avec
les personnes que j'avois désignées.

En approchant du rivage, j'aperçus, à la
porte de la maison, M. Golovnin, vêtu d'un
riche habit de soie taillé à l'européenne, et
le sabre au côté. A sa vue, oubliant le céré-

monial et les précautions, je n'attendis pas
que Caki fût débarqué ; je sautai le premier
à terre. Si je n'eusse pas servi et vécu familièrement pendant si long-temps avec M. Golovnin, il m'eût été impossible de le reconnoître dans son accoutrement bizarre ; mais
du premier coup d'œil je le distinguai au
milieu d'une foule de Japonois. Quel bonheur
nous éprouvâmes tous deux en nous embras-
sant ! J'essaierois vainement de décrire ce que
nous ressentions en ce moment. Il avoit à
peine osé se flatter de l'espérance de revoir
jamais sa patrie ; de mon côté, j'avois constamment douté qu'il me fût possible de lui procurer la liberté, et nous étions dans les bras
l'un de l'autre. Les Japonois, par discrétion,
se tinrent à l'écart pour ne pas troubler le
premier épanchement de nos premières sensations, et causèrent entre eux.

Nous ne pûmes, dans le premier moment,
nous adresser que des demandes et des réponses sans suite. Notre première curiosité
apaisée, nous parlâmes de l'affaire principale qui nous intéressoit, et nous eûmes
tout le temps nécessaire pour nous en entretenir. M. Golovnin me raconta en peu de
mots tout ce qu'il avoit souffert ; je lui ap-

pris tout ce que je savois de notre patrie, de nos amis, de nos parens, et je le priai d'en faire part à nos autres compagnons. Il me tira ensuite d'une grande erreur dans laquelle j'avois été jusqu'alors. Le mauvais état de la corvette m'avoit fait naître l'idée de passer l'hiver à Chakodade, parce qu'il me sembloit hasardeux de retourner au Kamtschatka dans une saison si avancée. Mais quand M. Golovnin m'eut dit que, d'après les lois japonoises, nous serions, en restant dans le pays, traités comme des prisonniers, je pensai qu'il falloit partir au plus tôt. Par son conseil, j'écrivis aux magistrats à cet effet, et nous nous séparâmes, avec la douce espérance de nous retrouver bientôt ensemble pour ne plus nous quitter.

Dans la soirée, Caki vint nous faire une visite imprévue, et dont je fus bien content. Il se trouvoit présent à mon entretien avec M. Golovnin; mais à peu près au milieu de l'entrevue, il s'avança vers moi, me dit qu'il se trouvoit mal à son aise, et me fit des excuses, s'en alla et ne revint plus. Les matelots qui m'accompagnoient et qui doutoient encore de la sincérité des Japonois, s'alarmèrent de la disparition de Caki, surtout de ce

qu'il leur avoit dit adieu en passant. Ils sup-
posoient que l'on alloit nous arrêter.

Caki amenoit avec lui un jeune homme;
il commença par me dire qu'il alloit me raconter quelque chose de singulier. « Hier,
« ajouta-t-il, j'arrive chez moi et j'y trouve
« inopinément.... devinez qui.... mon fils.
« Regardez-le; n'est-il pas vrai qu'il me res-
« semble ? il m'a donné les nouvelles les
« plus satisfaisantes de ma femme. Elle est
« revenue bien portante de son pélerinage, et
« à peine étoit-elle entrée dans la chambre,
« à peine avoit-elle quitté ses habits de
« voyage, qu'elle a reçu par la poste la
« lettre que je lui avois écrite à mon arrivée
« à Kounaschir. » Je félicitai cordialement
Caki de ces événemens heureux qui l'affer-
mirent dans sa croyance à la prédestination.
Je fis beaucoup d'accueil à son fils ; j'ordonnai
de lui montrer la corvette dans le plus grand
détail, et je lui présentai mes officiers, qui,
avec le secours de Kisseleff, causèrent familièrement avec lui.

Pendant ce temps-là, Caki m'entretint de
son ami, qui s'étoit fait ermite. « Taïscho »,
me dit-il, « on trouve des hommes sans avoir

« besoin de lanterne. » Il faisoit allusion à
l'anecdote de Diogène, qu'il m'avoit entendu
raconter au Kamtschatka, et à laquelle il
avoit pris grand plaisir. En général les traits
de vertu et de grandeur d'ame l'attachoient
singulièrement, surtout celui du célèbre
Dolgorouki, lorsqu'il déchira l'oukase de
Pierre-le-Grand. Quand il l'entendoit, il portoit toujours ses deux mains à sa tête en
signe de respect, et répétoit avec émotion :
oki, *oki*, c'est-à-dire grand, grand; il appli-
quoit ensuite sa main sur le cœur, en disant :
kousuri (cela fait du bien); expression qu'il
employoit toujours quand il vouloit faire un
grand éloge d'un mets qui lui plaisoit.

« Comment penses-tu, me demanda-t-il,
« que je puisse m'acquitter avec mon ami?
« Il dédaigne la richesse : il faut que je fasse
« quelque chose qui soit digne de sa grande
« ame. Tu sais que j'ai une fille, et que
« pour sa mauvaise conduite je l'ai privée
« de mon nom : ainsi elle n'étoit plus pour
« moi au nombre des vivans. Tu as bien
« pris part à son sort. Tes exhortations pour
« me réconcilier avec elle m'ont souvent
« ébranlé; peut-être ai-je blessé ton amitié
« en restant inexorable; car tu ne connois

« pas nos mœurs, et tu exigeois un sacrifice
« à mon honneur. » Je l'avois en effet ému
quelquefois jusqu'aux larmes, mais je n'avois
pu le fléchir.

« Maintenant, continua-t-il, que dans mon
« ami qui a renoncé au monde je possède un
« si grand trésor, je veux faire à cet ami
« rare un sacrifice non moins rare, un sacri-
« fice qui, d'après les idées que nous avons de
« l'honneur, blesse profondément le cœur
« d'un père : j'ai résolu de rappeler ma fille
« à la vie et de me réconcilier avec elle, j'en
« instruirai tout simplement mon ami, et
« il m'entendra. »

Il me demanda ensuite la permission de
distribuer ses effets aux matelots. Il fit lui-
même le partage, et donna les meilleures
choses à ceux qu'il avoit le plus connus, notamment à notre cuisinier, qu'il appeloit
son ami. Quoiqu'il honorât de la qualification
de kousuri ma nourriture morale, ainsi qu'il
la nommoit, il n'aimoit pourtant pas moins
que la nourriture charnelle fût aussi pour
lui du kousuri. Ce qu'il donna consistoit en
vêtemens de soie et de coton, en grosses couvertures et robes de chambre ouatées ; il
en avoit une si grande quantité, qu'aucun

homme de l'équipage ne resta les mains vides.
La distribution finie, il me pria de permettre
aux matelots de se divertir le soir. « Taïs-
« cho, me dit-il, les matelots russes, les
« matelots japonois, c'est tout un. Tous
« aiment le vin, et le port de Chakodade est
« à l'abri de tous les dangers. » J'avois déjà
donné double ration d'eau-de-vie à l'équipage dans ce jour d'allégresse, je ne pus pourtant pas rejeter la requête de mon ami Caki.
A l'instant il envoya ses matelots à terre chercher du vin ; et, conformément à l'usage japonois, il ordonna d'apporter aussi un paquet de tabac, et des pipes pour chacun de
mes matelots. Il me suivit ensuite dans la
chambre où j'avois fait étaler les objets qui
avoient appartenu à l'ambassade de Resanoff. Ils consistoient en porcelaine à dessins,
tables de marbre, et vases de cristal. « Main-
« tenant, lui dis-je, il faut que tu tiennes
« la promesse que tu m'as faite à Kounaschir.
« Prends ce qui te fera plaisir ; ou bien, puis-
« que les hommes en dignité dans ton pays
« dédaignent nos présens, prends tout. »—« A
« quoi me serviront tant de belles choses,
« répondit-il avec une franchise aimable ;
« d'après nos lois, le gouvernement s'em-

« parera de tout, et m'indemnisera avec de
« l'argent. » Nous eûmes beaucoup de peine
à lui persuader de prendre au hasard une
bagatelle. Il choisit à sa fantaisie, et me
demanda de plus deux cuillers d'argent,
quelques couteaux de table et d'autres objets
de service. Il fut surtout bien content d'une
machine à faire le thé, disant qu'en mémoire
de l'hospitalité qu'il avoit reçue de nous, il
régaleroit quelquefois ses amis à la manière
russe. Il s'étoit en général très-bien accom-
modé de notre manière de vivre; et, quoiqu'il ne pût pas goûter de nos mets, parce que
les Japonois ne mangent pas du tout de
viande, il prenoit néanmoins ses repas en
même temps, et buvoit toujours le thé avec
nous; il n'y mettoit pas de sucre, mais il le
mangeoit à part en gros morceaux.

Nous étions si contens, que nous restâmes
ensemble jusqu'à minuit. Quand nous nous
séparâmes, il nous dit qu'il étoit bien fâché
de ce que les lois de son pays l'empêchoient
de nous inviter à venir dans sa maison pour
nous y régaler de manière à ce que nous
pussions désirer de conserver des casi et
des sagasouki en mémoire de l'hospitalité
japonoise. Ce sont les tasses de laque dans

lesquelles on prend le thé, et les petites bro-
chettes dont on se sert en guise de couteaux
et de fourchettes.

Le lendemain nous apprîmes, à notre grand
chagrin, que Tacataï-Caki, à force d'aller et de
venir sans cesse, avoit attrapé un gros rhume.
Le plus jeune interprète vint à sa place nous
annoncer, de la part des grands magistrats,
que, le jour suivant, M. Golovnin et les autres
prisonniers se rendroient à bord de la corvette.
A l'appui de cette notification, il m'apportoit une lettre de M. Golovnin, m'apprenant
qu'ils avoient tous été présentés au gouverneur, et que ce dernier, en présence d'une
nombreuse réunion de fonctionnaires publics,
leur avoit formellement déclaré que désor-
mais ils étoient libres. En conséquence, les
deux grands magistrats me prièrent de venir
encore une fois à terre le lendemain pour
avoir une entrevue avec eux et recevoir les
Russes mis en liberté, ainsi que les papiers que
l'on devoit expédier.

Pour montrer de mon côté la plus grande
confiance aux Japonois, je dis à l'interprète
que j'irois à terre sans aucune garde, seulement avec mon pavillon, afin que le peuple
ne pût pas croire que la force eût contribué

28 *

en rien à la délivrance de mes compatriotes.
L'interprète, ainsi que beaucoup de curieux,
restèrent jusqu'à la chute du jour. Nous réussîmes pour la première fois à faire accepter
à nos hôtes des présens qui consistoient en
maroquin, auquel ils attachoient un bien
haut prix.

Le 7 octobre fut l'heureux jour qui nous
récompensa amplement de toutes nos peines.
Caki vint lui-même dans la chaloupe du gouverneur, mais vêtu un peu plus chaudement
qu'à l'ordinaire, à cause de son indisposition.
Quand je lui témoignai quelques inquiétudes
sur sa santé, il me répondit : « Calme-toi, la joie
« m'a déjà soulagé ; et, quand je t'aurai vu
« retourner à la corvette avec Golovnin, je
« me sentirai tout-à-fait bien. »

Il m'assura que la confiance que j'avois té-
moignée dans la loyauté des Japonois, avoit
extrêmement flatté le gouverneur. A midi
j'entrai dans la chaloupe, accompagné seulement de M. Savelieff et de Kisseleff ; et, arbo-
rant le drapeau blanc, je me rendis à la maison des entrevues où l'on ne nous fit pas attendre long-temps. Nos prisonniers ne tardèrent pas non plus à paroître à la porte. Ils
avoient tous des vêtemens jaunes, d'une

coupe uniforme, des pantalons et des vestes de différentes couleurs. Les étoffes des officiers ressembloient à nos étoffes à fleurs ; celles des matelots à du taffetas. Alexis le Kourile portoit un habit de soie bigarré, taillé à la japonoise. Pour compléter ce singulier accoutrement, les officiers avoient leurs sabres et leurs chapeaux d'uniforme. Dans une autre occasion, cette mise étrange eût été comique ; mais, dans le moment actuel, personne n'eut l'idée d'en rire. L'ami considéroit son ami avec une émotion et une joie qui s'exprimoient plus par les regards que par les paroles. Des larmes de gratitude envers la providence brilloient dans les yeux de nos compatriotes rendus à la liberté ; il n'y a que ceux qui se sont trouvés dans une situation semblable, qui peuvent sentir ce qu'ils éprouvoient en ce moment. Les Japonois nous laissèrent quelque temps ensemble, pour que nous pussions donner l'essor à nos premières émotions. Ensuite mes compatriotes me furent remis formellement par les deux guinmiyagous Tacahassy-Sampeï et Coodsimoto-Kiogoro. On me délivra en même temps, avec les cérémonies déjà décrites par Golovnin, les papiers du gouvernement

japonois que je devois transmettre aux autorités compétentes, à mon arrivée en Russie.
Enfin nous fûmes régalés à la manière du
pays.

Nous fîmes encore une fois les remercîmens les plus sincères aux Japonois, et à
deux heures nous nous embarquâmes, accompagnés de notre ami Caki et d'une multitude innombrable de canots remplis de curieux des deux sexes. Le vent étoit contraire
et souffloit avec force; mais tous ces canots
n'y prirent pas garde. La *Diane* étoit complétement pavoisée, les vergues et les hau-
bans couverts de matelots, qui nous attendoient pour nous saluer d'un hourrah général.
Lorsque leur capitaine bien aimé, dont ils
étoient séparés depuis deux ans et trois mois,
monta à bord, l'enthousiasme fut au comble.
Plusieurs pleuroient à chaudes larmes. Cette
scène qui fait tant d'honneur à l'équipage de
la corvette, sera éternellement gravée dans ma
mémoire. M. Golovnin et ses compagnons d'infortune, profondément émus, s'avancèrent
vers l'image de Saint-Nicolas, ce grand thau-
maturge et patron du bâtiment, et rendirent
grâces à Dieu.

Bientôt après, des canots nous apportèrent de

l'eau et du bois en quantité; mille grosses raves, cinquante caisses d'orge mondée, trente caisses de sel, et toutes sortes de provisions que nous n'avions pas demandées; ayant dit que nous n'avions pas besoin de tout cela, on nous répondit que l'on avoit reçu ordre de pourvoir de vivres, pour la traversée jusqu'au Kamtschatka, les prisonniers mis en liberté, et que le seul moyen d'éviter des discussions étoit de tout prendre. Un grand nombre de Japonois, à qui les dosinis n'interdisoient plus l'approche de notre corvette, aidèrent nos gens avec tant d'ardeur, qu'il étoit difficile de décider ce que l'on devoit le plus admirer ou de nos matelots qui travailloient avec un plaisir inouï, ou des Japonois qui leur prêtoient si volontiers leur secours. On les eût pris pour des hommes de la même nation, et personne n'eût pu deviner que leurs patries respectives étoient séparées par la demi-circonférence du globe terrestre. La politesse, la gaieté, la plaisanterie, la complaisance animoient tout le monde. On se régala mutuellement d'eau-de-vie et de saki; ce fut une journée de fatigue qui eut cependant l'air d'un jour de fête.

Quelques fonctionnaires publics japonois,

ainsi que les deux interprètes, Teské et Koumaddjéro, vinrent à bord. Le premier parloit
le russe bien mieux que le second, et étoit
beaucoup plus instruit. Ils avoient avec eux
l'académicien de Iédo, et un interprète hollandois. Celui-ci avoit été à Nangasaki, lorsque
le capitaine Krusenstern y arriva avec la
Nadeschda qui portoit Resanoff l'ambassadeur. Il se souvenoit du nom de plusieurs
officiers russes, parloit un peu notre langue,
et comprenoit le françois. Nous régalâmes
tous ces Japonois à l'européenne, dans la
chambre; ils visitèrent ensuite la corvette
avec la plus grande attention. Vers le soir, il
arriva tant de curieux que l'on pouvoit à
peine se mouvoir sur le pont. Il n'y avoit
que des hommes; car, à notre grand chagrin,
il n'étoit pas permis aux femmes de nous
rendre visite. Les dosinis finirent par être
obligés de tirer leurs baguettes de fer de leurs
ceintures, et de renvoyer la plus grande
partie des importuns sur leurs canots, d'où
les femmes jetoient des regards d'envie de
notre côté. Pour les consoler, nous leur fîmes
parvenir par les gardes toutes sortes de bagatelles dont elles nous remercièrent par des
gestes pleins d'expression.

Nos hôtes partagèrent avec une cordialité franche la joie commune, et restèrent avec nous jusqu'à la nuit. Quand ils nous dirent adieu, nous leur offrîmes tout ce que nous avions des objets que l'ambassade de Resanoff avoit emportés sur la *Nadeschda*, et qu'elle avoit ensuite laissés au Kamtschatka. Les Japonois ne prirent que des portraits des héros russes qui s'étoient distingués dans la campagne de 1812. Il leur étoit permis de garder en leur possession ces présens, comme objet d'art, mais sans cadre ni verre. Ils les auront vraisemblablement envoyés à Iédo, en ajoutant à l'image de chaque guerrier son nom et ses prouesses.

Le 10 octobre, quand nous fûmes tout-à-fait prets à partir, le gouverneur nous envoya encore une grande quantité d'herbages, ainsi que du poisson frais et salé. Déjà le signal d'appareiller étoit donné; Tacataï-Caki vint accompagné de plusieurs canots pour nous remorquer du port dans la baie. Le plus âgé des interprètes et plusieurs connoissances de M. Golovnin arrivèrent aussi dans une grande chaloupe, et nous accompagnèrent jusqu'à la sortie de la baie. Quand ils nous quittèrent, l'équipage donna un hourrah général; et, par

reconnoissance pour les soins bienveillans de
Caki, on répéta trois fois le cri pour lui, en
y ajoutant sa qualité de taïscho. Il se tenoit
avec ses matelots sur l'endroit le plus élevé
de sa chaloupe, et cria aussi de toutes ses
forces hourrah à la *Diane*. Nous lui dîmes
ensuite adieu, en lui faisant signe des mains,
et nous nous séparâmes de lui le cœur gros.

Nous essuyâmes, le long des côtes du Japon,
un ouragan qui dura six heures, et nous mit
dans une position très-critique. La nuit étoit
très-obscure, la pluie tomboit à torrens. L'eau
monta dans la cale à trois pieds quatre pouces,
quoique les pompes fussent dans un mouvement continuel. A chaque instant nous nous
attendions à périr. Enfin la tourmente s'ap-
paisa ; et, le 3 novembre, nous entrâmes heureusement dans le port de Saint-Pierre et
Saint-Paul, par un vent très-fort, accompagné
d'une chute abondante de neige.

Le 6 novembre, nous célébrâmes sur la
corvette notre dernier service d'action de
grâces, et nous rentrâmes dans les mêmes
huttes que l'hiver précédent ; cette fois avec
la pensée consolante d'avoir accompli heureusement notre mission et l'espoir de retourner bientôt au milieu de nos amis et de

nos parens, dont nous étions séparés depuis
sept ans que nous avions quitté Saint-Pétersbourg.

Ainsi se terminèrent nos premières relations
avec une nation jusqu'alors bien peu connue :
excitée pas des circonstances malheureuses
et trompée par les Hollandois, elle avoit une
très-mauvaise opinion des Russes, ce qui
nous inspiroit des craintes bien fondées pour
la vie des prisonniers. La providence en a
ordonné autrement, et l'infortune de nos
compatriotes a rendu possible une chose
que la sagesse humaine regardoit auparavant
comme impraticable. Deux grands empires
qui étoient complétement étrangers l'un à
l'autre, ont fait un pas immense vers des
liaisons futures, et l'on peut nourrir l'espérance que les deux nations se rapprocheront
de plus en plus pour leur avantage mutuel.

Craignant avec raison que notre corvette
usée par les campagnes ne coulât à fond dans
le port St.-Pierre et St.-Paul, comme il étoit
arrivé au vaisseau *Slava-Rossia* qui avoit
servi à l'expédition du capitaine Billings,
nous l'approchâmes du rivage autant qu'il
fut possible, et ensuite on la halla sur le sable.
La *Diane* n'est plus en état d'affronter les

flots de l'océan, mais elle peut encore servir
de magasin, et restera dans ce port comme
un monument des temps passés. Il est possible que ces côtes, devenues fameuses par
les relations de Cook et de la Pérouse, soient
par la suite mieux connues des nations asiatiques voisines à cause de leur situation si
favorable au commerce, et plus fréquentées
par les navigateurs des pays les plus reculés.
Alors peut-être la *Diane* attirera les regards
des hommes qui prennent plaisir à réfléchir
à la marche miraculeuse des destinées humaines.

Ce petit livre n'étant destiné qu'à servir
de supplément à la relation de M. Golovnin,
je finirai ici la mienne en rappelant dans
l'ame du lecteur les sentimens de compassion
qu'il a déjà éprouvés, lorsqu'il aura vu quel
fut le sort déplorable du malheureux M. Moor.

Le jour de notre arrivée au Port St.-Pierre
et St.-Paul, nous étions tous dans la joie;
mais lui qui se sentoit coupable n'y prenoit
aucune part. C'étoit, non par les suggestions
d'un cœur dépravé, ni dans l'intention de
trahir sa patrie, mais par erreur, privé de tout
espoir de jamais recouvrer sa liberté, et se
berçant de l'idée de l'obtenir des inexorables

Japonois, qu'il avoit dévié du chemin de l'honneur. Les circonstances ayant tout-à-coup changé entièrement, il s'égara de plus en plus, et finit par se livrer au désespoir. Un homme ordinaire eût aisément oublié ses fautes; mais un cœur, dans lequel la loyauté a jeté de profondes racines, est brisé à jamais par le remords d'une seule action blâmable, commise sans préméditation. On en a la preuve par la fin tragique de l'infortuné Moor, à qui je ne puis penser sans frémir. Le jour où, mis en liberté à Chakodade, il vint à bord, je voulus l'embrasser amicalement : il recula d'un air effaré, me tendit son sabre, et me dit d'une voix lamentable : « J'en suis indigne, « j'en suis indigne ! faites-moi enfermer dans « l'endroit où sont les criminels. » — Comme à ces mots mon cœur qui s'ouvroit à la joie se resserra douloureusement ! Afin que l'équipage ne s'aperçût de rien, je me remis promptement, et je pris le sabre en lui disant : « Je le reçois en mémoire de cet « heureux jour.» En même temps j'entraînai MM. Moor dans la chambre où M. Golovnin et M. Chlebnikoff exprimoient leur reconnoissance aux officiers réunis. Ce fut là que mon capitaine me fit présent de son sabre, arme remarquable, puisque, pendant la captivité de son maître, l'empereur du Japon avoit désiré la voir. Aujourd'hui je la conserve comme la récompense la plus précieuse de mon entreprise. M. Golovnin donna aux officiers ses lunettes d'approche, ses pistolets et ses instrumens d'astronomie; au plus ancien des sous-officiers, cent roubles; au plus jeune, soixante-quinze; à chaque matelot qui avoit été en prison avec lui, cinq cents roubles, et en outre à Makaroff qui lui avoit rendu des services particuliers, comme on peut le voir par sa relation, une pension montant à la somme fixée par le règlement de la marine, et prise sur ses biens situés dans le gouvernement de Riesan, près du lieu de naissance de Makaroff. Alexis le Kourile reçut de M. Golovnin un assortiment d'outils de charpentier, une carabine, de la poudre, du plomb, du tabac, et deux cent cinquante roubles en argent.

M. Moor exprima aussi sa reconnoissance à ses compagnons; mais il se retournoit sans cesse vers moi, en me disant : « Je suis un « indigne. » M. Golovnin le conjura de tout oublier, comme lui-même avoit tout oublié. La conscience de M. Moor le tourmentoit;

les paroles affectueuses ne produisoient aucune impression sur lui ; son silence morne
n'étoit presque jamais interrompu. Le lecteur sait le reste. M. Moor étoit un jeune
officier rempli de talens, et avantageuse-
ment distingué dans le service. Aux connoissances du navigateur qu'il possédoit à fond,
il unissoit celle de plusieurs langues étrangères, et en parloit deux couramment. Doué
des qualités du cœur et de l'esprit, il se faisoit aimer, et je suis persuadé que tous ceux
qui l'ont connu partageront avec ses compagnons la douleur que son sort déplorable
leur a causée.

FIN.

CARTE
DE L'ARCHIPEL DES
KOURILES.

TABLE DES MATIÈRES

CONTENUES

DANS CE VOLUME.

(451)

dans le port de Chakodade.—Lettre du commandant
d'Ochotsk aux délégués du gouvernement japonois.—
M. Ricord, commandant de la *Diane*, vient à terre.
— Lettre du gouverneur d'Irkoutsk au gouverneur de
Matsmaï.—Entrevue de M. Golovnin avec le japonois
Tacataï-Caki. — On annonce aux Russes qu'ils vont
être mis en liberté.—Entrevue de M. Golovnin et de
M. Ricord.—Les Russes sont menés devant le gou-
verneur; il leur déclare qu'ils sont libres et les féli-
cite.—Félicitations d'un grand nombre de Japonois.
—Les Russes délivrés retournent à bord de la *Diane*.

FIN DE LA TABLE.

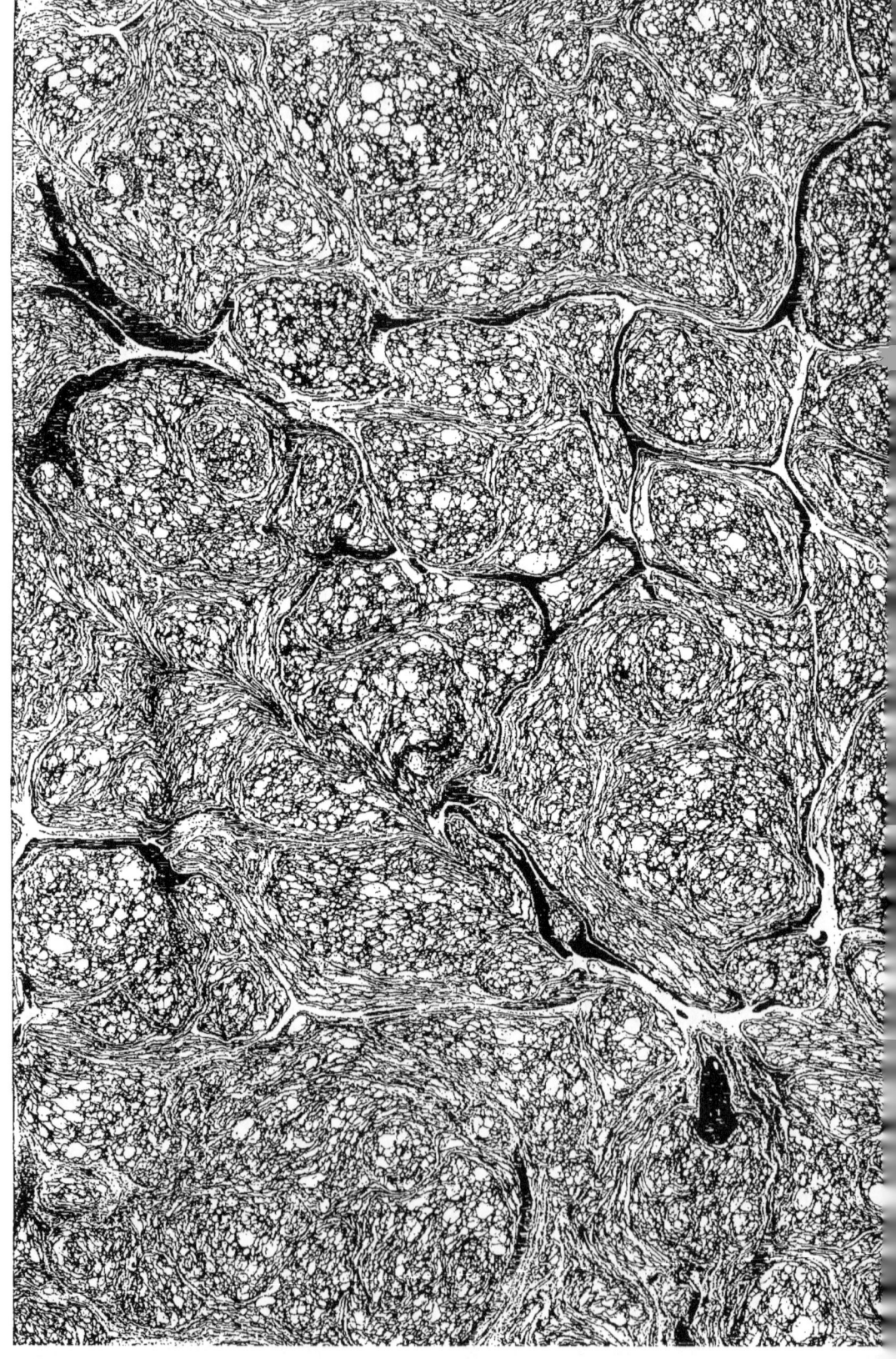

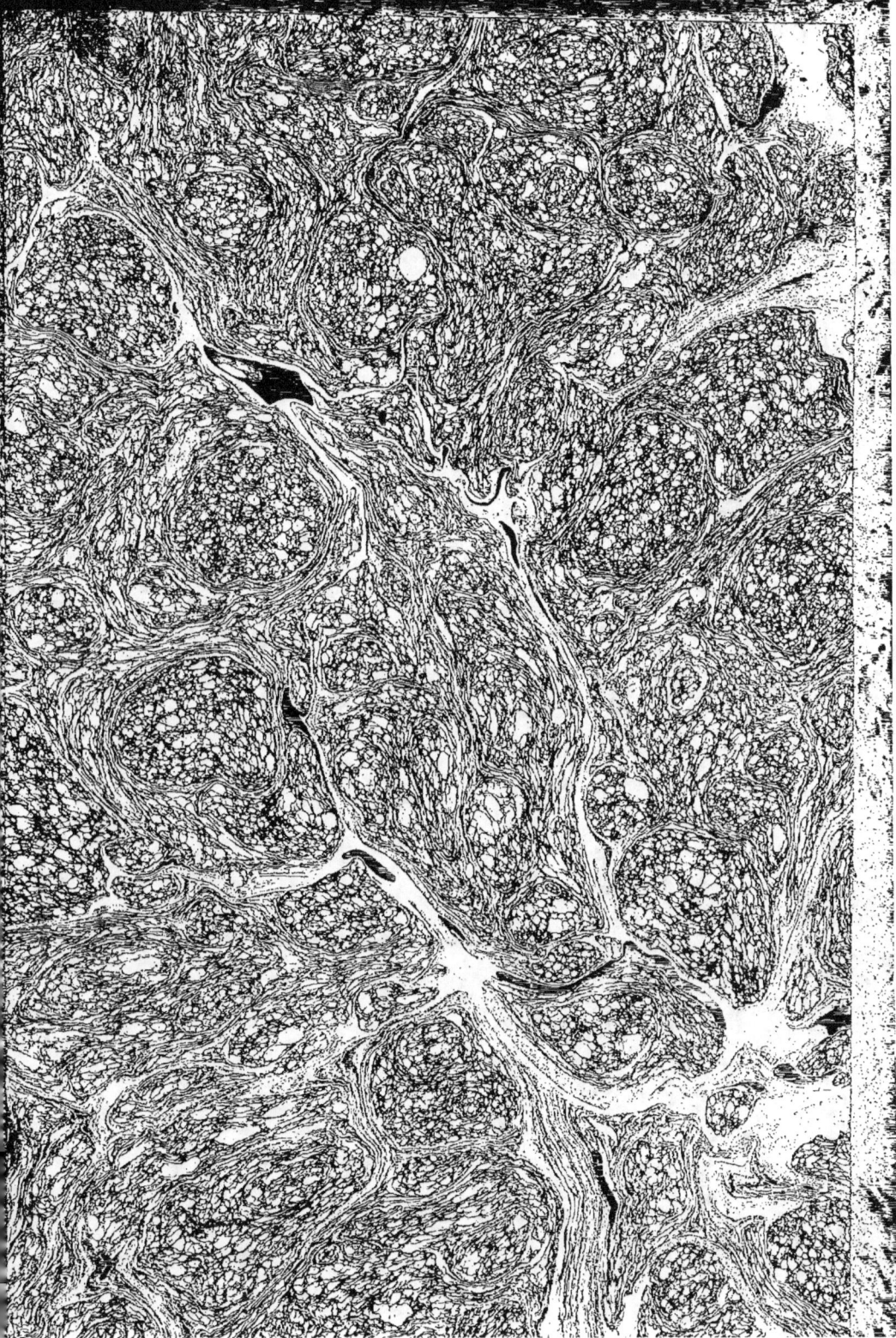

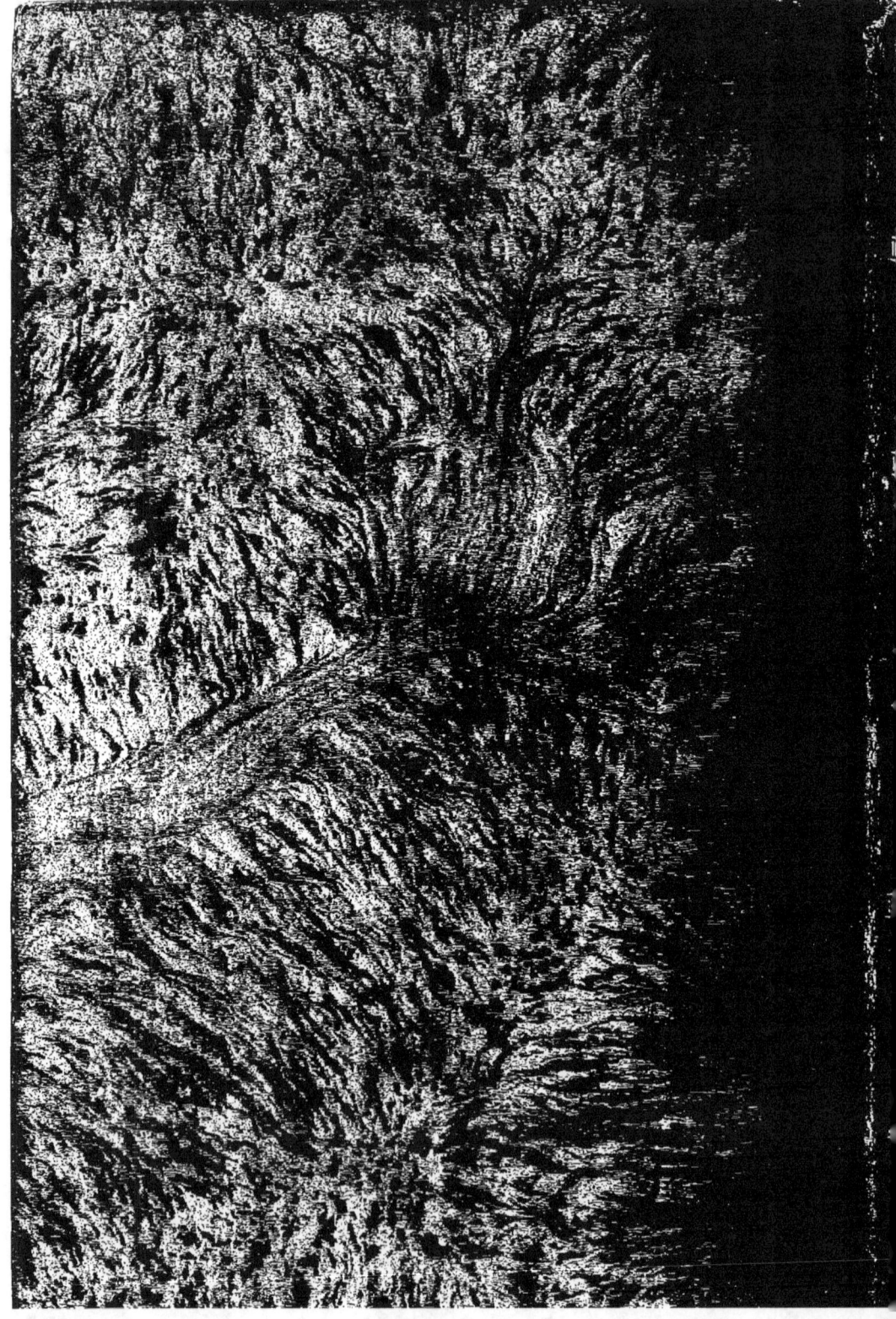